人民共和國文化與文學叢書

九　編

李　怡　主編

第 **10** 冊

我和舒蕪先生的網聊記錄
（第二冊）

吳　永　平　編著

花木蘭文化事業有限公司

國家圖書館出版品預行編目資料

我和舒蕪先生的網聊記錄（第二冊）／吳永平　編著 -- 初版
-- 新北市：花木蘭文化事業有限公司，2021〔民 110〕
目 2+214 面；19×26 公分
（人民共和國文化與文學叢書　九編；第 10 冊）
ISBN 978-986-518-508-4（精裝）
1. 舒蕪　2. 學術思想
820.8　　　　　　　　　　　　　　　　110011117

人民共和國文化與文學叢書
九　編　第　十　冊　　　　ISBN：978-986-518-508-4

我和舒蕪先生的網聊記錄
（第二冊）

編　　著	吳永平
主　　編	李　怡
企　　劃	四川大學中國詩歌研究院
總 編 輯	杜潔祥
副總編輯	楊嘉樂
編　　輯	許郁翎、張雅淋、潘玟靜　美術編輯　陳逸婷
印　　刷	普羅文化出版廣告事業
出　　版	花木蘭文化事業有限公司
發 行 人	高小娟
聯絡地址	235 新北市中和區中安街七二號十三樓
	電話：02-2923-1455／傳真：02-2923-1452
網　　址	http://www.huamulan.tw　信箱　service@huamulans.com
初　　版	2021 年 9 月
全書字數	556951 字
定　　價	九編 12 冊（精裝）台幣 30,000 元

我和舒蕪先生的網聊記錄
（第二冊）

吳永平　著

目

次

2006-03-01　舒蕪寄來《致胡風信》整理稿

Wu yongping，您好！（主題詞：有附件）舒蕪上

　　附件：

　　一、關於魯迅《娜拉走後怎樣》手稿卷子上我的題跋

　　二、女師中文系先生們的合照

　　三、舒蕪與臺靜農等合照

先生：（主題詞：出川）

　　昨天電腦出問題沒有上網收信。

　　今天開機後便收到您的四封來信，謝謝。

　　昨晚讀舒蕪集，看到有一篇文章也錄了臺先生的跋文，只是沒有時間。您寄來的附件中有，這能解決何時出川的時間問題。

　　出川走水路，到什麼地方登岸。路上還順利嗎？

　　永平

Wu yongping，您好！《舒蕪口述自傳》第五章開頭有出川水路情況。舒蕪上

先生：

　　照片兩張及文章一篇均收到。

　　您與臺先生的關係如此親密，我在文章中稱為忘年交應不為過。後來聶紺弩先生和你的關係也與之類似。文人相交，同氣相求，不同勉強也無用。胡風對你從開頭就不平等，他的個性與臺聶不同。還是聶翁說得好，他是要把接近者放入夾袋中的，如不讓放，則拋棄。

　　能在魯翁手卷上題跋，這是臺先生對你的人品文品的最高評價。

　　永平上

先生：您好！

　　您的口述自傳我沒有讀到。我省圖書館裏沒有，書店裏也沒有。以後再想法到武大去借。

　　下面還有問題請教。

　　您去江蘇省立江蘇學院是由黃教授介紹的，您什麼時候得知可去這所學校。是不是在出川之前，或是回到家鄉後才聯繫黃教授的。

　　《〈回歸五四〉後序》中寫道：

　　　　江蘇學院於一九四六年四月由他處遷到徐州（吳按：他處確指

何處），暑假後，黃淬伯應聘為中文系教授兼系主任。他提名聘我去，職稱仍是副教授，開的課大致與在女師學院相同，加開了新的一門「讀書指導」。（吳按：你是否在出川前便得知或收到了聘書，我還未問過你在女師時開什麼課，除了「古典文學」，還講過魯迅，課程叫什麼名字）此課似乎是新設的，反正先前我未聽說過，便以意為之，自編了一本講義，向一年級新生講了書籍史、印刷史、版本學、目錄學的一些基本常識，可能對學生有些用處，我自己也得了教學相長之益。一九四七年暑假未到，江蘇學院又起了風潮，起因是學生要求將學院改為大學，要到南京請願，本與政治無關，但正值全國學生反飢餓、反內戰、反迫害運動的高潮，於是似乎也成為這個高潮的一部分，遭受「徐州綏靖主任公署」的武力鎮壓。「綏署」機關報上不點名地指責學潮有「該校某系主任等四教授」幕後操縱，「顧〔祝同〕長官正密切注意中」云云，所謂「四教授」指的是黃淬伯和我以及另外兩位，我們當然只好倉皇離開。這年下學期，我到了桂林師範學院。（吳按：黃教授後來去了哪裏？你這次為何沒有隨他同去。）

永平上

Wu yongping，您好！你好！敬請通盤審閱指謬，然後投稿。舒蕪上
（附件：《舒蕪致胡風信》整理校注稿）

先生：我沒想到竟有如此多的信。

　　我要讀信去了，謝謝。永平上

先生：

　　八十九信注釋似應修改。原注①兩期：指抗戰勝利後《希望》雜誌在上海出版的第二集第一期和第二期。

　　吳按：「兩期」似指重印的《希望》第 1 集前兩期。《希望》第 2 集第 1 期出版於 1946 年 5 月 4 日；《希望》第 2 集第 2 期出版於 1946 年 6 月 16 日。又胡風 1946 年 2 月 16 日致俞鴻模信中寫道：前兩天有一信，收到否？昨天沈君著人送來十三日來信，當即交十萬元託帶上，不知帶款者一、二（日）內能飛滬否？手裏只有這多，其餘要看這幾天能收一些否？此款連書款如能湊足一百令紙錢，而定紙又非二十〔日〕以前交款不可，那就由你酌定，先定

紙，如何？如不足，或定紙可以遲十天半月交款，那就馬上翻印三期，如何？三期澆版後，如看紙型還可用一次，就下次再翻，否則只好現在翻出一付來。款不夠，事繁，真正麻煩你了。

您後面的信中有讓胡風寄 2 集 1 期事。

永平

wu yongping，您好！1.《舒蕪口述自傳》的責任編輯是中國社會科學出版社的郭沂紋女士，她的電郵是 ywgXXXX@hotmail.com，還能郵購否，試問她一下也好。2. 我出川回家，在家中才確定去江蘇學院。與黃淬伯先生一直有聯繫，他也是幾番周折才確定教書地點。3. 江蘇學院先前搬遷幾次，我也說不準確，故含糊之。4. 在女師學院最初只教「大一國文」而且是外系的，後來在本系開大一國文，後來在本系開「墨子研究」「中國近代思想史」。沒有教魯迅，只在課外演講過。那時大學課程裏沒有魯迅，所以圖書館裏沒有魯迅全集的是絕大多數。5.「四教授」倉皇離開徐州之日，只能各奔前程，黃先生後來到南京大學。我回到桐城四處發信求職，結果臺先生為我找到了李何林先生介紹我去桂林師範學院。當時李先生也在臺灣，我與他還不認識，他本來應桂林師院之聘要離開臺灣而去，後來又不去，便應臺公之請轉介紹我去。舒蕪白

先生：（主題詞：關於「公意」）

一二九信注釋②木等的「公意」：不記得指什麼。

請參看下文，我已寫的一部分。

1946 年方然和阿壟在成都籌辦《呼吸》期刊，急需大量稿件，舒蕪把總名為《更向前》的這組雜文寄了去，發表在該刊的創刊號上。當時的影響頗大，兩年後卻受到了香港《大眾文化叢刊》中人的嚴屬批評。胡風讀到「叢刊」第 1 期後，於 1948 年 4 月 15 日致信舒蕪，稱：

「今天，與魯氏處境大不相同，應該把心情和態度推進一步，使任何問題成為自己的問題，即，不是站在對抗的地位，要自己覺得是自己的事情負責提起來。即如對於這『公意』都應如此。像《逃集體》之類，實際上是不好的。」

「公意」云云，指的是「叢刊」上「本刊同人，荃麟執筆」的《對於當前文藝活動的意見》一文。胡風當年沒有讀出《逃集體》這組雜文有什麼「不

好」，而胡繩卻發現了，就此而論，胡風也許也應該承擔一點責任。

　　永平

先生：

　　關於您去江蘇事，看信後清楚了許多。

　　還須細讀，俟後請教。

　　永平

先生：（主題詞：關於「顧爾希坦」）

　　一三二信中提到顧爾希坦，不知是否指下文中此人：

　　日本東京「左聯」成員編譯，東京質文社於1936～1940年出版的一套《文學理論叢書》，共10本，其中有關社會主義的現實主義及其引申出的文藝理論問題的譯著，包括蘇聯羅森達爾著、張香山譯的《現實與典型》（1936）；蘇聯吉爾波丁著、辛人譯《現實主義論》（1936）；羅森達爾著、孟克譯《世界觀與創作方法》（1937）等。此外還有蘇聯米爾斯基編著、段洛夫翻譯的《現實主義》（1937），後又改為《新文學的寫實主義》（1948）；蘇聯顧爾希坦著、戈寶權譯《論文學中的人民性》（1947），後改名為《文學的人民性》再次出版；蘇聯范希里夫著、荒蕪譯的《社會主義的現實主義》（1949）等。

　　wu yongping

先生：第四信注釋①這一下被壓著了：指我駁郭沫若《墨子的思想》的文章不能發表。原來胡風帶我與喬冠華、陳家康相會時，陳家康對於郭沫若的尊孔反墨也很不贊成，喬冠華附議，大家商定由我來寫這個題目，在《群眾》雜誌上發表，後來領導上不予發表。胡風1944年1月4日來信中將這消息通知我。

　　吳按：我以為，反郭文初稿完成後，你們才與喬陳見面的，見面商議的不是如何寫，而是發表問題。你在後序修訂時也是這麼寫的。

　　永平

先生：（主題詞：誰的詩）

　　第五十二信注：誰的詩，待查。

　　吳按：是《第二代》（詩集）中的一首，作者魯藜。同集中尚有《星的歌》《時間》《夜歌》《散步去了》《泥土》等。

　　永平

先生：

第五十二信注①山村小事：忘記誰的小說了，待查。

吳按：查《希望》第一期目錄，為馬琴《門村小事》（小說）。

永平

先生：五十八信注5，抬頭的作家：指茅盾。當時茅盾和葉以群眾合編一套推薦新作家的文藝叢書，（忘其名）每本前面有茅盾的序，後面有葉以群的跋。

吳按：查閱茅盾《我走過的道路》〔註25〕，得知：1943年12月至1944年9月，茅盾與葉以群等主辦的自強出版社合作，推出了一套《新綠叢輯》，專門扶植「無名的」青年作家。「叢輯」共出了三輯：第一輯是穗青的《脫韁的馬》，第二輯是錢玉如的《遙遠的愛》，第三輯是王維鎬的《沒有結局的故事》和韓罕明的《小城風月》。每輯前都有茅盾寫的序，後有葉以群等人寫的讀後感。

注中所指「文藝叢書」，指的就是這套書。

永平

2006-03-02　舒蕪談阿壟和張瑞事

舒蕪先生寄來《中青報冰點週刊復刊　仍由冰點人主編》、傅國湧《是政治批判？還是學術批評？》等網文。

先生：寄來的兩文均收到。永平

先生：今日未接先生信，有點擔心，是否郵箱又出了問題。永平

wu yongping，您好！昨天指教注釋錯誤信均收到照改，謝謝。夜遲未即覆，歉歉。舒蕪上

先生：（主題詞：阿壟）

讀信，發現阿壟的婚姻令人費解。早就知道他夫人是自殺的，但不知道詳情。

杜谷在其中起了什麼作用呢？似乎他原來便與張瑞有來往，阿壟一直在擔心他的威脅，你的信中有這方面的內容。

〔註25〕茅盾：《我走過的道路》，人民文學出版社，1988年版。

這事真讓人費解。

是她精神上原有病，或是杜谷的糾纏，或是阿壟的猜疑所致呢？

這是私人隱私，如不好說也罷。我只是好奇而已。

還有一個原因，你曾因此非常痛恨成都的「平原詩社」，但這詩社不是蘆甸組織的嗎？當然杜谷也在其中。當時你是否認識蘆甸和杜谷？信中對成都文化的痛斥是遷怒嗎？還是你對這詩社確有看法。

　　永平

先生：（主題詞：《關於〈論主觀〉》）

七十九信注。長論：指我所寫的答覆對於《論主觀》的批評的長文，題目忘了，後來終於沒有發表。

吳按：你已記起該文題目為《關於〈論主觀〉》，在書信中可以統一改過來。

　　永平

wu yongping，您好！此事談起來很複雜，也簡單。路翎劇本《雲雀》即以此事為藍本。大致是杜谷原與張瑞有感情，張瑞嫁守梅後，杜谷仍未放棄，可能張瑞行動上也有所動搖，今天說來無非是婚外戀，當時守梅倒沒有什麼猜疑，張瑞自己卻又覺得對不起守梅，終於自殺。張瑞之妹改革開放後任北京《十月》雜誌主編（改用筆名某某，忘記了），在該刊發表專文，以真名真姓記述過這段事，已經不是隱私。我沒有記得周詳，怕所說有出入，故只略言之。平原詩社的人，我至今一個不認識。我罵他們，一是與守梅「同仇敵愾」，（事件發生後，胡風立即在《七月詩叢》的廣告中將杜谷一本除名。）二是我當時的「情敵」也是他們一起的人，就是成都那些所謂「二泉文人」（經常聚會於二泉茶館的）。守梅（或是方然）曾在《呼吸》上有文章涉及我這事，故被他們譏為「吃醋文學」。舒蕪上

wu yongping，您好！（主題詞：張瑞之妹）〔註26〕

想起來，張瑞之妹主編《十月》雜誌時用的名字是蘇予，她關於她姐姐的文章也用此名。舒蕪上

〔註26〕筆者後來查到：蘇予《藍色的毋忘我花》，載《隨筆》1989年第4期。

2006-03-03　第 20 節,「用反教條主義掩蓋反馬克思主義」

先生：

蘇予的文章我沒讀過。過幾天去圖書館找找。

張瑞的事情,我並不想多寫,只提一筆。關於您的初戀,也還沒有決定是否要寫。

我想先把全書的架子搭起來,在修改時慢慢補充。

永平

wu yongping,您好!這些都不過牽連涉及,隨便談談往事,當然無須寫進文章。舒蕪上

先生：(主題詞：第 20 節)

寄上第 20 節「用反教條主義掩蓋反馬克思主義」,請批註。

永平

舒蕪先生對第 20 節如下幾段有批註：

何其芳如此重視 C 君,並不是沒有道理的：胡喬木時任毛澤東的秘書,又是延安「總學委」的負責人,除了他,別人說話不會有如此大的氣勢：開口便是「這大半簡舊中國」,而「此調不彈久矣」也頗有「毛派」的風格。不過,與其說他的批評是針對茅盾和夏衍的話劇,不如說是針對使他十分惱怒的胡風和舒蕪此前所提出的若干理論觀點。(舒蕪先生批註：胡是總學委委員之一,還是宣傳口分學委負責人,需要查一下。我記得是分學委。)

……

這裡提到的「胡喬木也批判到他」,大概指的就是「C 君」的發言,上文已經分析過「C 君」曾激烈地批評有些人「用反教條主義掩蓋反馬克思主義」,他指責的有些人就包括了陳家康。

(舒蕪先生批註：白沙看不到新華日報。我至今沒有看過新華日報上那個座談會紀要,也沒有聽胡風說起過。我告訴陳家康的,是十一月八日胡喬木與我談話,開宗明義就指出我的錯誤與「我們黨內陳家康等同志」的錯誤有相關處。座談會紀要陳自己會看見,用不著我告訴他。)

……

舒蕪任教的國立女子師範學院自 1945 年 8 月一直在鬧風潮,學校師生起初是抵制教育部將該校遷到重慶近郊九龍坡的決定,1946 年 3 月後又拒絕教

育部繼解散令後成立的「院務整理委員會」。一邊是態度堅決，一邊是手段強硬，長期僵持不下。舒蕪站在臺靜農等教授一邊，不接受「院務整理委員會」換發的新聘書。當年夏末，臺靜農教授應聘臺灣大學，舒蕪本也想同去，因有人掣肘而未果，遂奉母出川返回故鄉安徽桐城故宅。當此紛亂時刻，他無暇與聞文壇上的理論是非。（舒蕪先生批註：我沒有想「同」去，只是希望臺公去後能介紹我去，也不是去臺無望，才奉母出川，而是出川時今後飯碗還等待尋找，包括希望去臺。）

胡風則從年初起就度日如年地等待著飛往上海的機票，上海的攤子已經鋪開，《希望》第 1 集已按計劃重印，而人卻過不去，這豈不是要命的事情。（舒蕪先生批註：這種諷刺語調似不必。）

先生：

讀過您為 20 節所作的批註。

這一節是未讀您的全信時寫的，有幾處措辭不嚴謹，確實應該改正。尤其是關於諷刺的口氣，是要不得的。儘管想寫得活潑一點，但還是不應該的。

文中對胡風理論的分析，並不是從現在的眼光來進行，而是用當時的一般觀念進行的。您沒有對此提出意見，我還是能體會得到的。

永平

先生：（主題詞：信的時間不對）

九十三信與九十四信的時間順序不對。

應調整一下。

我會記得在文中把握分寸，張瑞事只會略提一下。

永平

Wu yongping，您好！信的時間，謝教。舒蕪

先生：您好！

關於胡喬木在學委和宣傳委員會中的職務查清：

1942 年 6 月 2 日，中共中央總學習委員會成立，毛澤東任主任，康生任副主任，胡喬木任秘書。1943 年 3 月 20 日，中央政治局會議決定推選毛澤東為政治局主席，書記處主席。會議還決定成立中央宣傳委員會，由毛澤東、王稼祥、博古、凱豐 4 人組成，毛澤東任書記，王稼祥任副書記，胡喬木是秘書（實際負責人）。

永平

Wu yongping，您好！（主題詞：補充意見。）

　　我還想起，關於我也想去臺大未成，只要說未成，不必說有人掣肘等等，是不是？舒蕪上

先生：

　　關於你想去臺大事，文中只會從臺先生關照的角度略寫一筆。魏先生是否起過阻礙作用，由於沒有確實的材料，當然是不能隨便寫的。我心裏存疑就行了。

　　謝謝。

　　永平

先生：（主題詞：問一信）

　　我想看看胡風 1946 年 7 月 17 日致你的全信。

　　因為你於 1946 年 7 月 1 日致胡風信中寫道：「前寄論文，又牙痛中寫一短信，想都收到。這幾天想正忙於第三期吧？總是你一個人忙，怎麼得了？打算到上海給你分一點勞，但飯碗不在那裡。」「離開上海更遠，也是更為討厭的事。」

　　我想知道胡風對你想去上海的事情的答覆。

　　永平

wu yongping，您好！請待明天上午查覆。

　　舒蕪上

2006-03-04　舒蕪談 1946 年謀職事

先生：

　　1946 年您與臺先生一同辭聘，此事您似乎並沒有寫信告訴胡風，為什麼？

　　辭聘後你在多封信中表示希望去上海謀職，胡風卻一直不肯明確答覆。這也是很令人費解的事情。聯想起 1945 年你的飯碗發生危機時，他卻猜測你想到《希望》來幫忙，訴了許多苦。他似乎不願你插手雜誌的事情，也不願拉得太近。

　　當年，您有這種感覺嗎？

胡風 1946 年給你的信應該很多，但曉風並沒有編進全集。我現在想知道的是，他對您的困境是否很關心，是否真正想幫忙。

永平

wu yongping，您好！辭聘事本來應該有信告訴胡風的，現在沒有，不知道是另有機會面告或轉告了，還是存信不全或退還不全。當時我倒沒有覺得胡風不願意我插手雜誌，或不肯替我盡力，我本來也認為他在這方面大概門路不多，原諒他在教育界大概沒有什麼辦法，也知道文藝界謀飯碗不容易，我只是姑妄碰碰一切機會。回想起來，解放前，的確也沒有一個朋友的職業是由胡風的力量找到的。解放後，他倒是熱心為我找過陳家康，找過馮雪峰，找過東北人民大學，特別是東北人民大學完全成功了，只差南寧堅決不放行。至於胡風給我的信，家屬不願意全部發表，原因您可想而知，我也沒有辦法。舒蕪上

wu yongping，您好！胡風 1946 年 7 月 17 日有兩信給我，第一信沒有談到我職業的事，第二信全文云：（略，吳注）舒蕪

先生：（主題詞：問平原詩社事。）

你在第 99 信中寫道：守梅來玩了五天，今早才走，情形已很好。我們談到許多問題，尤其集中於「成都文化」上。嗣興曾說那是野蠻而又假扮文明，守梅說是比以前上海的更低能的才子加更惡劣的流氓，我說是虛偽浮誇的浪漫主義；總之，就是發源於成都的，以什麼「平原詩社」之流為代表，實在禍國殃民。因此，守梅想到成都，就在那裡建立一個小據點，打擊和突破。他說，可以找方然當「方面軍總司令」，他就近輔助，大家來策應。他並且建議推廣這個「方面軍總司令」的制度。我很同意。不知你以為如何？事實上又如何？這個，似乎很可以從長計議一番。

「平原詩社」是盧甸和杜谷組織的，他們都算是「七月派」。當年你們對他們評價如此之低，不知胡風是否同意你們的看法。阿壟建議成立「方面軍總司令」制度，也不知道胡風覆信中是如何答覆的。

《〈回歸五四〉後序》中所摘胡風 1946 年 7 月 17 日致你的信只有短短的一句。希望能提供全文。

永平

2006-03-05　第21節，「寂寞與復仇」

舒蕪先生寄來《中國歷史教科書風波》等網文。

先生：（主題詞：黃先生的「過獎之語」）

讀您的《現代朱批》，見下面一段：

〔一九四二年一月〕三十一日晴暖　方孝博邀至其寓為餐聚，其寓在南開中學之津南村，經三友路，梅花舒蕊，璀璨引人。於其坐上復見陳獨秀氏之古陰陽入互用例表，及方重禹所作論墨子立言各篇俱本三表之法，於尚賢三篇亦本斯旨，足破俞蔭甫等之陳說，至為精確。方君將為政校助教，……（下面一句對我過獎之語，略。——舒蕪）。孝博夫人任教南開，觀其舉止，殆亦名門之琬瑜也。

希望能讀到黃先生的「過獎之語」，這是前輩學者對你的評價，似不必有所顧慮。

又，你在 1946 年所作的《過程與結論》和《論「實事求是」》中大量引用《整風文獻》，你在注釋中寫道：「此文，以及下篇引用的《整風文獻》，都是毛澤東的文章，當時國民黨統治區內，不便公開寫出這個名字，只好隱去，這裡也不補出，以存歷史原狀。又，馬克思、恩格斯、列寧、斯大林，這些都不便公開寫出，只好代以官僚特務們不太熟悉的卡爾，弗列德里契、伊里奇、約瑟夫，收入本集時也都保存了歷史原狀，這裡一併注明。」

這本書是中共為整風出版的內部材料。請問，這書是何人於何時何地送給你的。

永平

wu yongping，您好！《整風文獻》從何處得來，記不清了。黃淬伯日記附上。舒蕪上

（吳注：黃淬伯日記影印件上對舒蕪的「過獎」之語是「得此英才，尤足親也」。）

先生：（主題詞：關於注釋）

第 99 信注釋：「生活論」：指當時我正開始寫的系列論文集《生活唯物論》，其第一章《論實事求是》已經在《希望》雜誌上發表。

吳按：該文載《希望》第 2 集第 3 期，出版時間是 1946 年 7 月底。因為，胡風的「編後記」寫於七月二十日。而你的這封信寫於 1946 年 7 月 11

日。注釋宜改為「將在《希望》雜誌第 2 集第 3 期上發表」。

　　永平

wu yongping，您好！謝謝，照改。舒蕪上

先生：寄上第 21 節草稿，請閱批。

　　下一節寫告別臺師離川及對《論實事求是》的評價。

　　永平

　　舒蕪先生對第 21 節「寂寞與復仇」如下段落作了批註：

　　所謂「失敗的消息」指的是教育部作出了最後的決定，先將原女師 學院 解散，然後成立「 院 務整理委員會」，遷址至重慶九龍坡再建，並重新為教員下聘書。風潮鬧了大半年，為何沒能得到「輿論」的聲援呢？主要原因大概有：此次風潮無關乎政治，因而未能引起各派政治勢力及社會的嚴重關注；抗戰勝利後原內遷各校出川可稱之為「復校」，而戰時新建的女師 學院 出川則只能稱為「遷校」，情況有所不同；師生的意見不統一，有人提議遷住開封、濟南，有人提議遷往北平、青島，而院長謝循初教授主張遷往安徽采石磯。

　　（舒蕪批註：不是師生意見不統一而影響到失敗，只是教育部尚未明確不遷之前，關於可能遷往地址的紛紛傳言猜測。此節似可不提。）

　　……

　　處在這種困境下，他惟一能做的事情就是「求職」和「等待」。「求職」是找飯碗，他曾託成都的倪子明、方然，重慶的陳家康、楊榮國、周谷城，上海的胡風，安徽的黃淬伯教授，幫助尋找職業；「等待」的是出川的途徑，他四外拜託親戚、朋友、同事、熟人，想找到不花錢或少花錢便能出川的交通工具。

　　（舒蕪批註：楊榮國、那時還不認識。周谷城，從來毫無關係。黃淬伯，不記得他當時在哪裏，是他家鄉南通還是南京上海，反正不在安徽；他是有可能去安徽大學之一說，但只是一說而已。）

先生：（主題詞：請教）

　　第 127 信：（二）昨天看了鄧南遮的「死的勝利」，不懂得為什麼這樣一個法西斯主義的作品，藝術上竟也能達到或種的高度？是其中也有些並不法西斯的東西呢？還是怎樣呢？

「或種」是否應為「何種」。
　　永平

wu yongping，您好！「或種」就是「某種」「若干種」，無定數、任意數的意思。舒蕪白

先生：（主題詞：謝謝指教。）
　　過去我沒見過這種說法，是佛經中的用語嗎？
　　先生教我，我得益了。
　　永平

wu yongping，您好！當時文章上常見的，我倒沒有注意後來少了。舒蕪上

先生：（主題詞：批註太少）
　　批註的地方太少。是否有顧慮。永平

wu yongping，您好！這一節多是心情分析，無甚出入，故提不出多少意見。何顧慮之有？舒蕪上

先生：您的批註寫道：「楊榮國、那時還不認識。周谷城，從來毫無關係。黃淬伯，不記得他當時在哪裏，是他家鄉南通還是南京上海，反正不在安徽；他是有可能去安徽大學之一說，但只是一說而已。」
　　我讀到第 90 信中有：「想找貴兼，找楊榮國周谷城之類的人介紹一下教職，不知怎樣。」便以為你當時認識楊周等人，原來並不認識。稿照改。述及其他人時也模糊一點。
　　永平

wu yongping，您好！原意是想託陳家康轉找楊、周等設法，估計陳與他們相熟。不記得陳怎樣答覆的。舒蕪上

先生：（主題詞：謝謝。下午再談）
　　下午開始寫另一節，準備系統分析一下當時你與臺先生的關係及你對他的認識過程。
　　論實事求是一文談到知識分子問題，尤其是書生和讀書人的問題。
　　將這兩方面聯繫起來，也許可以分析出某些東西。
　　譬如你的朋友當時對你的評價，似乎說你這些文章寫的是別人，其實說

的是自己。昨天讀信時的感想，記得不太真切。下午再查查。

　　越來越覺得難寫了。很多地方要依靠「心理分析」？！

　　永平

先生：

　　讀 46 信。有如下幾段。

　　　　我在這裡，倒並沒有理想方面的苦惱。無寧相反，理想的某一
部分實已實現了。風氣純為自由主義，可談之人不少。但正因此，
空閒大抵消磨於縱談之中，也不能做什麼事了。

　　　　在此自由風氣中，有一新從聯大來的年輕人，教文學概論之類
的，尤與我接近，尤可談。我亦以頗急進的面目相向，但總還未越出
「自由」的範圍。──或者我實在倒真是這範圍之內的角色吧！

　　　　對於臺君，我本無意以真相示之。所以問你，是要決定接近的
分寸。但現已談過幾次，其人確如你所云：善良而銷沉。對老人，
他是由衷景慕的。前天晚上，用談新聞的口氣，告訴他重慶這次紀
念的笑話，他為之驚異無已，似乎從未想到有此可能似的。他現任
國文專修科主任，據說講書卻不甚好云。

　　要請教的是胡風對臺先生的評價。你在前此的兩信中曾問到他是否認識
臺先生，印象如何，他都沒有回答你。這信裏提到的「善良而銷沉」，應該是
在二十日的信中寫到的。這信未見於胡風全集，也請示下。

　　永平

　　wu yongping，您好！胡風 1944 年 11 月 20 日信甚長，不知道何以沒有
編入全集。論臺先生一段云：「臺君見過幾次，不能說熟，但因為舊關係，像
是朋友似的。此人不壞，但因為生活艱難，且受挫折，已無朝氣了吧。近幾年
未見亦未通信，不大明白。你最好以同事關係接近，且不露真相，這一則可
以免無謂麻煩，一則可以看到真情。人苦不能變為第三者，常常被困於點頭
稱讚的和氣陣中，也是怪膩的。當然，只暫時如此，不久時世變遷，以會心一
笑破之可也。但不知你能自甘寂寞地韜晦否耶？」舒蕪上

先生：

　　你在第七十八信寫到──「不接來信已很久，不知三期怎樣，尤其是以
後怎樣了。《個人歷史與人民》本只打算寫一萬字的，不料寫成後又是兩萬

字，請看看而且說說意見吧！這回以苦茶先生為對象，是因為漸漸看到了這一方面的可怕；力求具體，但恐怕力量不夠，抽象的地方還是很多的。」

這封信寫於 1945 年 8 月 12 日。《胡風全集》中未收胡風 8 月致你的信。我想知道胡風信中對你這篇文章的評價。

永平

先生：

79 信（1945 年 8 月 20 日）中有「前信中這回的長論倘真印不出，當然也無法可想。自以為盡最大能力使之具體化了，並且解決了前面幾篇所漏下來的問題。但你以為如何呢？」

注 4 為「長論：指我所寫的答覆對於《論主觀》的批評的長文，題目忘了，後來終於沒有發表。」

這篇「長論」似乎指的不是《關於〈論主觀〉》，而是《個人歷史與人民》。78 信（1945 年 8 月 12 日）中明確寫道：

> 「又有一起幾篇短文，一起一篇長文：不知是都收到了，還是都沒有到？」
>
> 「不接來信已很久，不知三期怎樣，尤其是以後怎樣了。《個人歷史與人民》本只打算寫一萬字的，不料寫成後又是兩萬字，請看看而且說說意見吧！這回以苦茶先生為對象，是因為漸漸看到了這一方面的可怕；力求具體，但恐怕力量不夠，抽象的地方還是很多的。」

這兩封信的關鍵詞「長論」和「具體化」，完全相符。我懷疑「長文」指的是《個人歷史與人民》這篇文章。

你可以查查胡風 1945 年 8 月 12 日後、20 日前給你的信，驗證一下到底指的是哪篇文章。

永平

wu yongping，您好！胡風 1945 年 8 月 14 日信云：「這長文，恐難得印出，喬君刊是不敢用的。」怕不是《個人‧歷史與人民》，那沒有什麼敏感尖銳，不會估計《群眾》雜誌也不敢用。舒蕪上

先生：（主題詞：補充長文非答文）

查閱你與胡風的全部通信。答文早於 1945 年 6 月 21 日前寫好，因胡喬

木在當年 10 月看過此稿，並與你有過兩次談話後，胡風信中再也沒有提過這文章。在當年年底，胡風提出轉變策略，你還與之有過爭論。

所以說，是胡風決定不在《希望》第 4 期上用答文，而擬用《個人・歷史與人民》文，後說印不出，這說的是另一個原因。

永平

2006-03-06　舒蕪談胡風誤會他有「分羹之心」

先生：（主題詞：請教先生關於「救命」事）

你在《〈回歸五四〉後序》中寫到「大的主觀」之後，引用了胡風〔一九四五〕五、卅一夜給你的長信。然而又寫道：

> 胡風已經感到我的疑慮，很重視。但我的疑慮還只是萌芽狀態，所以他未能看出關鍵在於混淆了思想與政治，在於要以政治標準裁決思想問題。他只是指出了認識與實感的矛盾，我也模模糊糊地願意接受，實際上並不解決問題。接著我給胡風的信中又有所流露，胡風一九四五年六月二十六日給我的長信中就說：「嗣興兄看過你底信，說你好像慌張了起來，急著想找教條救命似的。」路翎倒是一眼就看出了我的疑慮的實質。

然而，胡風一九四五年六月二十六日給你的長信，談的並不是與「大的主觀」有關的問題，而是關於你要「上壇」去看看的問題。此信的第一句是：「前得要進京的信，不知怎樣回你。後來嗣興兄和梅兄來玩了兩天。嗣興兄昨天回去。今天又得兩信，都提到要進京的事。」

後面才是你在上文中引用的這句，而且全文是：「嗣興兄看過你的信，說你好像慌張了起來，急著想找教條救命似的。我覺得，不僅是向教條，還有一些出我意外的幻想似的。」

很明顯，路翎看到的信，是你談「進京的信」。你在前幾封信中，流露出因飯碗問題的不安，透露出想改換職業的想法，同時也提出了對「孤獨」的質疑及「羅亭」、「集體生活」等問題，這樣才引起了他們的警覺。

可為參照的是，胡風 1945 年 7 月 1 日給路翎信，信中寫道：「附上管兄一信。這已不止是急於向教條求救命了。我回信，不敢談基本問題，只把市場情形和刊的經濟情形告訴了他。他『上』來，我能做的是把刊的稿費以外的（如果有）歸他（沒有明說）。」

　　胡風此信中提到的「回信」，說是談到市場情形和刊的經濟情況的，應該還是他於 1945 年 6 月 26 日寫給你的那封信。但他寄給路翎看的，卻應該是你的七十五信（1945 年 6 月 29 日），你在這封信中是為「上壇」事作解釋。胡風對此仍然不滿。因為他對你完全誤會了，以為你是想「上」來參加《希望》的編輯工作，他在經濟上無法對你作出承諾，因而感到非常惱怒。

　　胡風在此信中批評你「不止是急於向教條救命」，頗值得玩味。還能有什麼呢？搶胡風的飯碗，分一杯羹？弄得胡風在信中向你叫苦。

　　胡風給路翎附去的信，為何是你的第七十五信呢？因為路翎 6 月 25 日從胡風家返回北碚，之前的信他應該讀過，胡風只會把之後的信轉給他看，而在 25 日之後，7 月 1 日之前，你只給胡風寫過兩信，一信是 6 月 26 日寫的，太短，沒有談具體事情，6 月 29 日的信很長，談了許多具體問題，而且帶有怨氣。為此，胡風要轉給路翎看。

　　由此可見，當時胡風對你的不信任（也可以說是誤解）到了何種嚴重的地步！

　　不知我的想法有沒有一點道理。

　　永平

wu，您好！（主題詞：謝教）

　　原來會誤會到這樣，我居然麻木不仁，一直毫無覺察，今得君指教，才恍然大悟。那麼後來我想到上海，由衷地願為之分一些勞，他更會認為我分羹之心不死了，哀哉。舒蕪上

2006-03-07

先生：

　　近來我也想過這問題，為什麼胡風堅決不讓任何人插手他的刊物呢？

　　七月時期是這樣，希望時期也是這樣，桂林時與聶紺弩鬧得不愉快，辦南天社則對不起武禾，這些現象底下都是有經濟原因的。

　　西方學界近年來有種看法，他們認為人類的一切活動都可以用經濟學的原理來進行分析，包括文化事業各方面。

　　這個看法雖然有點問題，但無疑可以打開人們的思路。

　　胡風解放前的經濟狀況，至今沒有人系統地研究。但從他自己的回憶中洩露的若干情況分析，他一直能從多種途徑得到錢，經濟上還是可以的。最

明顯的一個例證是，重返上海後，為房子問題與房客鬧糾紛，他可以一次開出價值十幾根金條的支票讓他們搬走。

因此，我對胡風信中始終對你叫苦，覺得十分不解。

永平

wu yongping，您好！那時真是單純，絲毫沒有往這方面想，也就沒有注意到什麼蛛絲馬跡。所要看的信附上，信中說的「解散事件」指女師學院被教育部解散。舒蕪上

先生：（主題詞：請問）

以下是你的第八十九信片斷

1946・三・廿一日（江津白沙→上海）

數日前接十日信，就趕著編集，直到今天，算是編成了，另捲寄上。希望你能寫一篇序。出賣的機會，也請儘量及早注意。

上海的情形和你的情形竟是那樣，很想不到。已出的兩期，效果如何呢？你的「物質環境」，又如何改善呢？這些真都是大費思索的事。

信中提到胡風 1946 年 3 月 10 日給你的信，也未收入《胡風全集》。我想知道胡風在此信中是如此向你描述上海的情況及他的情況的。

永平

先生：

還是問同一信。你在信中問胡風「已出的兩期，效果如何呢？」他是怎麼回答的？

永平

wu yongping，您好！附件中是胡的信。舒蕪

（附件中是胡風 1946 年 3 月 10 日致舒蕪信，筆者注）

先生：（主題詞：關於臺靜農）

請問先生 1990 年 11 月 15 日作的《悼臺靜農先生》，載於哪個刊物及刊期號。我是在網上讀到的。

這篇文章雖與後作的《憶臺靜農先生》有部分重複，但感情更真切充沛，可惜未收入《舒蕪集》。

　　永平

先生：胡風信收到，謝謝。

　　明日再談。永平

wu yongping，您好！關於臺先生，記得只寫過《談龍坡雜文》和《憶臺靜農先生》二文，不記得有《悼》文。您見於何網？舒蕪上

2006-03-08　因家事外出

先生：

　　請看附件。似乎是從您的博客上看來的。

　　我要外出幾天，去長沙處理緊急家事。

　　匆匆！永平上

2006-03-13

wu yongping，您好！此文為何而寫，發表何處，我完全忘了。謝謝。等候您回來再談。舒蕪上

wu yongping，您好！（主題詞：不知何人將副標題改為正標題）

　　拙文原題：《談龍坡雜文——悼臺靜農先生》，已收入《舒蕪集》第二卷。不知何人將副標題改為正標題，發到哪個網上的，我自己沒有發過。舒蕪拜上

2006-03-16　舒蕪寄來《致胡風信》二次整理稿

先生：您好！

　　上星期因家母病故，回長沙奔喪。後事已料理完，昨天過完頭七後返漢。

　　家母患尿毒癥，做了三年透析，苦不堪言，如今得到解脫，於七十九歲高齡辭世，也算得享天年了。

　　逝者長已矣！工作還得繼續做。下午去省圖書館借閱路翎劇作選，想讀讀《雲雀》。

　　永平上

wu兄：（主題詞：舒蕪敬唁。）

　　驚悉令堂逝世，敬致悼唁。《雲雀》只是大致取其本事，加工甚大。真事還是以蘇予所追憶為準。舒蕪致胡風信札已經整理一過，想再發上，請撥冗

再校閱成為定本，以便投稿，不知道行不？舒蕪拜上

先生：謝謝！

    請將信札發來。近幾天可以看一遍。

    下午去省圖，剛到家。

    永平

先生：您好！信札收到，請放心。永平

先生：第二信「尖頭鰻」：Genterman（紳士）的戲謔性的音譯。

    吳按：英文應為 Gentleman

    永平上

先生：第十一信。

    就譬如，看了嗣興給你的信，他說他還不明白他「究竟為什麼而寫作」，我也想這樣說，可是卻說不出來，似乎我的寫作的意義已經很明白，寫出去就震撼一時，侈風易俗，名垂竹帛，功在千秋了。

    吳按：其中「侈風」，似改為移風為好。

先生：第十五信。關於歷史教育的，沒有看到，不知怎樣了？「蝸牛」如何？！

    吳按：「蝸牛」。

舒蕪先生答覆：謝謝。照改。

    舒蕪先生寄來《雙方斗爭已至臨界線……》《專訪戴晴談中青社冰點……》《北京收緊……》《蘇家屯內幕……》等網文。

2006-03-17

    今日繼續讀《舒蕪致胡風信》編校稿，與先生通信近二十通，皆為討論某信某注或某字是否有誤，是否需要修改。對於大多數有疑惑處，舒蕪先生基本採納了筆者的意見（略去），只有下面兩處，先生主張不予修改。

    吳按：信中多作羅曼羅蘭，似應改為羅曼·羅蘭

    （舒蕪先生批註：當時都是那麼寫，照原樣吧。）

    111信。書簡今天才到，封面已全破，收信人名只勝「管先生」三字。但拆開一看，歡喜極了，因為並不知有此集出版，一直以為是那景印（吳按：

影印？）的一本也。這個頗有意思，當細讀，或可作一系統的研究，成文寄上。

（舒蕪回覆：向來只寫景印，還是照舊吧。）

2006-03-18　舒蕪談 1947 年事

先生：（主題詞：請教）

請教一個敏感問題。1947 年 9 月你在桐城時，解放軍曾佔領該地。

你在 1947 年 10 月 3 日致胡風信中寫道：「共軍入城半月，日前退去。半月之間，也不知你們有信來否？下期決去南寧，在桂林師範學院教書，現等旅費動身。一切雜亂無章，不能多寫信，京滬諸友處，請便中代告平安，為荷。」

胡風自傳中寫道：「記得在解放軍進到桐城以後，為了祝賀舒蕪被解放（方然以為舒蕪會隨解放軍去的），他還寫了舊詩寄賀舒蕪。」

胡風又在三十萬言書中寫道：「一九四八年他從劉鄧大軍佔領過的家鄉跑出來的時候，直接住到了我家裏，他對解放軍的態度引起了朋友們的強烈的不滿。如路翎同志在報告中所寫的，已經對他的氣質感到忍耐不住的厭惡了。」

問題是：

一、方然是否寄一舊詩賀你。

二、你當時有無可能參加解放軍。

三、你到胡風家後，是否說了解放軍的壞話，而引起他們的不滿。

wu yongping

wu yongping，您好！1947 年 9 月，劉鄧大軍過桐城半月而去大別山，半月中桐城與安慶音訊不通，方然不可能有詩郵寄我。大軍過後，我取道安慶赴滬轉南寧，到安慶直接落腳方然家，他還送我上赴滬的船，不記得他給什麼詩給我看過，也不記得他曾對我之沒有參軍表示詫異。半月之間，我家中住過部隊，最高只接觸到一位副連長（後來似乎聽說是陳錫聯部），相見客客氣氣，但他們走時卻拿走了我一床新婚的被，大約我告訴胡風的就是這個。半月之間，看來他們並不知道我的政治和文化身份，他們眼中，我大概只是一個地主家庭裏新結婚的少爺而已，我考慮過，當然不可能以這樣身份去參軍。舒蕪上

先生：（主題詞：請教）

再請教一事。1947 年 11 月初你到上海住在胡風家。下面是我寫的部分內容。永平

> 梅志《胡風傳》記述了他們的這次見面，兩年後的第一次見面。從字面上看來，似乎並不太愉快。「舒蕪偕新婚妻子來此度蜜月，要住在胡風家，胡風只得將三樓的書房騰出來，自己和 M 及曉谷住在一起。M 雖已臨產，但還得為客人做早餐，買早餐太貴，只得讓他們和自己家人一起吃泡飯和用救濟粉攤的麵餅……舒蕪夫婦住了九天後才回桐城。當天晚上，M 就見了紅，第二天一早送到醫院……在下午 5 時生了一個男孩……」（第 538 頁）

> 其實，舒蕪到上海並非度蜜月，早在兩個月前他已完婚。他是路過，經上海轉廣州去南寧任教。離開胡風家後，他們並未返回桐城，第二天陳沅芷返回（吳按：不知這個判斷是否準確你妻子似乎並沒有去與你一道去南寧，但她是返回桐城或是去北平呢？），他則乘船去了廣州（吳按：是坐船嗎？）。

wu yongping，您好！陳沅芷由上海取海道回北平繼續讀大學，我由上海飛廣州轉溯西江赴南寧。舒蕪上

先生：（主題詞：再請教）

賈植芳在《胡風為何不能取信於毛澤東？》一文中寫道：

> 1947 年舒蕪來上海，胡風把他帶到吳淞路義豐里我住的家，在我這裡住了半個月。舒蕪曾經神采飛揚地說到 1945 年國共談判時，毛澤東帶領中共代表團到重慶，在曾家岩 50 號設宴款待各界人士。周恩來在這個場合向毛介紹胡風，毛熱情地握住老胡的手，說：「胡風同志我知道，你的《七月》辦得很好，我是你的忠實讀者！你為我們做了很多有益的事，你辛苦了！我敬你一杯！」說完一口喝乾了手裏的酒。舒蕪現在還活著，我想這樣的歷史細節不會是他隨興發揮出來的。

問題是：梅志說你在他家住了九天，而賈卻說你在他家住了半個月。請問 1947 年你是否兩次到上海。賈說是否正確。

wu yongping

　　wu yongping，您好！我 1947 年是兩次過上海，第一次是離開徐州，到上海迎接陳沅芷自北平來，同回桐城結婚，在賈家住過半個月。他所說我說的種種，應該不是他編造的，但我現在卻絲毫沒有記憶，不敢斷言是怎麼回事。第二次，婚後，我們取道上海，我去南寧，陳沅芷回北平，這次才是住胡風家。舒蕪上

2006-03-19　舒蕪說當年未觀看《雲雀》公演

先生：（主題詞：請教）

　　1947 年 10 月 10 月 18 日前後，舒蕪偕新婚妻子陳沅芷到上海。住在胡風家裏。住了九天。《胡風自傳》中寫道：「舒蕪偕他的新婚妻子來，說要住在我家。這次主要是向在上海做寓公的父親要錢，同時在上海玩玩度蜜月。我只好將三樓的書房讓出來，將日記本拿下來，與 M 及曉谷住在一起。當天，M 為招待他們做了幾個菜。」「舒蕪已從他父親那裡拿到一部分股票，馬上換成了現鈔。M 和他們夫婦尤其是他夫人沒有什麼話可交談，他們這幾天總是吃了早點就出門，晚上很晚才回來。我就抓空子寫些信，別的事是無法幹的。」（第 693 頁）

　　第一、胡風說你的父親當時在上海作寓公。是否屬實？

　　第二、你從父親手裏拿到多少股票，能夠還清債嗎？

　　wu yongping

　　wu yongping，您好！那次我根本沒有去找父親。股票是南通大生紗廠的，是祖父傳下來的。南通狀元實業家張謇創辦大生紗廠，東南一帶世家大族多入股，我的伯祖父方倫叔與張謇有交情，大概入了若干股，我祖父分家時分得若干股票，又分給幾房兒子。數目已經很少，我在上海賣掉的，只夠補充兩人旅費而已。那次我們路過上海，並不是度蜜月，只是我去南寧，妻子回北平，都必須經由上海。關於我的結婚、為什麼沒有參軍、為什麼去上海、那幾天實際上沒有住胡風家（並不是早出晚歸）等等情況，我在《口述自傳》第 180～182 頁已經有詳細敘述，請參看。舒蕪上

先生：幾封信均收到。請看如下一段：

　　　　舒蕪曾於 6 月底 7 月初來上海。《胡風自傳》中寫道：「植芳陪舒蕪和黃若海來我家。舒蕪是去北平相親後來上海親迎未婚妻同去老家結婚，本想住我處，我將這裡惡劣的政治情況告訴了他，他就

住到植芳處去了。黃若海可能是路上遇見的。」「舒蕪住在植芳處已好幾天了。我到那裡去看望時，常遇見很多客人，十分熱鬧嘈雜。舒蕪無所事事很無聊的樣子。他說未婚妻不會來了，準備回去。帶他回家住了一夜後，他就回桐城去了。」（《胡風全集》第7卷，第687～688頁）

胡風說你這次來上海沒有接到陳沅芷。是嗎？

永平上

wu yongping，您好！（主題詞：舒蕪覆信）

在上海接到陳沅芷了，就一同回桐城了。舒蕪

先生：（主題詞：請教）

化鐵在《逆溫層下》一文（收入《胡風三十七人談》）〔註27〕中寫道：

　　胡風由重慶回到上海，舒蕪則應聘去了南寧。

　　1947年《雲雀》在南京首演。他們在路翎處見面時，舒蕪表現了一種清高的、不屑與談的態度，曾使我大為驚訝！所謂裂痕，並不是到了1955年，而是一開始，1945年存在。那天夜裏，在座的人們為《雲雀》的劇本與演出提出了些意見。但舒蕪是一言不發，與夫人一起冷冷地坐在遠離人群的地方，鯁直的胡風並沒有覺察，倒是路翎注意到了。

　　「你看！」他對我說：「那兩口子在角落裏談戀愛呢！」（第708～709頁）

你於當年2月去過南京，第一一六信（1947年2月21日）寫道：

　　十九日來京，和汸翎鐵等玩了幾天。明日乘船去安慶。

　　剛才在翎這裡看到你的信，匆匆，來不及詳回，一切都請他告訴你。

　　在家中大約住二十天，擬（下月）十號動身，安慶如有直達上海船，就來滬看你。

問題是：

一、你是否觀看了《雲雀》的首演？

二、你是否與未婚妻一起去的？

〔註27〕曉風編：《我與胡風——胡風事件三十七人回憶》，寧夏人民出版社，1993年。

三、胡風是於 6 月 21 日~28 日在南京參加路翎劇本《雲雀》的演出活動的。那次你是否也去了，化鐵說的是不是這一次。

wu yongping

wu yongping，您好！化鐵完全錯記，我們過路翎家時，在《雲雀》演出之前。後來演出，我們根本沒有在場。（至今只看過劇本）舒蕪上

先生：（主題詞：再請教。）

《胡風自傳》中寫道：「舒蕪無所事事很無聊的樣子。他說未婚妻不會來了，準備回去。帶他回家住了一夜後，他就回桐城去了。」（全集 7 卷，第 687～688 頁）

你說在上海接到了陳沅芷，這事胡風竟然不知道。當時你沒有把陳沅芷帶到他家去嗎？

另外，胡風接你在他家住了一夜，你和他談了些什麼，你對他的感覺如何？這應該是你與他分別近兩年後的第一次談話。你是否覺得兩人間的距離越來越大了。

wu yongping

wu yongping，您好！我在上海接到了陳沅芷，不會不帶她去胡風家，不知道胡風為什麼不記得。至於那一晚，我不會把陳沅芷丟在一邊，自己一個人去住胡風家的，——情況完全模糊了。舒蕪上

先生：

口述自傳曾按你給的郵箱寄信購買，但未見回音。

胡風所說的與事實有這麼大的出入，真是不可思議。

wu yongping

wu yongping，您好！不知道「遺忘」在心理學上有多少專門研究，推想應該有的。一定很有趣。然而也就有些無聊。舒蕪上

先生：

能否讓許福廬先生轉讓一本口述自傳。

告之地址我匯款給他。

wu yongping

wu yongping，您好！剛好前天清理發現有餘存一本，即另郵寄上。請將

郵碼、地址開來，好寄書！舒蕪上

先生：您好！

131 信中寫道：在校中做了一通傻子，最近漸漸看清，原來全被偽善者與怯懦者利用而且出賣了，很有悲憤。

132 信中又寫道：這裡也是無聊的。前信說的無聊糾紛，那人，因醜德彰聞而被學生拒絕選其課了。他更集怨於我，似乎要有所作為，但其實也作不出什麼，無非嘰嘰咕咕。

這裡說的是誰，王西彥嗎？你與他有什麼具體的糾紛，他為何容不得你？
wu yongping

wu yongping，您好！這裡說的是張畢來。他的事，又是說來話長，且待他日。王西彥，後來我們是好朋友。舒蕪上

先生：135 信，南寧解放 1949 年 12 月 4 日，信中錯為 1948 年。
後信時間也標錯。136 信應為 1950 年。
wu yongping

先生：140 信在舒蕪集中原有一小注，云（此信複印件缺下文。──舒蕪）
這句話還是應保留。因為此信特別重要，你第一次向胡風公開說明要寫檢查文章事，並沒有瞞著他的意思。
不知胡風是如何回答你的，全集中未收。
wu yongping

先生：141 信時間的表述方式為〔1950〕26/9，與上面不一致，似統一為好。
下面的信也有這問題。
wu yongping

wu yongping：（主題詞：指教均照改，謝謝）舒蕪

先生：九十四信中所說的「論文集編好」，這論文集的名字應為《走向今天》。
胡風 1950 年 3 月 29 日自上海寄你信中，提到把論文集《走向今天》寄還給你，讓你在當地找機會出版。
wu yongping

wu yongping，您好！《走向今天》是後來所編，與此兩事。舒蕪

2006-03-20　舒蕪談南寧師院事

先生：您說《走向今天》是後來所編，但我從你與胡風的來往事件中找不到根據。

1946 年你編了三個集子：雜文集、論文集和近代文選。後來信中所提到的長論和短論，提的也是前兩個集子。您到徐州及到南寧後並未重編。根據胡風所說《走向今天》仍是包括「論主觀」以下五篇，與 1946 年編的相同。

因此，我疑心這集子就是 1946 年編的，當然集名可能是後來取的。

永平上

wu yongping，您好！記不確切了。反正《走向今天》這個書名，只可能是解放前夜取的。至於《論主觀》以下五篇，當然總會包括在內。問題是如果是解放前夜另編，應該不僅此五篇而已。舒蕪上

先生：您好！

讀你的《憶楊榮國教授》。你自到南寧師院後便捲進政治鬥爭，但那些事情在給胡風的信中沒有反映，不知何故。

另外，你何時參加學校的教授會，這個組織有無中共領導，主要領導者是誰，會中還有其他哪些人，你在裏面承擔什麼工作，曾作過什麼事情。

永平上

wu yongping，您好！所問《口述自傳》中都有。另附上近作一篇。舒蕪上

（《超前的識見，開闊的胸襟──二○○五年十二月二十三日在「文學史家譚丕模評傳」座談會上的書面發言》

先生：

你在《超前》一文中寫道：

解放初，高先生被全校學生投票普選擔任了臨時院務委員會的主任，可惜不久因腦充血逝世。

你在院務委員會中擔任何職？這在口述自傳中也有嗎？

永平上

wu yongping，您好！我是委員之一，沒有更具體的分工。高先生只有一

隻腿，行動不便，所以與解放軍、軍管會的聯繫，都是我和張景寧教授擔任。
舒蕪

先生：

惠寄的文章我已從網上下載。

我想問的是：

當時你參與了那麼多社會工作，為什麼在信中並未向胡風透露。

是耽心胡風不贊成嗎？

永平上

wu yongping，您好！說不清，也許覺得這些都是小事，不是他感興趣的吧。
舒蕪

先生：讀一二九信。

> 昨接十七日信，並六十萬元，今天又接到「兒女們」和「掛劍」
> 兩書。「兒女們」的裝訂是這樣的好，看了是高興的。聽龍兄說，因
> 為紙的問題卻拖住了，不知現在如何？廣告上說分裝兩巨冊，那麼
> 賣出的又不是這樣的了。夾在包裹的木等的「公意」，看了。這個「才
> 子」真是「才」得很！

此信提到胡風 17 日的來信，在這封信中胡風應該談到對寄來的《大眾
文藝叢刊》的評價，「公意」，「才子」云云，應該是引用胡風的原話。不知對
不對？

能否寄來看看。

永平上

wu yongping，您好！查胡風三月十七日來信，並沒有「才子」「公意」等，
只有：「文稿收到。我覺得，拿出自己來這原則是對的，但這個自己可以藏在
戰法和戰力上去，貫注到『身外的』目標底達成上去。使人看不見自己也許
正是投進得深，拿出得更有力吧。」倒是四月十五日來信如附件，似乎「才
子」「公意」皆是我先說的。不知道怎麼回事。舒蕪

（附件：胡風 1945 年 4 月 15 日致舒蕪信）

先生：

信中有「公意」，但無「才子」。

前者是確是胡風先說的，後者是你說的。

永平上

先生：

一一八信似乎標點有錯。見如下：

想你已知道，我現在又算是在戀愛了。既然愛了起來，就總會
沉重，不會甜蜜蜜的。而人又遠在北平。因此，暑後一定進行去平
津工作，不知可能實現。情緒頗亂，力自鎮壓，近正詳讀貝多芬傳。
極有益，加之學校內部糟了起來，

「貝多芬傳。極有益，」句號與逗號似乎應互換。

wu yongping

wu yongping，您好！謝謝，照改。舒蕪

先生：寫到困居空山到出川再到江蘇學院，發現這一段你的情緒非常不
安，後來在信中發現你是經歷了失戀的痛苦。

舒蕪 1947 年 2 月 12 日致胡風：你大約已經知道，去年四月，
我有過一次所謂「失戀」的事。當時，除了把信件之類寄寧保存，
無須自己敘述，又與梅面談，較易說清而外，不曾用通信告訴過任
何朋友，覺得無從說清。但現在，從「呼吸」，從「寂寞與復仇」，
從方然的「論生存」，從梅兄代我告訴你（我託他寫的）的信上，
你大約知道了。而自出川以來，直到去年十二月，這整整四個月，
我是幾乎已被擊倒，在掙扎之中表現得非常頹唐，這個你大約也已
感到。

這段戀愛能不能簡單地告訴我，對方是誰，是你的學生，從什麼時候開
始戀愛。對方的家世，性格，愛好。為何分手等等。對方後來怎樣？

此外，你與陳沅芷戀愛的經過，我也想瞭解一下。當年她在北平，而你在
徐州。如果過去沒有通信關係，中間沒有人介紹，也似乎不容易戀愛成功。

這些都是私事，但又不能不提到，只得請求你提供一點信息。

永平

wu yongping，您好！對方是學生，與我最接近，我致胡信中兩三次提到
的「曾君」就是。我們晚年還來往。她已經逝去。我與她的感情糾纏，歷時長
久，現在仍然難於說清，不是有什麼隱私，而是感情的清理，事情的評價，我

自己時時變化，朋友的評價也不能完全說服我，所以一時無從說起。陳沅芷也是女師學院的學生，抗戰勝利後轉學北平師範學院（就是北師大）。舒蕪

先生：讀一一四信。此信寫於 1947 二月十二日，到江蘇學院一個學期之後。

你在信中訴說了失戀的事情，並向胡風請教許多問題：

> 那麼，這是否不應該有的呢？今年起，我可以充分自信的說，總算戰勝了自己了，力量和關心，都已經回來。然而，曾經發生的事，究竟是什麼意義？我做的是否對？我又應該或能夠從那中間汲取些什麼？這些問題，雖然僅僅關涉於過去的事，但一直糾纏著我，我也渴望著得到一個解答。我的親切的朋友和引路人，就趁此，也請幫我解答一下吧！

如果胡風回信中談到上述問題，我想知道詳情。

另外上信中談「公意」事，我看錯了，也說錯了。這須得再查。

永平

wu yongping，您好！我信去後，現在僅有他四月十二日短信，已經是我去北平訂婚然後回徐州之後，完全沒有涉及我那些問題，不知道是他本來沒有及時回，還是我存信後來有遺失。舒蕪上

wu，你好！口述自傳今天上午已付郵，請注意查收。

bikonglou@163.com

先生：拙譯法國巴迪著《小說家老舍》已由長江文藝出版社印出，不日寄上，請指正。永平上

2006-03-21

先生：謝謝惠寄，收到後即覆信。

永平

wu yongping，您好！《西南師範大學學報》2005 年第 6 期有朱華陽、陳國恩《還原歷史的真相：關於舒蕪和七月派的幾個問題》一文，《新華文摘》2006 年 3 期有摘錄，看見過否？舒蕪上

先生：此文已經讀過。

作者是將您列入七月派的，我倒是贊同將您列入「希望派」。

七月與希望是有差別的，前者僅止於文藝，而後者進入了文化領域。但目前研究者很少有人能這樣看。

永平上

先生：又被雜事纏住了。

今天為所裏招聘研究人員出試題，明天上午交出。

雜事纏身，沒有辦法。

永平上

2006-03-22

先生：附件中是我的近作一篇，載昨天的《中華讀書報》，今天在網上無意看到的。原題是《老舍〈唐代愛情小說〉考索》，被他們改成了那麼個題目（《老舍英文論文〈唐代的愛情小說〉疑案》）。永平上

wu yongping，您好！已經在報紙上拜讀，仍是「細讀」學風。舒蕪上

2006-03-23　第23節，是不是你已經覺得我正逐漸遠去

舒蕪先生寄來《1950 年代中期中共黨內在社會主義建設方略上……》《回到家鄉，看見荒涼》《媽式「八榮八辱」，教導……》等網文。

wu，你好！（主題詞：校閱畢否）

致胡信已校閱畢否？可以投稿了麼？請告。舒蕪上

先生：（主題詞：校閱畢）

我已讀過一遍。沒有看出還有什麼大的問題。

我想，應該是可以投稿了。

編輯還要認真審閱的，他們當還會提出一些意見。那時再進行若干小的修改無妨。

謝謝信任。

並頌春祺！

永平

先生：（主題詞：請教）

以下是你的一〇九信，1947 一月十一日（徐州→上海。）

曉谷兄：在這之前彷彿有兩三封信，不知都收到沒有？

青光已見，總算是又有了這麼一個小窗口了。你所說的，大概可以使我知道一點「文藝理論家們」近來的高論，原來是要西線無戰事！那麼，好了，大家都去得「諾貝爾獎金」好了。不知是怎麼想的。

附信與文，請轉植芳。只有一小文，講戴震，而目的是補充主觀的，不知要否？

請教的第一個問題：胡風信中所說的「高論」，似出自於 1946 年 12 月 20 日的信。信中所說的高論及「諾」獎事，想知道詳情。

第二個問題，關於戴震的文章，是為《論主觀》作補充嗎？

永平

wu yongping，您好！1946 年 12 月末，他只有 25 日一信，極簡短，談書報雜誌收寄的事務。前後沒有別的信談「高論」「諾獎」事。但現在想來，所謂「諾貝爾獎金」，特地打引號，可能只是斯大林文藝獎的借指，猶如以「希臘」借指蘇聯。我談戴震的小文，沒有發表，也不記得是什麼內容。

舒蕪上

先生：（主題詞：請教）

寄上徐州生活的前半節，由於還未收到口述自傳，同時缺少胡風同期書信，基本上沒有寫到您在江蘇學院的生活。請勉強讀讀，並提出意見。

其中寫到您的戀愛事，草草幾筆。且對你當年的矜持有所批評，表面上對胡風有所同情。

拙譯〔註28〕昨天下午掛號寄出，請查收。永平上

（第 23 節，是不是你已經覺得我正逐漸遠去）

舒蕪先生寄來對 23 節的批註。

1946 年 9 月初，舒蕪〔奉〕母親回到了闊別數年的家鄉安徽桐城。將母親安置在桐城勺園故宅後，便準備赴徐州江蘇學院任教。

如前所述，他的這個教職仍是黃淬伯教授推薦的。

1944 年下半年，黃淬伯教授推薦他任國立女子師範學院副教授。（舒蕪批註：他在中央政治學校是黃淬伯的助教，由助教來當副教授是跳過了講師階

〔註28〕拙譯法國巴迪著《小說家老舍》，長江文藝出版社，2005 年 12 月出版。

段，在黃淬伯是特別欣賞愛重，但在手續上是有些非法。本來，那時學校各項規章還不太死板，沒有人挑出來也過得去，可是有人挑出來就成為問題。果然，）不久後，黃淬伯與魏建功發生矛盾，魏建功指責黃淬伯「引用私人」，「私人」之一指的就是方管（舒蕪），（舒蕪批註：按規章最多只該升任講師，而跳級任了副教授。接著，學校向教育部呈報聘任教師名單時，已經有人找到中央政治學校教職員名冊報上去，上面明明記著「方管　助教」。教育部據此對方管（舒蕪）被聘副教授一項駁了下來）。舒蕪當時處境（舒蕪批註：尷尬，難道真在原校原地由副教授降級講師，未免太難堪，差點只好捲舖蓋走路。）在最困難的時候，黃教授向他保證：「我偏要支持你和他們鬥一鬥。」還說，「你不要急，我在這裡一天，總要照顧你一天的。」（舒蕪批註：正在未決之時，抗戰勝利，女師學院師生為遷院問題反對教育部的風潮暴發，形勢大變化中，舒蕪級別問題無人提起。後來風潮失敗，教育部解散學院，組織院務整理委員會，重新發聘書，發給舒蕪的新聘書仍然是聘為副教授，舒蕪為抗議教育部而拒絕接受。所以舒蕪出川時新職業還未定，終於還是得了黃淬伯的幫助解決。）

　　黃淬伯教授始終十分看重舒蕪，其中有私誼，也有公德，在此難以釐清。抗戰勝利後，他早於舒蕪出川，曾（舒蕪批註：先後有去大夏大學、安徽大學之議，都曾約舒蕪同去，終於是）到位於徐州的江蘇學院任中文系教授兼系主任，又為舒蕪爭取到了副教授的聘書。舒蕪儘管更願意在上海在胡風的身邊求職，但那邊沒有答覆，只得繼續在黃教授的「庇護」下謀得一個飯碗。

　　……

　　胡風於 11 月 27 日來信，囑咐道：（略，吳注）

　　信中傳遞了兩層意思：第一層表述了對舒蕪社會交往情況的耽心，他深知對方是個好交際之人，當年進入國立女子師範學院不久便與臺靜農等教授唱和，把與《希望》同人的交往全都洩露了出去。此時剛到江蘇學院，又找到了「可談之人」。胡風因此非常擔心。第二層通知對方《希望》已經停刊，上海方面無事可做，不要再對到上海來抱有企望。（舒蕪批註：問題不在我好不好交際，而在用什麼名字、身份交際，他只反對我以舒蕪的名字、身份與他人特別是文藝界人士來往，而與顧頡剛的交際，他知道我不會用舒蕪的名字，倒是鼓勵的。）

......

不管胡風如何謹慎，無奈鞭長莫及，無法真正限制舒蕪的社會交往；更何況前例在先，舒蕪對他的警示一貫執「姑且聽之」的態度。反過來說，胡風越是限制舒蕪的社會交往，舒蕪越是不跟他講真實情況，彼此間的心理距離也越遠。當年，在女子師範學院執教時，舒蕪能夠將與諸教授的交往瞞過胡風，此時他當然更能無視胡風的嘮叨而自由地進行交際了。隨便提一句，1948年他到南寧師院任教後，追隨譚丕模等進步教授投入爭民主反專制的鬥爭，乾脆就連半點風聲也不再透露給胡風了。此是後話，在此不贅。（舒蕪批註：當時心情好像不是要瞞過他，而是覺得他對於這類事情興趣不大，甚至看不起的。）

......

6月2日他在信這樣寫道：「不過，問題還在別的地方，近些時日中都糾纏得很。是『家庭生活』的問題。我密切注視著嗣興（路翎）的『榜樣』，自己也探索。但結果，都無所得。」所謂「家庭生活」問題，就是戀愛結婚。路翎於年前9月初結婚，舒蕪正欲效法其「榜樣」。一樁極簡單的事情，在他的筆下偏繞出這麼大的圈子。（舒蕪批註：不是繞圈子。「家庭生活」問題不是簡單地指戀愛問題，而是指唯恐戀愛結婚後陷入庸俗平庸的家庭生活圈子問題，當時路翎和我都頗以此自警。）

......

在這個涉及個人生活隱私的問題上，胡風根本無意與他打啞謎，他並不像關心路翎和阿壟的婚事一樣重視舒蕪的私人生活和情感波動，這也許與他們之間關係的疏密程度有著相應的聯繫。也正是在這時，舒蕪突然發生「飯碗」危機，他在信中吵嚷著要「上壇」去看看，胡風卻以為他想進入《希望》編輯部分一杯羹，雷霆大怒，雙方因此產生極大的裂隙。從此，舒蕪再也不敢把私隱向胡風傾訴了。（舒蕪批註：好像並沒有這樣的因果關係。）

2006-03-24

先生：「高論」等找不到出處，大概是信件不全的緣故。

還想請教，你在1946年2月28日寫的《關於思想與思想的人》，1946年6月16日改寫的《論「實事求是」》，及作於1947年3月29日的《論五四精神》中均大量引用《整風文獻》。

請你回憶一下，得到這本書的最大可能性是：胡風？陳家康？喬冠華？又，《論五四精神》發表在什麼刊物上？

永平

wu yongping，您好！《整風文獻》肯定不會得自陳、喬，似乎也未必來自胡風，是不是新華日報門市部有公開出售的呢。《論五四精神》發表處記不清了。舒蕪上

先生：

以下一段批註是非常恰當的。但由於這個事情已在前文中多次述及，故在此只能簡略地帶過。不擬照改。但可以補充到前面的敘述中去。wu yongping

　　1944 年下半年，黃淬伯教授推薦他任國立女子師範學院副教授。他在中央政治學校是黃淬伯的助教，由助教來當副教授是跳過了講師階段，在黃淬伯是特別欣賞愛重，但在手續上是有些非法。本來，那時學校各項規章還不太死板，沒有人挑出來也過得去，可是有人挑出來就成為問題。果然，不久後，黃淬伯與魏建功發生矛盾，魏建功指責黃淬伯「引用私人」，「私人」之一指的就是方管（舒蕪），按規章最多只該升任講師，而跳級任了副教授。接著，學校向教育部呈報聘任教師名單時，已經有人找到中央政治學校教職員名冊報上去，上面明明記著「方管　助教」。教育部據此對方管（舒蕪）被聘副教授一項駁了下來。舒蕪當時處境尷尬，難道真在原校原地由副教授降級講師，未免太難堪，差點只好捲舖蓋走路。在最困難的時候，黃教授向他保證：「我偏要支持你和他們鬥一鬥。」還說，「你不要急，我在這裡一天，總要照顧你一天的。」正在未決之時，抗戰勝利，女師學院師生為遷院問題反對教育部的風潮暴發，形勢大變化中，舒蕪級別問題無人提起。後來風潮失敗，教育部解散學院，組織院務整理委員會，重新發聘書，發給舒蕪的新聘書仍然是聘為副教授，舒蕪為抗議教育部而拒絕接受。所以舒蕪出川時新職業還未定，終於還是得了黃淬伯的幫助解決。

yongping，您好！「院務整理委員會」新發聘書仍然聘為副教授，這一節比較重要，過去沒有說到。舒蕪上

先生：將把「院務整理委員會」新發聘書仍然聘為副教授這一事實補充

到前面困居空山那一節中。永平上

先生：承問胡風指控「南京暗探范泉主編《文藝春秋》」的「這段文字據什麼版本？」這段引文出自《新文學史料》1989年第4期，該期刊發了胡風三十萬言的兩個部分，其中有指責范泉為南京暗探等語。後經他人批評後，梅志在該刊上作出聲明。收入全集時作了刪改，刪掉了「南京暗探」四字。永平上

先生：

23節有如下一段，「隨便提一句，1948年他到南寧師院任教後，追隨譚丕模等進步教授投入爭民主反專制的鬥爭，乾脆就連半點風聲也不再透露給胡風了。此是後話，在此不贅。」你的批註是「當時心情好像不是要瞞過他，而是覺得他對於這類事情興趣不大，甚至看不起的。」

解釋如下：當時你參加了此時此地的鬥爭，而不想告訴胡風，也許是認為他不會有興趣。這很能說明一些問題。

這些實際的社會工作，對你解放初的社會活動及思想變化有直接的影響。

胡風基本上沒有參加過有組織的社會工作。

從這一個重要的基點上，你和他之間的差距產生了，擴大了，而且發展了。

wu yongping

wu yongping，您好！這一點確實比較重要。女師學院風潮，我們看得重大，我在《題魯迅娜拉走後怎樣手稿卷子》詩中竟然以之與二十年前女師大風潮相比。為了突破國民黨的新聞封鎖，我請胡風將這消息轉告中共方面，意思是想在《新華日報》上登出一點消息。他回信說他們不會重視，因為不能拿去「報功」云云。雖是諷刺「他們」，我也暗暗醒悟到我們這點事在重慶人士眼中什麼地位。舒蕪上

先生：

23節中有如下文字：

6月2日他在信這樣寫道：「不過，問題還在別的地方，近些時日中都糾纏得很。是『家庭生活』的問題。我密切注視著嗣興（路翎）的『榜樣』，自己也探索。但結果，都無所得。」所謂「家

庭生活」問題，就是戀愛結婚。路翎於年前9月初結婚，舒蕪正欲效法其「榜樣」。一樁極簡單的事情，在他的筆下偏繞出這麼大的圈子。

你的批註：不是繞圈子。「家庭生活」問題不是簡單地指戀愛問題，而是指唯恐戀愛結婚後陷入庸俗平庸的家庭生活圈子問題，當時路翎和我都頗以此自警。

我在前信中曾說過，可能在文中對你有所批評，這裡就是一例。

還未結婚，便對未來的家庭生活發生恐懼感，這確是知識分子的多慮了。

wu yongping

wu yongping，您好！你的批評是對的。但我們當時自命「反庸俗」，要追求全新的「非小市民」的生活方式，這種心態似乎是胡風派青年所特有的。路翎嘲笑方然「奉旨完婚」，就是出於此心態。當時其他進步知識分子，例如二流堂他們，就沒有這種心態。舒蕪上

先生：

這一段改寫為：

> 6月2日他在信這樣寫道：「不過，問題還在別的地方，近些時日中都糾纏得很。是『家庭生活』的問題。我密切注視著嗣興（路翎）的『榜樣』，自己也探索。但結果，都無所得。」所謂「家庭生活」問題，指唯恐戀愛結婚後陷入庸俗平庸的家庭生活圈子問題，當時路翎和舒蕪都頗以此自警。路翎於年前9月初結婚，琴瑟和諧；舒蕪正在戀愛，欲效法其「榜樣」。一樁極簡單的事情，在他的筆下偏繞出這麼大的圈子，卻不知胡風能否看懂。

wu yongping，您好！「榜樣」不是肯定地「看他們怎樣琴瑟和諧」之意，而是懷疑地「看他們突破了庸俗平庸的圈子沒有」之意。舒蕪上

先生說的對，我應該從反面來寫，即你當時是懷疑地「看他們突破了庸俗平庸的圈子沒有」。永平上

先生：

以下是有關《整風文獻》的一些資料。請你回憶一下，你讀的可能是那個版本，哪個出版社。

1942 年 4 月 3 日自中共中央宣傳部作出《關於延安討論中央決定及毛澤東同志整頓三風報告的決定》（即「四三」決定）之後，黨的整風運動 22 種必讀文件收錄在《整風文獻》《整頓三風文獻》《整頓三風參考材料》等專題彙編著作中，僅經解放社主編的《整風文獻》一書，由各地區翻印出版、再版訂正的版本就達數十種，出版時限由 1942 年至建國初期不等，範圍也較為廣泛，從上海新華書店至雲南新華書店、蘇北新華書店至中原、中南新華書店；東北書店各分店曾在 9 年之內再版多次，還作為初中三年級的政治課本參考書加以出版發行。1942 年 4 月經延安解放社出版的《整頓三風文獻》（學習叢書第四種）一書與該社同時出版的《整風文獻》，後解放社又於 1943 年 6 月訂正再版，1944 年 4 月三版（見解放社，1944 年 4 月三版之《整風文獻》版權頁）。

……（下略，吳注）

永平上

wu yongping，您好！只記得書名是《整風文獻》四個字，封面上直行居中印刷體大書這四個字，部頭不薄。舒蕪上

先生：你讀的整風文獻是一巨冊，還是上下兩冊。永平上

Wu yongping，您好！只有一冊。舒蕪。

先生：

你在 1947 四月十五日致胡風信中寫道：

「守梅昨來信，說是將與繁兄等另出從刊，要稿。我想就把五四精神寄去，可不可以？這篇怎樣？並盼見告！」

胡風全集中未收 4 月 15 日後致你的覆信。

想請教：胡風對論五四精神一文的評價。

永平上

wu yongping，您好！胡風 1947 年 5 月 16 日來信云：

管兄：

不知從北平回來了否？

這一個多月，漸漸能夠睡覺了，但疲勞似乎更加厲害，整個人

好像鏽了一樣。記憶不行，寫幾個字都吃力得很，腦子完全動不了。加上要照料印刷之類，就什麼也不能做。

你寄了三篇短文，當時都看了。但沒看懂。即此也可以想見我底情形了。現在只想能夠慢慢恢復精神，看好做一點什麼否。

《掛劍集》不日可印完。我校了一半，後半因眼痛沒有能夠全校。《青光》停了很久，我不知道他沒有告訴你。大概出了七八張罷，因為疲乏，我都沒有看。匆匆，祝好

風頓首　五、十六日

《論五四精神》大概在「三篇短文」之中。舒蕪白

　　先生：你在 1945・十二・十三信中寫道：「學生罷課要求遷校，結果還不知如何。此事前一信說過，務請代告喬胡諸兄，不另寫了。」這是在請求胡風將女師學院的事情轉告中共方面。胡風在 12 月 17 日覆信中說：「兩次信都提到喬胡二位。其實，胡早走了，喬則那次後沒有單獨見面談過話。我不知道要告訴他們什麼。你還不覺得他們是權貴麼？」他並不清楚你信中的意思。

　　你說：「他回信說他們不會重視，因為不能拿去『報功』云云。」不知出自哪封信。或是只是當時的印象。

　　永平

wu yongping，您好！十二月三十日來信云：「什麼喬胡問題，我還是弄不清楚。如係宣言之類，那是小事，他們不會注意的。不能向上面報帳，哪有工夫注意呢？」所謂宣言，是當時我得到北平文教界一份宣言，內容記不清，大概與承認不承認偽大學有關，覺得值得注意，便寄給他看看。我要他透露給喬胡（代指中共方面）的本來是女師學院風潮消息，不是指這個，但這個事件在我們高校教師心目中也是不小的事件，他卻用這樣口氣來說，使我聯想到女師學院風潮當然更是不能向上報帳的了。舒蕪白

先生：

　　你1947 年 4 月 15 日致胡風，寫道：

　　　　想來上海，不知有處住否？如可能擠著住一兩天，請即回信見告，並告我京滬站下車後如何走法，我就來了。徐州產酒甚美，當帶一兩瓶來喝，其味頗近於四川大麴也。

你這次想來上海，目的是什麼？是原擬在上海相親嗎？或是想與上海的家人商量婚事。

胡風信中是如何答覆的。

永平上

wu yongping，您好！現存來信中四月十二日之後就是五月十六日的，中間大概有缺失。這次我想去上海，只是去玩玩。結果並沒有成行。至於「相親」，本來師生，用不著。婚事也無須找上海的家人商量。舒蕪白

先生：

我希望知道你與胡風通信中，他對你訂婚和結婚的表示。

胡風這段時間與你的通信未收入全集。

1947 五月十九日信中告之已「訂婚」，

1947 六月四日信又告之「訂婚」消息，並說沒有收到他的回信。

1947 八月廿五日信中告之「結婚」消息。

胡風有關信件卻一封也沒有。但他不可能對你的喜事一句話都不說。

永平上

wu yongping，您好！他六月十九日來信云：「四日信早收到。陳女士照片也收到了，因為寫信不知如何措辭，就由你轉告一聲罷。祝賀你們。」至於我結婚，不久就是解放軍過桐城，郵政不通一個多月，後面就是我到南寧之後的通信了。舒蕪白

舒蕪先生寄來「有趣文章」《戊戌政變今讀》。

2006-03-25　第 24 節，完全非「進步女性」一流

wu，你好！（主題詞：《希望》為何銷路不好）

想起《希望》在光復後的上海銷路不好的問題，您歸因於「話語陳舊」，恐怕還須斟酌。是不是當時上海讀者仍然在歡慶光復與痛恨「劫收」氣氛之中，與大後方進步讀者對左翼教條之不滿的口徑不對？若是如此，則無寧說《希望》是「話語超前」了。舒蕪

先生：你的意見不無道理。是有點超前，但也可以說是滯後，看從什麼位置上說。從今天的位置上看的，超前；從四十年代末的位置上看，則是滯後。說清楚也難，總之，問題在於刊物與讀者之間的不協調。

　　《希望》在重慶時，讀者大多是內遷大學的師生，當時的環境下人們十分關注政治，也習慣於政治話語。

　　《希望》遷到上海後，發生了新的讀者群的問題，讀者是小市民。他們的興趣和愛好及生活都與重慶時不同。胡風指責上海讀者水平低是不對的。上海讀者群不是水平低，而是欣賞角度不同。這是接受美學方面的問題，受者的文化水準、社會生活及欣賞習慣決定了他們接受文藝的取捨標準。

　　我想說的是《希望》第 1 集中偏重於政黨組織內部鬥爭及呼籲個性解放的話語體系，放在一向遠離政黨政治且比較自由開放的上海灘讀者面前，沒有吸引力。

　　集中的文藝作品，如路翎小說偏重於內地小村鎮或城鄉結合部普通人的心理描寫，對於習慣了五光十色社會生活的上海讀者也沒有吸引力。

　　詩歌的表現手法也比較陳舊，一味的慷慨激昂，倒不如九葉詩派的細細描摹來得有趣。

　　以上只是粗略地談談，當然是不成熟的，也是不能深究的。

　　由於拙文不擬多在藝術分析上下工夫，對此只想略提幾句。但也許在統稿時要認真考慮一下。現在確實不知本書稿到底能寫多長，重點在什麼方面，等等。

　　永平上

　　wu yongping，您好！現在這樣說法就清楚了，原來單說「話語陳舊」不免有歧義。如何？舒蕪上

先生：您好！（主題詞：請教）

　　讀過幾封信，確實可以看出胡風當年對社會性的活動缺乏興趣，也沒有熱情。他滿腦子的政治功利打算，眼睛總是盯在政黨的動向上，彷彿一切都看穿了，但又什麼也割捨不下。

　　而你則不同，你的生活環境決定了你脫離不了具體的社會生活實踐，你始終在單位上生活，學校就是個小社會，不管你願意不願意，你都被捲進各種矛盾糾紛中，從被動捲入到積極參與，只是時間問題。

　　你參加過的社會實踐不是胡風提倡的創作實踐所能取代的。

　　而胡風在解放前則完全沒有參與這種社會實踐的機會，路翎也大致是這樣。

　　你們都是精神勞動者，區別僅在於有無這種社會實踐，性格上的差異和文化上的差異與之相比也許次要一點。

　　以上是我幾天前才產生的想法，過去沒有這樣想過，大概是沒有接觸到這方面的史料吧。

　　永平上

　　wu yongping，您好！大致正如尊論。但還有一面是，包括我在內，都看不起一切「舊人物」。只自命在文化文藝方面做著有意義的工作，其他一切職業包括大學教授全是舊社會、舊職業而已。把我們自己的文化文藝工作看得好似「地下工作」，其他一切職業包括大學教授都不過掩護、飯碗而已。所以對於那些職業中的矛盾鬥爭，胡風沒有興趣，我雖捲進去，也羞向胡風言之。據說解放後胡風主張大學文學教授都不能參加作家協會，若真有此說，我也不奇怪。舒蕪上

　　先生：（主題詞：同意）

　　經過這樣的探討，我的寫作思路也漸漸清晰起來。同意在述及《希望》銷路不好時，加入對重慶和上海讀者群的分析。

　　謝謝。

　　永平上

　　先生：（主題詞：請教）

　　寄上徐州後半節。

　　這一節仍是缺乏資料，故寫成這樣。揣測之辭很多，望見諒。

　　原不該寄給你看的。只是由於明天要外出開一天會，沒有時間再看，又恐你懸念，故不得不為此。

　　看看就行了，不必費神批註。這一節讀過口述自傳後肯定是要重寫的。

　　永平上

　　（第 24 節，完全非「進步女性」一流）

2006-03-26

　　Wu yongping，您好！（主題詞：略談一兩點。）舒蕪

　　在附件中，舒蕪先生對拙文第 24 節提出兩點意見：

　　按照舒蕪此文中表達的觀點，「以市民為盟主」——「狹隘庸俗的銀行家

和工廠主」——恰恰是歐洲文藝復興運動的階級屬性，而五四運動卻斷然不同。換言之，他在該文中批駁的反方實際上不是別人，而是以胡風為代表的國統區一批知識分子的觀點。當然，他在寫到這一節時，也許沒有清楚地意識到是在和胡風唱對臺戲。

（舒蕪先生批曰：回憶當時真實心情，是借大旗為「五四」張目，推翻瞿秋白貶斥「五四」為資產階級之論，猶言「五四」既然是無產階級領導的，「五四」的一切（主要指個性解放）就不容否定。其實也就否定毛本人所謂「五四的向右發展」。此意大家心領神會，胡不會不知道。）

……

陳芝慶也許是當年社會生活中「新女性」中的一種典型，但也僅僅是路翎所能看到的「一種」典型而已。

（舒蕪批曰：實際上只是成都一群愛好文藝，接近平原詩社一流的女高中學生。路翎所描寫的，直接以張瑞為模特兒。而我的女朋友，大範圍來說固然與張瑞同一範圍，具體情況卻很有區別，不是「陳芝慶式」人物。）

先生：

會未開完即溜回，惦記著你的回信。附件讀過，兩處意見均酌改。

再請教一個細節：你在 1947 年 8 月 25 日致胡風信中通報了結婚的消息。信如下：

> 曉谷兄：別來一月了。我們八月四日結了婚，所以這一向總是無事忙，昨天才第一次提筆寫信。天氣熱，雖然住在家裏比較好些，但也就昏倦得很。下期工作尚無消息，焦人！不知你們近況如何，想也還就是那麼樣的吧！
>
> 過安慶時，寓朱兄（方然）家，情況真如信上所說，寂寞之至。工作亦並無頭緒。看來，我們這些朋友，今年下半年都交了厄運，都要失業餓肚子了。我現已負債數百萬元，一塌糊塗，但真如俗語所謂「虱多不癢，債多不愁」，倒也並不著急。

想請教：

第一、胡風有無回信，說了些什麼。因不久便發生解放軍圍城事，胡風也許未及回信，但以後他總該問問此事吧？

第二、你在信中提到工作問題未解決，胡風後來信中關心過問過嗎？

第三、你寓方然家時，他在嗎？他對你的新婚有無表示？

第四、當時你負債數百萬元，大約合現在多少錢？

永平上

Wu yongping，您好！

第一、報告結婚信去，不久劉鄧大軍過境，郵路斷絕。過境後，我們便取道安慶而至上海分赴南寧、北平，與胡風相見時他說過什麼祝賀的話，記憶模糊了。

第二、過滬時已經定了去南寧，無須再說了。

第三、我與方然家別人全不認識，寓他家，自然是他在家時。他對我新婚，大約總表示過祝賀吧。我們乘船離開安慶去上海時，他送到船上。

第四、當時數百萬元，似乎與今天近萬元差不多。但這個記憶未必準確。

舒蕪上

2006-03-27　第25節，「桐城陷落，不知管兄如何？」

先生：昨天信中問到「負債數百萬元」折合現在多少錢，你說大約一萬元左右。又請問你在江蘇學院的月薪是多少，折合現在多少錢。以及之前在女子師院，後來在南寧師範的收入情況。永平上。

Wu yongping，您好！對不起，實在說不好。舒蕪

先生：記不清了，沒關係。這些經濟方面的事情寫不寫無關緊要的。

先生：黃淬伯先生去南京大學任教後，是否還與你有通信來往，你是否請過他在南京大學謀職？

答覆如何？有什麼困難

永平上

Wu yongping，您好！我去南寧時，似乎還沒有確知他的新職。後來南京、上海一帶形勢緊張，我恐怕他在南京不安全，建議譚丕模聘黃來南寧，譚非常同意，由我代譚起草信件給黃，黃回信宛謝，道：「逮疏瀹功成，自如百川之匯海也。」意思是寄希望於和談。解放後，我在人民文學出版社，曾函約黃編選《梁啟超詩文選》，他應約，但事忙沒有完成。舒蕪上

wu，你好！惠贈《小說家老舍》，剛才收到，謝謝。

先生：

　　這本書我譯了一年，尋機出版則花了三年。

　　好不容易找到了贊助者，卻連一文稿費也沒有得到。出版前我與長江出版社簽訂了極為苛刻的條約，著者放棄稿費，譯者放棄譯酬。但為了心血不致白費，我答應了。

　　但翻譯及研讀的收益也很大，我近年寫的老舍研究論文，全憑這本書所提供的線索。

　　你不必「細讀」此書，此書真意隱藏得很深，往往只是片言隻語，乍讀時會覺得通篇全是陳詞濫調哩。

　　永平上

先生：

　　附件中剛草擬的一節，談被困桐城事。

　　此事迴避不了，但寫起來著實困難。

　　還沒有收到口述實錄，因此這一節只能算一個架子。

　　姑且讀讀罷。

　　永平上

　　（第 25 節，「桐城陷落，不知管兄如何？」）

　　wu yongping，您好！請待口述自傳看到後再商。舒蕪上

2006-03-28

先生：您好！（主題詞：書收到）

　　收信後覺得不讀口述自傳不能往下寫了。

　　於是等在收發室裏，今天終於收到書了。

　　下午細讀口述自傳，然後修改已搭起架子的部分。

　　謝謝！

　　永平上

先生：（主題詞：請教）

　　翻看了口述自傳有關部分，現有一問題請教。

　　5 月 19 日舒蕪致信胡風，報告婚事進展：

　　　　一日飛平，十七日返徐，在平訂婚。

　　　　北平「學風士氣」極好，見見聞聞，令人欣慰。我暑後十分之

七八是去平津教書，並把母親也接去。

　　你在信中很有把握地說可能去北平教書，這事在書中並無記載。請回憶

一下細節。

　　永平上

　　wu yongping，您好！我自己也奇怪為什麼說得那麼大有把握，仔細回

想，幾個大學的熟人，沒有一個給我作過這樣的保證，肯定是希望太切，少

不更事，以樂觀估計代替現實了。舒蕪上

　　舒蕪先生寄來對第 25 節的批註。

　　1947 年 6 月末，「四教授」倉皇地離開徐州，各奔前程。舒蕪返回故鄉桐

城，四處發信求職。同時，開始籌備婚事。

　　7 月中旬，他與未婚妻陳沅芷約好，陳從北平飛上海，他從桐城來滬親

迎，然後一同返回桐城完婚。

　　（舒蕪批註：所謂「倉皇離開徐州」，不是計劃之外，只是提早而已。不

是回家後再去上海，而是由徐州直接去上海，行前已經函約她南來。她不是

飛上海，而是由海道南來。均見《自傳》第 179 頁。但《自傳》說在上海「沒

過幾天」她就來了，那是記錯了。其實是在賈植芳家等了好久，可能是她來

不及，或者交通工具問題，等得焦急。）

　　……

　　舒蕪乘船東下，順利來到上海。這座城市對他來說完全是陌生的，他嚮

往此地已久，對於一個文化人來說，當時的文化重鎮，除了北平，大概就是

上海了。啟程前，他曾致信胡風，希望能在胡風家裏借宿幾天，重慶一別後，

已有悠悠兩年未曾見面，他很想能有機會與這位師長暢述心曲。

　　（舒蕪批註：從徐州去上海有鐵路，不是乘船。）

　　……

　　此時，胡風已經將文安坊六號三層樓的房子全部收回，本來是能很容易

地滿足舒蕪這個小小的請求的。只不過，前不久他剛經歷了一場驚嚇，聽

地下黨同志說國民黨要抓人，他被迫在虹口賈植芳家裏住了兩個晚上。鑒

於此時「抓人」的風聲並未平息，他不敢承擔讓舒蕪住在他家裏可能遭受的

風險。

胡風在回憶錄中寫道：「植芳陪舒蕪和黃若海來我家。舒蕪是去北平相親後來上海親迎未婚妻同去老家結婚，本想住我處，我將這裡惡劣的政治情況告訴了他，他就住到植芳處去了。」（全集7卷，第686頁）

（舒蕪批註：此前我不認識賈植芳，胡風介紹我才認識，不可能先找賈植芳陪我同去胡家。至於為什麼要住到賈植芳家去的理由，記不清。）

……

「舒蕪住在植芳處已好幾天了。我到那裡去看望時，常遇見很多客人，十分熱鬧嘈雜。舒蕪無所事事很無聊的樣子。他說未婚妻不會來了，準備回去。帶他回家住了一夜後，他就回桐城去了。」（《胡風回憶錄》，《胡風全集》第7卷，第687～688頁）（下略，筆者注）

（舒蕪批註：賈植芳夫婦極其好客，成天人來人往，家裏還住有別的女客人，是賈植芳一個朋友的情婦，朝夕相見，實在亂雜。胡風回憶所說「熱鬧嘈雜」倒是賈家的實際情形，不是說我，也不是說因為我去住了才「熱鬧嘈雜」起來；所謂「無所事事很無聊的樣子」，也是我當時實況，不是對我的「鄙夷」。）

……

舒蕪組建了小家庭後，經濟負擔愈加沉重，「工作亦並無頭緒」，最令他焦慮。他四處發信求職，但並不順利。黃淬伯先生鴻蹤不定，尚未覓得合適職位，當然更無法先替舒蕪覓得教職，蓋因抗戰勝利後內地大批教育界人士出川，東部各大學均有人滿為患之虞罷。過了許久，臺靜農先生處卻傳來了好消息，他在 臺北臺灣大學 任教，其同事李何林教授曾接到過桂林師範學院的聘書，原來說好了要應聘的，後來因故不能去。臺教授得知此事後，便請李何林先生致函桂林師院，介紹舒蕪頂替。桂林師院於是給舒蕪寄來了國文系正教授的聘書。舒蕪喜出望外，從來沒有想到竟有因禍得福的如此美事。

（舒蕪批註：李何林先生原在臺灣師範學院任教，不想繼續在那裡幹，便接受桂林師範學院聘書。尚未成行，有機會去臺灣大學，又不想去廣西。正在此時，臺靜農先生知道我求職，便託李先生介紹我去頂替。那時我與李先生還不認識，解放後才在北京見面相識。）

……

「社會鬥爭也包括了文化鬥爭和精神鬥爭呢？如果也包括了向新的歷史

性格發展的，對一切舊的意識負擔格鬥的這廣義的性格鬥爭呢？如果也得通過這樣的鬥爭去達到社會鬥爭底要求呢？」

　　既然他們都執這樣的觀念，那麼，即便舒蕪當年更加熱衷於到南寧去「當教授」，以致力於「文化鬥爭」和「精神鬥爭」，胡風等人也不應該有所譏諷，更不用說事後的批評了。

　　（舒蕪批註：值得注意的是，除了胡、路的揭發而外，我所經歷的各次運動中，審查中，從來沒有任何一人一次提及這個問題，沒有把這個當作問題來批判審查的。）

　　……

　　胡風所說舒蕪來上海「主要是向在上海做寓公的父親要錢」，而且一拿到「股票」便「馬上換成了現鈔」，似乎也與事實相違。然而，胡風執一說，舒蕪執一說，孰是孰非，非當事人無勞置喙。

　　（舒蕪批註：那次我在胡風家只住了一兩夜，就因為政治情況緊張另找住處，白天打電話問知平安無事才回來，晚上又走，《自傳》第180～181頁詳細說過。胡風回憶完全沒有提，卻說我早出晚歸，奇怪。）

2006-03-29　第26節，「若不要，以後就不能怪我不寫了」

先生：

　　昨天收到自傳後，讀到深夜，明白了很多事情。

　　今天早上開機就收到了你的批註，未料到您竟對這份草稿如此上心。

　　馬上著手修改桐城一節，改後再奉教。

　　順便說一句，讀到書中你與姜弘的通信。信中提到斯大林主義，此事還待仔細琢磨。竊以為當年你還談不上對斯大林主義有系統的瞭解，僅從聯共黨史及一些第二手的介紹文章，是很難確定斯大林主義對你的影響程度的。因此，我還是把新文化運動諸人包括魯迅對你的影響，放在應該首先關注的地位上。

　　不知你以為是否有一點道理。

　　永平上

　　wu yongping，您好！《自傳》能入「細讀」，定將得到許多教益，企予望之。區區真正「思想」深處的師承，自然是「尊五四，尤尊魯迅」。但從二手材料剽竊來的一點斯大林主義皮毛，也有相當影響，最大影響是「思想」對

於政治的敬畏，又敬又畏，有時想利用之，有時又害怕它的威力。您以為然否？舒蕪上

wu，你好！（主題詞：斯大林主義）

　　想起，我所讀的斯大林主義，倒也不僅是《聯共黨史》。斯大林代表作《列寧主義問題》，四十年代初我是熟讀過的。舒蕪上

先生：是這個道理。

　　這裡或許可以同意姜弘信中表達的一個觀點（當然首創者不是他），新文化運動發展到革命文學階段以後，政治話語即佔據了主導地位，文學青年莫不為其左右，魯迅晚年也受到了影響。抗戰爆發後，國共兩黨以政治鬥爭為主，軍事鬥爭為輔。凡關心國計民生者，都擺脫不了為黨派政治思維所左右。你在自傳中提到九姑聽你說文學活動便勃然大怒，其怒就在這政治話語。

　　你當年棄學術而務啟蒙，固然掙脫不了政治話語和政治思維，胡風則更甚，試看他的交往範圍，盡都是黨派人物，他甚至不願與一般的教育文化人士交往，也反對你以真實的政治態度示人。

　　這問題我一直在想，還沒想透，只是覺得當年你們過於沉湎於政治，並不像胡風所說，他們熱衷於政治，而你們更傾向於文化。

　　永平上

先生：（主題詞：修訂）

　　再寄上桐城一節，作了一些修訂。

　　只是覺得處處被胡風回憶錄牽著走，似有辯護之嫌，不知如何是好。

　　也許還要換個寫法。

　　永平

先生：

　　文革中我曾讀過斯大林的語言學問題，當時只是奇怪政治領袖怎麼還談這個問題，倒不覺得有何創見。下鄉插隊時讀過翻譯的《斯大林主義》，那卻是批判斯大林的。後來又讀過《日瓦內醫生》等類書籍，只覺得那是因政治恐懼而產生的政治恐怖，其他印象已經模糊了。

　　您給我出了個難題，如果要徹底釐清你的思想深處斯大林的影響，我非得回頭鑽研不可。至少也得從列寧讀到斯大林，不弄清斯大林從列寧那裡繼

承了什麼，自己又發展了什麼，文章是無法寫的。稍微不謹慎，便容易產生硬傷。

哈，哈。先生，我也許沒有這份精力了。

永平上

wu yongping，您好！修訂稿裏有一問題：似乎茅盾接通知去香港與那次許廣平通知是兩事。茅盾說的時間在後，而許廣平那晚只通知白天暫避，並未通知須馬上撤退去香港也。舒蕪上

先生：你說得對，並不是同一天，而只是相關。事態更加惡化後，茅盾等才得到中共撤退的通知，年底他們去香港。文中只是想更歷史地展示民盟被迫害緊張空氣，表達上可再斟酌一下。永平

先生：（主題詞：南寧之一）

寄上南寧生活的第一節（第 26 節，「若不要，以後就不能怪我不寫了」）。請批註。永平上

（第 26 節，「若不要，以後就不能怪我不寫了」）

wu yongping，您好！南寧生活收到，明天細讀。舒蕪上

wu yongping，您好！茅盾等接通知撤退時，胡風也在其列。舒蕪上

wu，你好！附件中是《舒蕪口述自傳》勘誤表和《舒蕪集》勘誤表。bikonglou@163.com

2006-03-30　舒蕪談南寧師院生活

先生：讀口述自傳第 75 頁第三段，那位先生給你作文的批語，「還希望多讀馬恩列斯著作」，覺得有點突兀。

該頁倒數一二段又談到學校內的法西斯空氣非常濃厚，令人不敢想像那位先生怎麼敢鼓勵學生讀馬列。

記憶是否準確。

永平上

wu yongping，您好！這個記憶完全準確，絲毫不錯。九中全校空氣，平常並不是「法西斯空氣非常濃厚」，安徽三臨中才是那樣。「軍訓不及格，應予留級」這樣處理，沒有直點「異黨」之類，若與三臨中比，已經算客氣了。

舒蕪上

先生：讀過第 26 節批註一遍，受益良多。有幾處批註，容再思考，隨時請教。

下一節寫「通紅的文藝」。永平上

舒蕪先生對第 26 節數段作了批註，我讀後有反饋。如下：

信中提到王西彥（1914～1999），浙江義烏人，現代著名作家，18 歲發表處女作《殘夢》，抗戰時期曾任中華文協桂林分會候補理事及贛州分會理事，主編過大型文藝刊物《文藝雜誌》，著有長篇小說《古屋》《神的失落》《尋夢者》《村野的愛情》和《微賤的人》等。舒蕪接受師院聘書時，曾以為他將擔任李何林所擬授的「中國新文學史」和「新文學思想史」等課程，路經上海時告訴了胡風，不料師院另邀請了王西彥先生來承擔這類課程，他只得在此信中加以更正。由於這件事，舒蕪一度對王先生有所誤解，曾在致胡風信中說他「看來是個很無聊的人」，相交後卻發現對方並不「無聊」，久之，還成了無話不談的好友。

（舒蕪批註：對於王西彥擔任那些課程，而我未得此機會，也許有些失望，但對他個人的初步觀感另有原因：王到校比我略遲幾天，譚丕模以系主任身份請我們兩個新教授在他家餐聚，席間，不記得怎麼談起，王表示對胡風的文學評論的不滿，說：「難道中國小說真只有一個路翎？」我因此也對王有了戒心，但此事我從未告訴過胡風。後來與王最好，此事都淡忘了，剛才忽然回想起來。）

王西彥主編的《文藝雜誌》創刊於 1942 年 1 月，該刊在桂林舉足輕重，在大後方也有相當影響，大約也被胡風劃入了「其樂也融融」的行列之中。因此，舒蕪對王先生的貶抑之辭，或許無意中受到了胡風文章先入之見的影響。

（舒蕪批註：那時沒有聽他談過這個，我的原因見上述。）

（吳注：我這裡說的是「或許無意中」，你畢竟讀過胡風的相關文章，對文壇流派多少有點瞭解。王先生是巴金一派，與胡風派有很大區別。）

……

後一個運動（「營救楊榮國、張畢來兩教授運動」）則是直接抗議國民黨對民盟的迫害。楊、張二教授是中國民主同盟廣西省的負責人，他們與中共

站在一條政治戰線上，倡言民主政治，主張聯合政府，在社會上享有崇高的威望。如上節所述，1947 年 10 月國民黨政府悍然包圍南京民盟總部，不久廣西當地軍警便逮捕楊、張二教授，把他們關進了南寧第一監獄。國民黨政府的倒行逆施引爆了群眾性的抗議運動，師院的師生率先舉行罷教罷課，並派出代表去監獄聲援被囚禁的兩位教授。

（舒蕪批註：民主同盟是他們的公開身份，楊實際是地下黨；張是不是，記不清，似乎也有關係。他們被捕前，楊是教授了，張是講師，不過泛稱為「楊張兩教授」。張出獄後就因爭級別而大鬧風波，說來話長，以後另敘。）

（舒蕪批註：反對遷院和營救運動都沒有罷教罷課，後來才因反對新院長黃華表而罷教罷課，那是另一運動了。兩個運動方式只限於宣言、通電、請願、上層活動，以及在學院內部堅持抵制不用「南寧師範學院」名義等等。）

……

舒蕪到校後，即被捲入了政治運動的漩渦。他參加了譚丕模先生領導的「教授會」，並承擔起草各種文件的工作；他參加了「教授會」組織的集體探監活動，利用能寫作舊體詩詞的條件，與附庸風雅的典獄長談詩論文，並與被囚禁的兩位教授唱合，互通心曲。

（舒蕪批註：營救運動不是用教授會名義，只以學院同事、師生身份進行。我參加的，其實只有探監（完全以同事名義）和詩詞唱和以及與典獄長的交往。這些並非在教授會領導下進行，只在「四老」主持和地下黨暗中推動下進行。）

（舒蕪批註：教授會照例有，但在反黃華表之前形同虛設，大家都不記得，譚丕模也非領導。反黃時，需要正式以教授會名義行動了，才召開大會，改選理事監事：汪士楷與我，以及本地人馬駒譽，三人當選常務理事；譚丕模當選常務監事。有「常務」名者只是這四人。馬老先生是本地好好老先生，不住校內，選他有「統戰」意味，實際上只是汪、譚、我三人。譚是「監事」，經常「理事」者又只是汪和我兩人。我只在這時才承當各種文件起草工作，先前沒有。）

……

臺靜農先生向李何林先生介紹舒蕪的情況時，曾將其政治態度及寫作情況如實相告，（舒蕪批註：臺怎樣向李介紹我，我不知道，但估計只要說方管

就是舒蕪，李就會瞭解，無須怎樣詳細「如實相告」。）（吳注：我覺得如上推測有其合理性。你當時自然不知道臺先生向李先生所說的內容，但李先生如此負責地推薦你，定是從臺先生所述中對你非常信任。譚先生信任你也是同理。）而李何林先生向桂林師院國文系主任譚丕模先生推薦舒蕪時，同樣也無所隱瞞。正因為此，舒蕪剛到校，譚丕模先生便信任地將為「教授會」起草文件的重要工作交付給了他。（舒蕪批註：此不確，說見上。）

......

1946 年 3 月間國民政府教育部強令解散女子師範，遷往重慶市郊九龍坡重建，師生們抗議活動達到頂點。舒蕪致信胡風表示希望參加這一運動，（舒蕪批註：那時我早已參加運動，無須此刻還向誰請教應否參加。我不過向他報導情況。）胡風 3 月 10 日覆信中對此表示理解（不能直接引用），說，既這樣，當然得爭，得參加，但你底事情也就更難了。（舒蕪批註：這不是「默許」，只是「本來不一定參加，事勢至此（指解散），只好參加」的意思。我當時就注意到，原來他是覺得本來不一定參加呀！至於我拒絕新聘書，更與他是否「默許」無關。拒絕新聘書也不是參加，只是已經失敗之後不肯低頭做順民而已。）儘管胡風當時遠在上海，但他的默許給了舒蕪很大的鼓勵，不久他便拒絕接受「院務整理委員會」頒發的副教授聘書，毅然同臺靜農等先生站在一起，寧願困守「空山」也不妥協。

......

在交往中，汪先生也偶而向他透露過去的一些經歷，曾談到與早年在長沙第一中學與毛澤東同學時的往事，曾談到在法國勤工儉學時介紹鄧小平入黨時的經歷，（舒蕪批註：這一點，他沒有對我吐露過，我是讀了《勞人‧汪澤楷》才知道的。）還談到赴蘇出席中共六大時與周恩來的交往，當然也曾談及與陳獨秀的交往，（舒蕪批註：這一點，他也沒有談過。）

......

舒蕪是「尤尊魯迅」的，他從來沒有懷疑過魯迅先生也會有片面性。魯迅晚年作《答中國托洛斯基派的信》，寫作背景相當複雜，然而此文後來被政黨利用，傷害了一些有志於革命的人士，這卻也是事實。至於胡風多次被誣為托派事，舒蕪當年也許並不清楚。從「兩個口號」論爭開始，到創辦《七月》週刊時期，胡風曾一度被某些人指責為「破壞統一戰線」，有「托派嫌疑」；1941 年 10 月，胡風在紀念魯迅逝世五週年之際發表《如果現在他還活

著》，文中大罵托派。如果不算誅心之論，胡風寫作此文的動機之中或許就帶有「洗手」的考慮。

（舒蕪批註：郭沫若直指胡風派為「通紅的托派文藝」，我是知道的。）
……

在此前後，胡風的其他幾位青年朋友們正在各地積極討伐「反現實主義」的傾向，阿壟痛斥馬凡陀，路翎揭露姚雪垠，耿庸糾纏著郭沫若，方然把臧克家、劉盛亞、碧野、徐遲都拖到了祭壇上，朱谷懷在北平張起了《泥土》的大旗，儼然有向「九葉派」宣戰之勢。而舒蕪卻在此信中聲稱想為幾位「舊詩人」寫「作家論」，還敢詢問胡風的「意思」；他甚至還追問幾篇舊稿的下落，（舒蕪批註：記得不是向胡「追問下落」。）抱怨說，「若不要，以後就不能怪我不寫了」，此語貌似對「復旦章君」而言，卻流露出強烈的失落感。（舒蕪批註：我所謂「舊詩人」指古典文學詩人，與九葉派毫不相干。）

先生：以下這封信讀來有點費解。不知是否涉及張畢來先生。能否略談一下。

一三一 1948 年八月二日（南寧→上海）

曉谷兄：久不得信，甚念。寄兩長稿①，想已到，不知可能發表？沅芷上月九日產一女孩，適值物價狂漲，生活弄得支離破碎。在校中做了一通傻子，最近漸漸看清，原來全被偽善者與怯懦者利用而且出賣了，很有悲憤。現寫一文，答覆你所寄來的那篇才子之文的，準備爆炸一下。泥土六期已見，很有意思。

信中所說的悲憤，似乎與下面提到的準備爆炸一下無關。又及。

永平上

wu yongping，您好！（主題詞：關於張畢來）

悲憤是為了張畢來。其事說來話長。他們在獄中時，楊榮國不大做詩，張則詩才敏捷，我與他唱和最多。我贈他長詩一首，附上，可以看出我們當時的情誼。不料他出獄（1948/5/20）不久，為了爭職稱級別，大搞陰謀，寫匿名信，攻擊這個，攻擊那個，且據學生揭發，他與南寧市上國民黨官方有曖昧微妙聯繫，最後到了沒有學生選他的課的程度。我主張對他堅決鬥爭，譚丕模主張敷衍，說是怕逼得他乾脆投敵。我說的偽善者指張，怯懦者指譚。解放後，張混得非常得法。幾度與我偶然相見，都握手言歡，甚至去世前不

久還光臨碧空樓，說是要編詩集，問我這裡有沒有記存他的詩。我也以禮相待，把我能記得的抄給他。去年或前年，我居然得到他向組織上密告南寧所有幾個人的鐵證，也附上。當然都是舊事，俱往矣。舒蕪上

（附件：舒蕪《長歌贈張畢來》,《胡愈之致周揚信》,舒蕪《對於胡愈之信件的分析》）

Wu yongping，您好！請看附件。舒蕪

（附件：朱華陽《論主觀「公案」的理論解析——舒蕪與胡風的思想比較》《舒蕪事件的文學與文化闡釋》《論舒蕪 1940 年代的雜文創作》）

先生：

收到朱華陽的三篇文章，有點意思。

看來重新評價已成氣候了。

永平上

2006-03-31　第 27 節，「通紅的文藝，托派的文藝」

先生：沒有收到對南寧之一的批註。永平上

先生：（主題詞：南寧之二）

上封信說錯了，批註是收到了的。再寄南寧二給你。永平上

（第 27 節，「通紅的文藝，托派的文藝」）

先生：讀過朱華陽的三篇文章後（有一篇關於雜文的早已讀過），有所得，也有所失，總的感覺是過於牽強。

有所得，大致指的是他發現了你在解放前就已表現出了與胡風的某些不同處。但他過分強調《整風文獻》在你的思想進程上的作用，卻是不足。你在給我信中說過「拉大旗」之類的話，我覺得更真實一些。

他努力地把你早期所作納入一個「完成」的體系之中，這是我最感到的不滿足處。此外，他沒有看到你對胡風的階段性影響，也看不出你受胡風的階段性影響。其次，他的治學方法是純粹經院式的，即從理論到理論。立論固然比較容易，別人批駁起來也相對簡單。這方面我就不想多說了。

就《論主觀》而言，我不同意他所說，即你是為了宣揚胡風的文藝思想而作此文的。當時你對胡風的文藝思想體系可以說並不瞭解，只是在表達自己的文藝思想觀念。倒過來說倒是可以的，胡風借助你的思想文化觀念，而

達到了對他主張的某些文藝觀念的更深的把握，譬如主觀戰鬥精神，譬如精神奴役的創傷，譬如原始生命力，等等。這只是一個利用和被利用的問題，而不是被利用者當時就懷有為利用者所利用之心。如果我能寫這篇文章，必然會從這個角度入手。

我還是想按我的方法來做。研究要從最基本的地方開始，史實沒有弄清楚的情況下是不能進入研究階段的。在著手基礎工作時，考據的工夫必須下到極致，文化人類學的方法必須用得恰到好處。我現在做的就是這樣一件在聰明人看來是非常笨拙的工作，但我覺得非常有意義。

祝一切好！

永平上

wu yongping，您好！十分同意您對朱君文章的評論。因為人家是拿我為題做博士論文，我不好多說什麼。至於您的方法，在考據基礎上進行研究，「史實沒有弄清楚的情況下是不能進入研究階段的」，非常之好，程千帆教授畢生倡導的古典文學研究方法就是如此。但這很不容易，也需要才、學、識三者兼備。關於張畢來的文件收到否？舒蕪上

wu yongping，您好！南寧之二收到，待讀。舒蕪上

舒蕪先生對第 27 節的批註及我的反饋如下：

國民黨迫害民盟的直接後果之一，便是把一大批進步文化人逼到了香港。郭沫若於 11 月中旬赴港，茅盾於 12 月上旬赴港，而參與組織這批進步文化人赴港的聯絡人是葉以群。胡風接到中共組織布置疏散的通知要晚一些，據《胡風回憶錄》所述，他是在次年（1948 年）11 月才收到「香港的友人」催促赴港的來信的（全集第 7 卷，第 709 頁）。胡風比郭、茅等晚赴港近一年，當時誰也沒有料到，這個「時間差」竟演變「政治差」，甚而影響到其後幾十年中國文壇的興衰。

如前所述，遠在南寧的舒蕪當年也受到民盟事件的波及，（舒蕪批註：「波及」有被動意味，與下文「積極參加」矛盾。）他「追隨」（舒蕪批註：「追隨」的引號似可不加。）南寧師院「四老」，積極參與了營救楊榮國、張畢來二教授的「探監活動」。（舒蕪批註：單說「探監活動」不易瞭解，不如只說上層活動，不加引號。）

……

胡風 1947 年 9 月 9 日致阿壟：「我看，朱與周，行文都有聊以快意的成份，一種好像矯飾的成份，這會產生很大的害處。對自己，我們要求莊嚴，對戰略，非有聚中的目標不可。像你的扎海斯、夜壺等等，都是玩弄敵人的東西。對熱情，對憎恨，我們決不能偶存驕縱之心的，一驕縱，它們就變質了。一開始，我提議《呼吸》要弄小些，就是擔心這些，現在的《地板》，更是烏合之眾，現出了輕敵之至的氣概，完全忘記我們是在『群眾』之中了。」

此信中批評的「朱與周」，指的是方然（朱聲）和綠原（周遂凡），「《地板》」指的是綠原的詩《天堂的地板》，

（舒蕪批註：如果是綠原一首詩，只是一首而已，怎麼會「更是烏合之眾」？）

（吳注：我曾懷疑胡風信中的《地板》是《泥土》的筆誤，但沒有可參照的其他材料，故不敢輕下判斷。）

……

偏居南寧一隅的舒蕪當年尚且不甚瞭解文壇內戰的內幕，而避居香港的那一大批進步文化人當然更不會瞭解在大陸文壇內戰中胡風所扮演的角色。

（舒蕪批註：香港進步文化人，是否指邵荃麟、喬冠華等？如果是，則他們豈有不瞭解大陸文壇之理？）

（吳注：我這裡是在曲為胡風辯，本意是胡風控制不了《泥土》等刊物，他不能為《泥土》諸人的行為負責，但香港方面並不知道這個情況，把《泥土》諸人的行為統統算在了胡風的頭上。）

（舒蕪又批註：說他們不瞭解大陸文壇，究竟不妥。）

2006-04-01　討論胡風「烏合之群」之說

wu yongping，您好！（主題詞：烏合之眾）

是不是有一本書裏面有綠原此詩，即以為書名？書中尚有他文，故稱為「烏合之眾」。舒蕪上

先生：根據胡風信中的邏輯關係，前半句說的是刊物，後半句當然也是說的刊物，因此我認為指的是《泥土》。胡風信這一句是這樣寫的：「一開始，我提議《呼吸》要弄小些，就是擔心這些，現在的《地板》，更是烏合之眾。」永平

先生：（主題詞：修改）

擬修改為——

此信中批評的「朱與周」，指的是方然（朱聲）和綠原（周遂凡）。「什麼派」，當然是「胡風派」。他在此信中非常鄭重地告誡朋友們要從流派的「大的要求」著眼，慎重地寫好每一篇文章，他已痛切地感受到某些「朋友」的意氣太盛，可能產生「變質」的客觀效果。信中提到的「《地板》……烏合之眾」之語，尚有疑義。《胡風全集》的注釋者稱，指的就是信中提到的綠原的《天堂的地板》，但筆者以為應是《泥土》的筆誤。理由之一，根據胡風行文的邏輯關係來判斷，上半句為「一開始，我提議《呼吸》要弄小些」，下半句為「現在的《地板》，更是烏合之眾」，前面說的是刊物，後面也應說刊物，才能前後對應；理由之二，既說「烏合之眾」，當然指的是刊物同人，而不是一首詩。至於胡風對《泥土》的既不能不倚重又不禁不厭棄的窘迫心境，且待後述。

永平

先生：（主題詞：修改）

下面這段文字進行了修改。

原文是——

此信中批評的「朱與周」，指的是方然（朱聲）和綠原（周遂凡），「《地板》」指的是綠原的詩《天堂的地板》，

你的批註：如果是綠原一首詩，只是一首而已，怎麼會「更是烏合之眾」？

改為——

此信中批評的「朱與周」，指的是方然（朱聲）和綠原（周遂凡）。「《地板》」，《胡風全集》的注釋者稱，指的是綠原的詩《天堂的地板》，但筆者以為應是《泥土》的筆誤，試想，如果指的僅是綠原的那首詩，胡風怎麼會斥之以「烏合之眾」呢？

永平上

wu yongping，您好！修改似仍未妥。《泥土》是胡風系列小刊中的第一個，胡風一向看重，不會斥為「烏合之眾」。舒蕪上

先生：確如你所說，1948 年初，胡風寫信時，《泥土》是胡風系列小刊中影響最大的一個。《呼吸》因方然已到杭州，當時似未再出；《荒雞》只出過一輯即終刊；《螞蟻》1948 年 3 月始創刊。

但根據語句的邏輯順序來分析，似乎又說的是它。〔註29〕

是否存疑為妥。

永平

先生：我說錯了，胡風之烏合之群說的仍是《呼吸》。

有路翎的信為證。1947 年 9 月 15 日致胡風：

> 登泰兄來信提到北平朱君對於《呼吸》的意見，梅兄也談到你曾有信談到這個。我覺得那意見是實際的。看了最近的《天堂的地板》，就有這個感覺；有些東西，比方方兄（方然）的文字，就依然是出氣的做法。出出氣有時自然是痛快的，但卻把自己底存在漏掉了，沒有了廣闊的信念。好像擋住自己底路的只是文壇上的這一批人，好像是他們擋住自己底「文學之路」的。其實這些首先是社會的存在，單是知識分子式的厭惡和高傲的感情不能把握什麼東西的。認真地說，這是頗為冤枉的：那些傢伙其實又何曾擋住什麼路！但自己不走，或自己希望得到和別人同樣的「效果」時，卻喜歡覺得是別人擋住了路！

胡風對《呼吸》的看法如此，頗讓人吃驚。

永平上

wu yongping，您好！這就對了，是以刊載了《天堂的地板》一期的《呼吸》代指整個刊物。舒蕪上

wu yongping，您好！將「泥土」二字筆誤為「地板」二字，似少可能，無論字形、字義均相去甚遠。舒蕪上

wu yongping，您好！竊仍存疑。舒蕪

〔註29〕筆者後來查到了載有綠原詩《天堂的地板》的文學叢刊《荒雞》，其作者仍為《呼吸》同人。撰寫論文《幾被忘卻的胡風同人刊物——荒雞文叢》，載《中國現代文學研究叢刊》2009 年第 6 期。

先生：（主題詞：修改）

此段已改為——

概而言之，後來被稱之為「胡風派」諸人當年的所作，胡風實際上是無法承擔全部責任的。

偏居南寧一隅的舒蕪當年尚且不甚瞭解文壇內戰的內幕，而避居香港的那一大批進步文化人當然更不會瞭解在大陸文壇內戰中胡風對本流派諸人有所失控的窘境。

永平

Wu yongping，您好！（主題詞：「失控」問題）

這樣修改就較妥了。但我仍然不太放心「失控」這一估計，當時到這個程度了麼？舒蕪上

先生：（主題詞：失控問題）

原寫為「有所失控」，如果寫得更精確一些，應點出《呼吸》的名來。

但也只是「一度」而已。謝謝指教。永平上

Wu yongping，您好！（主題詞：失控問題）

您這裡的「失控」，當指戰略戰術上得失而言。但通常也可以理解為是否聽命、是否忠貞乃至是否背叛而言，而《呼吸》的忠貞是絕無問題的。為免歧義誤會，是否考慮另用什麼詞表達之？其實，即使說戰略戰術得失，情況也頗複雜。例如我的《逃集體》等，起先胡風還向《新華日報》推薦，後來在《呼吸》上發表，他才認為不好。舒蕪上

舒蕪先生寄來主題詞為「關於文革的好文章」的網文《受難者與暴君》。

2006-04-02　討論胡風是否「失控」問題

先生：（主題詞：失控問題）

我想表達的「失控」，純就其本意而言，無涉於忠貞的問題。可以考慮修改，找一個更恰當的表達形式。

刊物不在手裏，刊址又在外地，胡風只能遙制，這樣就會發生您所說的是否絕對聽命，是否絕對服從，是否絕對照辦諸問題。

我不懷疑《呼吸》同人的忠貞，但對《泥土》有一些看法，泥土中人都是北平大學的，他們除受胡風影響之外，還受到校園文化的影響，朱谷懷對阿

壟批判李廣田不滿，就是一個有力的例證。

《逃集體》的問題，我已在前面提到過，當年胡風是沒有覺得有什麼問題的。只是在《大眾文藝叢刊》第一輯出來後，裏面點到了這文章，胡風才發現「不好」。這也是我正寫的這一節裏的部分內容。

wuxuyu@tom.com

wu yongping，您好！尊論甚是，「失控」其實也可以。我想起，守梅對《呼吸》的評價與期待，一開始與胡風不同。他認為《呼吸》可以成為一個「方面軍」，他情願協助方然把這個方面軍帶好。胡風當即表示對此說有保留。後來文壇上的確有了「希呼集團」之稱。然而也就發生「失控」現象，證明胡眼光高於陳。是不是？舒蕪上

先生：（主題詞：對不起）

今天才發現一三〇信注釋有誤。見如下：

①才子之刊：指 1948 年 3 月香港創刊的《大眾文藝叢刊》第一輯，上面有《對於當前文藝運動的意見》（《大眾文藝叢刊》同人）、《論主觀問題》（荃麟）、《文藝創作與主觀》（喬木——即喬冠華）、《評路翎的短篇小說》（胡繩）、《略論個性解放》（默涵）等文章，互有聯繫地批評了胡風的文藝理論、我的《論主觀》以及路翎的小說。

吳按：以上寫的是第一輯。但喬木的文章《文藝創作與主觀》是發在第二輯，《略論個性解放》（默涵）卻載於 1948 年 10 月 6 日香港《文匯報》。

其實只須把「第一輯」三字刪去即可。

永平

（舒蕪先生回覆：照改，謝謝。）

先生：（主題詞：方面軍）

讀了你的來信，信中說「守梅對《呼吸》的評價與期待，一開始與胡風不同。他認為《呼吸》可以成為一個『方面軍』，他情願協助方然把這個方面軍帶好。胡風當即表示對此說有保留。」

阿壟提到方面軍的事見於你 1946 七月十一日致胡風的信，但胡風「有保留」的信卻未見，全集未收。也許應在胡風 1946 年 7 月 17 日給你的信中，請查查看。

永平

yongping，您好！（主題詞：方面軍）

　　胡風 1946 年 7 月 17 日來信云：「成都方面，能做點什麼當然很好，但方然的情形我不太明白。能做就做一點，什麼方面軍之類恐怕是說不上的罷。」舒蕪上

先生：（主題詞：方面軍）

　　看來當年胡風對方面軍有所保留，主要還是對方然不太瞭解，不太放心。你的回憶是準確的。

　　永平上

先生：關於《呼吸》的那一段已改為——

　　　　此信中批評的「朱與周」，指的是方然（朱聲）和綠原（周遂凡）。「什麼派」，當然指的是「胡風派」。他在此信中非常鄭重地告誡朋友們要從流派的「大的要求」著眼，慎重地寫好每一篇文章，他已痛切地感受到某些朋友行文時意氣用事，可能產生「變質」的客觀效果。信中提到的「《地板》……烏合之眾」之語，係由綠原的近作《天堂的地板》而生發，進而連帶著批評了《呼吸》同人。（下略，吳注）

　　永平上

　　Wu yongping，您好！胡風一開始就不信任方然辦《呼吸》事，已見另復。《呼吸》何以一出來就被認為胡風一派？上面有哪些《希望》人物登場？論調如何顯出派性？其戰略戰術得失如何？哪些是胡風可能滿意的？哪些是他不可能滿意的？彷彿記得守梅在上面說過「舒蕪每一篇文章都發展了馬克思主義」之類的話，我當時一面受寵若驚，一面也有些擔心是不是說得過頭了？胡風對於這話是否滿意，不清楚，大約不會太滿意。甚至《呼吸》的封面，也頗為《希望》式樣的，大字標曰「方然主編」，與《希望》封面大字標「胡風主編」一樣，與其他雜誌不一樣。建議專寫論《呼吸》一章，附論《泥土》《荒雞》《螞蟻》等。舒蕪上

先生：（主題詞：謝謝建議）

　　讀過批註中關於「建議專寫論《呼吸》一章，附論《泥土》《荒雞》《螞蟻》等」，深有感觸。我很早就有這個願望，但迄今我沒有讀過這些刊物的全部，心中一直存著遺憾，不敢動筆。

再說，即使看到了，能不能寫入這本書，還要考慮。本書題目擬為《舒蕪胡風交往考》，如果寫得過於分散，本書的篇幅太長，出版會成問題。此外，周小雲等人一直鼓勵我寫一本「胡風傳」，你建議的內容放在那本書裏更好，內容也不會太重複。

還有一個現實的困難，本地找不到全部的《泥土》《荒雞》《螞蟻》，必須到北京和上海圖書館或高校圖書館查閱，這要耗費相當多的時間和精力。但這事總是要做的，寄希望於下半年，也許能抽出時間跑跑外地的圖書館。

永平上

2006-04-03　第28節，胡風怒斥喬冠華拿他「洗手」

先生：（主題詞：請批註）

寄上新寫的一節「胡風怒斥喬冠華拿他『洗手』」，不知是否離題太遠。

永平上

（第28節，胡風怒斥喬冠華拿他「洗手」）

舒蕪先生對第28節所批註的「讀後感」及我的反饋：

信中所談的還是「邵文」，由於一讀再讀，倒讀出了胡風所未曾指出的一些新東西。他讀出了「邵文」的主調是「反省」（「懺悔」），但卻不知促使他們「官腔官調」起來的客觀因素（「氣氛」）到底是什麼。

（舒蕪注：這裡有問題：我不會稱邵為「才子」。文壇對邵一向無此稱。我們一向稱的「才子」均指喬冠華。莫非我誤會「公意」乃喬所執筆麼？重慶時期邵雖與胡風接近，讚美過路翎，但還不至於需要「懺悔」的程度。喬則有才子集團的舊賬大需「懺悔」也。）

（吳注：你的估計是對的，信中只是以「才子」指代香港那一批人，尤其是你所認識的喬冠華，並非專指邵。你信中所說的「懺悔」，只是「檢討」的意思，「邵文」自始至終都是以「我們」的口氣來作「檢討」的，批評到主觀等問題時，也是在這個調子下，無非是他們發現得過遲，當時沒有引起重視等等。）

……

胡風敦促舒蕪重視「邵文」，指出他已被對方抓住了把柄（自己的問題），要趕緊寫文章，變被動為主動；舒蕪雖也表示非重視不可，但卻理解為這只是戰略上「爭取全面的主動」的意思，沒有承諾馬上撰文。在同信中，他含糊

地對《逃集體》那幾篇引起麻煩的雜文作了幾句解釋，並不認為有什麼特別大的問題。信末對胡風信中所提到的「檢查一下過去，認真地開始」作出了回應，他在覆信中批評了《呼吸》《泥土》《橫眉小輯》等同人刊物，並表白自己仍有戰鬥熱情，寫道：「近來，我是拖泥帶水的竭力作一點的。」

（舒蕪注：「自己的問題」不是「自己有問題被抓住把柄」之意，而是應該「以天下為己任」，應該「不是站在對抗的地位，要自己覺得是自己的事情負責提起來」。陳家康早就指出我把自己放在被動挨打地位，乃至做的舊詩都是「失敗的美」。胡也是這個意思，指我後來文章中全是牢騷、怨憤、辯解，而沒有主人翁的「萬物皆備於我」的氣派。我的確被胡喬木的當頭一棒打昏了，又清醒地看出自己是失敗一方了，而胡風他們似乎都沒有這樣看。恐怕這裡倒是重要的分歧。

……

綜上所述，既然「轉變」有過程，那麼胡風譏諷喬冠華「立地成佛」的依據是不足的，「背叛」（「洗手」）的指控自然也不能成立。順便再說一句，五四新文化運動與生俱來的便是一系列「背叛」的指控，一是與傳統經典的背離，被斥之為「離經叛道」，一是與業師故舊的分袂，美其名曰「吾尤愛真理」。從這個角度而言，五四精神就是「背叛」（洗手）。魯迅向舊壘「反戈一擊」，胡風出左聯後另起爐灶，舒蕪不承桐城派舊學，無一不是「背叛」。

（舒蕪注：「順便再說一句」似乎不必了。）

wu yongping，您好！說我「讀出了胡風所未曾指出的一些新東西」，仍然不妥。我只會稱喬一人為「才子」，不會「以『才子』指代香港那一批人」。肯定我當時誤以為「公意」乃喬執筆，故如此說。舒蕪上

先生：可以照您所說的改，將你誤以為該文為喬撰寫補充進去。但你比胡風讀出的內容更多，似可保留。因胡風未曾在給你的信中提到邵文有檢討的因素。改為——

　　信中所談的還是「邵文」，由於一讀再讀，倒讀出了胡風所未曾指出的另一面。他與邵荃麟不熟，誤以為該文出自喬冠華的手筆。既有此誤會，便不禁聯想當年在重慶共同推進「啟蒙運動」的許多往事。於是從該文「懺悔」的主調裏，判斷作者有「洗刷」的動機，但卻不知促使他突然「官腔官調」起來的客觀因素（「氣氛」）到底

是什麼。

永平上

2006-04-04　第 29 節，舒蕪「準備爆炸一下」

wu yongping，您好！這樣可以了。關於「五四」以來習慣「背叛」那幾句，請考慮刪去為是。舒蕪上

先生：關於五四背叛精神的一段已刪去。永平上

先生：（主題詞：請教）

讀一三四信（1948 十二月廿日），信末附記中寫道：

> 「此信寫成於上月底，未發；後又接十七日信，未覆。所以寫了信而不發，接了信而不覆之故，你恐怕無法想像到的，是因為買郵票的錢一直沒有。這幾十天來，薪水分文未發，每天幾毛錢買菜，都是東拉西扯的借來的，故一封航空信的錢已成巨額支出了。直到昨天，才發下本月薪水之一部分。」

這裡提到胡風 12 月 17 日的來信，這封信是復你十一月五日的信。你在 5 日信中提到「我們是不是也該和讀者戰爭？」的疑惑。我想知道胡風是怎麼回答的。

永平上

wu yongping，您好！（主題詞：重大關鍵）

來信不是 12 月 17 日，而是 11 月 17 日。信云：「所謂讀者的弱點，是從一個龐大的基礎上來的。我們應和那弱點戰爭，但卻要更真誠地從肯定（『肯定』兩字旁加著重圈）那個基礎上去戰爭。這一點是關鍵，否則成了專談『理論』，也就是接近中庸了。把讀者『冷一冷』，也看是什麼冷法的。這裡需要一種強而熱烈的從把握角度產生的心情。」

他這些話，當時我都不太懂，現在回頭看，這裡正是最大關鍵。他的主要意思還是「以天下為己任」，自居於革命正統或馬克思主義正統地位，「強而熱烈的」心態，非常不滿我的失敗主義的自居挨打地位態度。這與解放後我們的分歧有決定性關係。前信約略談過，請您特別注意。

舒蕪上

先生：（主題詞：請教）

讀口述自傳 190 頁至 191 頁，對時間順序有大疑惑。

190 頁最後一段，「再說 1948 年下學期」，唐上任校長。此段提到楊、張二位出獄時間為 1948 年 5 月 20 日。他們是唐保釋的，唐上任時間應在 5 月初或之前，這時應稱「上學期」還是「下學期」。疑問之一。

191 頁第 4 行，「到 1949 年上學期」，唐調回教育部，黃上任。

191 頁第三自然段，「那時（是）1948 年下半年」，以下說的是學潮，而且是在黃到任之後發生的。與上面提到的黃上任時間對不上。竊以為此處對，而上處錯。唐調回教育部時間應在 1948 年 9 月左右，這個分析與下面的疑問有聯繫。

191 頁最後一段，談到黃剋扣教授工資不發事。但未確指時間。

查一三四信（1948 十二月廿日），其中談到「此信寫成於上月底，未發；後又接十七日信，未覆。所以寫了信而不發，接了信而不覆之故，你恐怕無法想像到的，是因為買郵票的錢一直沒有。這幾十天來，薪水分文未發，每天幾毛錢買菜，都是東拉西扯的借來的，故一封航空信的錢已成巨額支出了。直到昨天，才發下本月薪水之一部分。」

從信中時間判斷，黃剋扣工資事發生在 1948 年 11 月；由此事倒推，則黃接任校長事應在 1948 年 11 月之前（不知應稱為 1948 年下學期，還是 1949 年上學期）；而唐調回教育部應更早。

我擬了一個時間表：

1948 年 4 月，唐接任校長。5 月保釋楊張。

1948 年 9 月，唐調回，黃繼任。

1948 年 11 月，黃剋扣教師工資，禁止學生私自起夥，引發學潮。

情況是否如此？

永平上

先生：（主題詞：反黃華表風潮）

查到一則史料：

搬遷南寧後，院長曾作忠和教務長林礪儒先後辭職，教育部任命唐惜芬接任院長，1949 年 1 月唐惜芬又辭職，黃華表接任院長。

黃華表上任後橫行霸道，獨斷專行，忽視職工生活福利，剋扣教職工薪金，製造事端，迫害進步師生，解聘學生愛戴的謝、譚、汪、黃四位教授，

引起一場反黃華表的鬥爭，直到 1949 年 5 月黃華表才被撤職，由陳一百接任院長。

仍有問題：一、黃 1949 年 1 月上任，但你信中說工資事卻在 1948 年 11 月。

二、這裡說的是因解聘而引發學潮，與你的口述不合。

另外，解聘的四教授，是不是指的謝厚藩（理化系主任）、譚丕模（國文系主任）、汪士楷。黃指誰？

永平

wu yongping，您好！所引史料有誤：1. 不是黃華表解聘四教授而引起風潮，而是反黃風潮最後由廣西省主席黃旭初親到南寧，直接出面干預解決，採取一石二鳥法：一方面向教育部建議撤黃華表的職，（黃華表本來是桂系而叛投 C.C.）另方面說好四教授「自動」辭職，「禮送出境」。這種一石二鳥法，乃桂系慣用手法。抗戰前桂系製造王公度「托派」案，實行「托派斯派一網打盡」，殺了「托派」王公度、謝蒼生，對於「斯派」楊東蓴、陳望道等則「禮送出境」。（王公度是五路軍總政治部主任，桂系頭兒李、白、黃一手培養送莫斯科留學歸來的，不知道為什麼忽然翻臉，至今還是疑案。）2. 四教授之「黃」，誤，是王西彥。王在風潮中本來不是教授會主要人員，但起初因宿舍糾紛與黃華表的秘書劉運楨直接衝突，為風潮起因之一，始終為黃華表、劉運楨所恨，故亦列黑名單上。至於我 1948 年信中說的工資問題，本與黃華表無關，那是他來之前，學校經濟困難情況。他來後，教育部匯來一筆黃金，他分文不發給教職員，火上加油，便引起風潮。舒蕪上

先生：如下是另一資料：

國立南寧師範學院

曾作忠	院長	男	漢	廣西	1946.7～1948.2
唐惜芬	院長	男	漢	廣西	1948.2～1949.1
黃華表	院長	男	漢	廣西	1949.1～1949.5
陳一百	院長	男	漢	廣西	1949.5～1949.11

wu yongping，您好！此資料正確可信。舒蕪

先生：（主題詞：請教）

寫到如下一段，有點疑問。

　　舒蕪 11 月 28 日寫了覆信，信中對以往未能從「宏大的基礎」出發作了自我批評。他寫道：

　　我近年來，對許多問題的考慮，竟都從一個反感出發，這真是現在想來大可怕的事。因為對機械家的浮誇的反感，竟至於有意識的專以澆冷水為事，這是多麼糟糕的呢？我把「看得更遠」如老人的凝煉，竟誤以纏綿傷感實之，結果真成了向後看，而居然還自以為深刻，這豈不是又要走上苦雨齋的舊路了麼？於是我又想起貴兼（陳家康）在渝時對我的舊詩的批評，他說我是「失敗的美」，是「先把自己站在挨打的地位再唱歌」，當時還覺得他這話有些可笑，現在想來，倒是被他不幸而言中了。

　　想請教的是，當年陳家康對你哪一首舊詩提出這樣的批評。另外老人的凝煉，下面的著重號表示的是什麼意思。

　　永平上

wu yongping，您好！不記得他指哪首詩。著重號就是著重。舒蕪上

先生：（主題詞：明白了）

　　胡風 1945 年 10 月 16～17 日給你的信中，提到你曾寫過一篇《凝煉》。我以為與之有聯繫呢。永平上

先生：（主題詞：南寧之三）

　　寄上南寧生活的第三部分，還有一節南寧就寫完了。永平上

　　（第 29 節，舒蕪「準備爆炸一下」）

　　舒蕪先生對第 29 節作了批註：

　　信中所說兩「長稿」，是指年初重寫的《生活唯物論》的第一章《論真理》和第二章《論錯誤》，舒蕪曾向胡風承諾寒假期間完成全書，過去了半年，才寫成前兩章。信中提到在校中為人「利用而且出賣」，此事未見於舒蕪回憶文章，不知所指，大概與某教師的矛盾有關〔註30〕。「現寫一文」一句應受到重視，他說的是正在寫一篇文章，針貶對象是「叢刊」第一期的「邵文」。「邵文」問世於當年 3 月，胡風寄給他時是在當年 4 月，如今已是 8 月了，才想

────────────

〔註30〕舒蕪 1948 年 10 月 6 日致胡風信寫道：「前信說的無聊糾紛，那人，因醜德彰聞而被學生拒絕選其課了。他更集怨於我，似乎要有所作為，但其實也作不出什麼，無非嘰嘰咕咕。」知名不具。

起來要「爆炸一下」，是不是晚了一點呢！也許，他是讀過《泥土》第6期路
翎的論文受到了激勵罷，這篇重頭文章原本應該由搞理論的他來寫的，卻由
搞創作的路翎來操刀，他是不覺得有點慚愧呢！（舒蕪批註：回憶當時心情，
並無慚愧之意。也許自知不懂創作，從來沒有談過這方面的問題。

　　……

　　兩年多了！從1946年初困居川西「空山」時算起，他已經有兩年多沒有
站在理論戰線的前沿與師友們並肩作戰了。「我久已不投在變化中了，怎能
變化人呢？」這個借魯翁名言所表達的發現和自責，是非常準確的。他畢竟
與胡風派諸師友睽違太久，他們之間所剩下的聯繫，與其說是思想上的共
鳴，不如說是感情上的牽掛。遙想當年，洋洋萬言的《論主觀》《論中庸》無
不一揮而就，儘管不無瑕疵，但都得到過流派中人的充分肯定，甚至被公認
為「發展了馬克思主義」；（舒蕪批註：不是「公認」，只是守梅一人一度有此
論而已。）

　　……

　　（舒蕪先生在此文篇末作出批註：自從胡風給我第一封信指出「現在是
啟蒙運動」以來，我便明確把自己定位於啟蒙者、改造者、「變化人」者的地
位。延安整風則把整個知識分子放在被改造者的地位，我是不滿的。《論主
觀》也就是對延安整風這個定位的對抗。胡喬木看出了問題的嚴重，才立即
親身出馬給以打擊。從那次談話，我最耿耿於中的就是改造者地位的不保。
這裡引魯迅的「我久已不投在變化中了，怎能變化人呢？」仍然是力求保住
「變化人」者的地位。南寧解放前夜，我曾把《論主觀》等文章編為一集，針
對當時有所謂「割掉小資產階級的頭顱」之說，題曰《刑天集》，取義就在
要象刑天那樣砍掉了頭仍然能夠「執干戚而舞」。這當然還是嚴重的失敗主
義。但一解放，我第一個工作是南寧市中小學教師寒假講習班的副主任，主
任是市委宣傳部長，由我全面主持日常工作，全市學校黨委書記某同志和預
定擔任市文教局黨員副局長某同志二人則安排成我下面的兩個秘書。那時師
範學院已定遷移桂林，南寧市只有中小學，我乃居於全市知識分子中最高的
一個改造者的地位，完全出乎我的意外。這是從胡風本人到他所有朋友都沒
有的地位，而且不是文藝界，而是廣泛的知識界，也是他們所沒有的。我立
刻體會到，原來共產黨對我們，與對一般改造對象的知識分子仍然不一樣，
我們仍然能夠作為進步左翼知識分子而居於改造者的地位，只要對自己做些

小修理就行，口頭當然還是要說「脫胎換骨」之類。我越來越希望胡風他們能夠共體此意，大家對自己做些小修理，好共同名正言順地做改造者，一再談不通，才取發表公開文章強逼大家一同過關之法。這是我當時的真實思想。）

2006-04-05

先生：您好！（主題詞：得到啟發）

文末那一段批語對我極有啟發。

由此看來，自居於改造者的地位並非解放後才有的，而是從 1943 年參與才子集團啟蒙運動時即有。

此外，你對師友們提出的「小修理」的建議，我也發現了，但沒有強調。在改稿時要加強，尤其是要把你對魯迅的理解與胡風不同處作為思想基礎。

永平上

先生：南寧二作如下修改。永平上

兩年多了！從 1946 年初困居川西「空山」時算起，他已經有兩年多沒有站在理論戰線的前沿與師友們並肩作戰了。「我久已不投在變化中了，怎能變化人呢？」一句，出自魯迅《故事新編：出關》，據魯迅說，該文表現了他對「老子西出函谷」故實底蘊（「孔老相爭，孔勝老敗」）的理解。

……（中略。吳注）

舒蕪借用孔子的這句話，當然並沒有向胡風挑戰或告別的意思，只是想表達出近兩年來沒有積極參與師友們「變化別人」（啟蒙）工作的謙意而已。

兩年多了！他畢竟與胡風派諸師友睽違得太久，他們之間所剩下的聯繫，與其說是思想上的共鳴，不如說是感情上的牽掛。遙想當年，洋洋萬言的《論主觀》《論中庸》無不一揮而就，儘管不無瑕疵，但都得到過流派中人的充分肯定；注目如今，一篇《論生活二元論》，竟寫得如此不爭氣，一改而再改，心盡了，力竭了，仍被師友批評為「還有不夠力強的地方」。他慎重地思考著如何改變自我，如何重新投入師友們正在從事著的「變化人」的工作，他忽然覺得找到了解決癥結的途徑，以為一切都是由於缺乏「勝利的精神」所

致。他以為只要具有這種精神，便可以振作起來，克服「自己的發展和危機的問題」。為了表達繼續追隨胡風等前行的決心，他甚至違心地贊同對方所曾給予的「一切批評」，將對方所未曾有過的思想也都慷慨地贈予。所謂「時代永不會錯誤，錯誤永不在時代。凡覺得時代有錯者，一定自己已是相當之糟了」，胡風似乎不會這麼說，路翎似乎也不會這麼說，他們一向敢於把時代潮流視為「逆流」，把時代正動視為「混亂」，並以唐吉訶德式的不諳時代的行徑為自豪。說穿了，舒蕪在此恍然有所悟的「勝利的精神」不是別的，而是真正的無依憑的「主觀戰鬥精神」。

wu yongping，您好！沒有異議了。

　　舒蕪上

先生：

　　你在此信中引用孔子見老子的那段話，其實並不太妥當。胡風非常敏感，他會因此而聯想到《出關》一文的其他部分。

　　幸而他當時並沒有讀到這封信，是解放後才由梅志轉給他的。

　　永平上

Wu yongping，您好！（主題詞：王培元稿）舒蕪

　　（附件：王培元《在朝內 166 號與前輩的魂靈相遇之七：請教舒蕪》）

2006-04-06　第 30 節，「在行動與鬥爭當中」

先生：（主題詞：一篇文章）

　　附件中是載於《粵海風》的一篇文章，被人大複印資料轉載。

　　不知你讀過沒有。永平上

　　（郭鐵成：《舒蕪——為什麼是經久未衰的話題》）

先生：（主題詞：南寧之四）

　　寄上南寧之四。至此節，解放前已寫完。永平上

　　（第 30 節，「在行動與鬥爭當中」）

先生：（主題詞：您的郵箱出現問題）永平上

　　wu yongping，您好！《粵海風》文章收存，謝謝。您前信說我的郵箱有問題，什麼問題？舒蕪上

2006-04-07　下部第 1 節，「多和老幹部接觸，理解這個時代」

先生：您好！

　　昨天寄出的南寧四，請問收到沒有。

　　永平上

Wu yongping，您好！南寧四沒有收到。舒蕪

先生：（主題詞：重寄並請教。）

　　讀一三七信（1950 三月九日，南寧→上海），其中提到：

　　　　　「屠先生的信和『起點』、『學藝』，你自北平來的信，都早收
　　到。」

　　我想知道梅志這封信是什麼時候寫的，信中談了些什麼。能否見告。

　　永平上

wu yongping，您好！（主題詞：關於梅志的信）

　　梅志那封信今已不存，不知為什麼遺失了。但我確記是用隱語通知我：
「家長到出產地辦貨去了」，云云。很簡短，主要就是這樣通知。舒蕪上

先生：（主題詞：解放初之一）

　　寄上解放初之一，題為「多和老幹部接觸，理解這個時代」，出自胡風當
年給你的信。

　　下一節寫「這公案遲早要公諸討論的」，同樣也出自胡風給你的信，大意
是說，本來你剛稍安於當地的事務性工作，是可以淡忘此事的，而胡風卻逼
著你非正視這個問題不可。於是引起一系列的新矛盾。

　　永平上

　　（下部第 1 節，「多和老幹部接觸，理解這個時代」）

　　wu yongping，您好！信收到，明天細讀後覆。舒蕪。

2006-04-08　舒蕪解放初任職情況

　　舒蕪先生寄來對上部第 30 節《「在行動與鬥爭當中」》的批註：

　　如果上述回憶無誤，可以看出，當時中共香港文化機構對胡風文藝思想
的批判，其用意並不在於一棒子把胡風打死，而是要把他「拉」過來，統一於
「黨的文藝路線」。

　　（舒蕪批註：這一點極其重要。我對於解放初期批胡風，批路翎，批呂

熒，都是這樣理解。乃至對於一九五二年胡風文藝思想座談會，我還是這樣理解，會上許多發言都首先肯定胡風「政治上是擁護毛主席的，我們是一致的」，陽翰笙發言甚至說「我們一向把胡風同志看作非黨布爾塞維克」。當時一般認為，革命與不革命的大界線，劃在小資產階級右邊，左邊無產階級和小資產階級是革命的，右邊民族資產階級是不革命而可以團結需要團結的。胡喬木雖然說毛澤東的偉大貢獻是「把無產階級革命性與小資產階級革命性區別開來」，一般還是認為，此區別僅僅是革命內部、左翼內部的區別，不是革命與不革命的區別，不是左翼與右翼的區別，當然更不是革命與反革命的區別。誰也料不到後來一下就把小資產階級劃到資產階級一邊去，同為社會主義革命的對象。也許胡風早就有敏感，所以他說：「退一步就會退十步，最後非成為影子不可。」那麼得承認他敏感對了。）

……

樓的回憶應該是比較可信的，其傳達邵荃麟的話也應較為可信。當然，樓不可能說服胡風，胡風一向認為創作方法方面的問題不同於政治問題，不必強求一致。

（舒蕪批註：表面上是這樣，但實際上，並非政治問題而外另有不同的文藝問題，守梅公開提出的「藝術即政治」口號，表明所要堅守的乃是個政治陣地。）

……

到學院後，黃提出要「整頓秩序」，不准學生們自辦伙食，而讓親戚承辦「包伙團」，以詐取伙食費；他剋扣教員的薪水津貼，逼得教員們向教育部發電請願；後來，他索性避不到校，把教育部匯來的員工生活補助費 360 萬金圓券全扣住不發，企圖中飽私囊。

（舒蕪批註：學生並非「自辦伙食」，而是在惡性通貨膨脹下，無法舉辦任何集體伙食，只能各備小爐子各自為炊，是在極不正常情況下等待馬上就要到來的解放。這點似須略加說明，否則，黃華表取締小爐子激起學生反抗就難以說清。請閱《自傳》第 191 頁。）

以黃華表為代表的反動勢力末日前的瘋狂激怒了全院師生，「驅黃」運動一浪高過一浪。在中共的領導下，

（舒蕪批註：學生罷課純是自發，並非地下黨領導的。請閱《自傳》第191 頁。）

……

汪、譚二位都是與中共有千絲萬縷聯繫的進步教授。汪澤楷先生（1894年～1959年），已見前述，1920年加入法共，是中國旅歐少年共產黨的籌建者之一，後因托派問題出黨〔註31〕，晚年平反。（舒蕪批註：平反不是「晚年」，是冤死獄中多年以後。）譚丕模先生（1899～1958），1937年加入中共，後與黨失去聯繫，1950年重新入黨。」其時，他們也許與中共南寧市地下組織有著某種秘密的聯繫。（舒蕪批註：譚可能有，汪不可能有。）當然，舒蕪當時並不清楚這一切，他只是跟隨著這些尊敬的師長，踏踏實實地做著他的「機要秘書」的工作。

……

4月初，廣西省政府主席黃旭初應國民政府教育部之請，直接干預南寧師院的風潮。他一方面向教育部建議撤換院長，一方面脅迫「教授會」的幾位領導人辭職。據舒蕪回憶，當時被「禮送」出境的四位教授（譚丕模、謝厚藩、汪澤楷、王西彥）是黃華表給教育部密電中指名要解聘的；而黃華表是桂系的叛徒，黃旭初早就有除之後快之心。廣西政府此舉既削弱了民主運動的力量，又拔除了異己，稱得上是「一石二鳥」之計。舒蕪不在被「禮送」的黑名單之中，他自己也「不知道什麼緣故」，大約是「被當局看做只是動動筆桿子的角色」罷〔註32〕。4月4日，汪澤楷先生冒雨離開南寧，前往湖南長沙，舒蕪前往送行，依依惜別。（舒蕪批註：不是只送了汪一人。）

先生：關於批註中的這一句：「以黃華表為代表的反動勢力末日前的瘋狂激怒了全院師生，『驅黃』運動一浪高過一浪。在中共的領導下，（你的批註：學生罷課純是自發，並非地下黨領導的。請閱《自傳》第191頁。）」

吳按：我說其中有地下黨的組織，是參看了《廣西民盟資料》。其中寫道：「1949年3月，南寧師院反對桂系官僚黃華表接任南寧師院院長，開展群眾性的學生運動。經過持續半年的激烈鬥爭終於取得勝利，將黃華表驅逐出院。運動中，盟組織在地下黨領導下，和地下黨緊密配合，使運動不斷前進，盟員也得到了鍛鍊、提高。」

當然，這無法進行驗證。改也是可以的。

〔註31〕中共中央1929年12月15日通過《關於開除陳獨秀黨籍並批准江蘇省委開除彭述之、汪澤楷、馬玉夫、蔡振德四人決議案》。

〔註32〕《舒蕪口述自傳》，人民文學出版社，2014年出版，第195頁。下不另注。

永平上

wu yongping，您好！一開始爆發，純粹自發。然後地下黨才趕快加以領導，掌握了整個局勢。如果泛談全部運動，可以統言黨的領導。如果按時間敘述罷課之起來，則不可說罷課爆發是在地下黨領導下，因為那不合於當時黨在國統區的政策方針。舒蕪上

先生：罷課一事承教，自發在先，領導在後，照改。永平上

先生：批註又一處。

4月4日，汪澤楷先生冒雨離開南寧，前往湖南長沙，舒蕪前往送行，依依惜別。你批註曰：「不是只送了汪一人。」

吳按：原想籠統地寫送行。但在自傳中沒有找到，只在回憶汪先生文中讀到你為他送行，於是寫了這麼一句。

能回憶為其他人送行的情景嗎？

昨天寄上的「解放初一」，是否收到，甚念。

永平上

先生：（主題詞：請教）

寫到這裡，請教問題。

不過，在那個沸騰的、百廢待興的年代裏，作為當地知名的進步教授，他仍然主動或被動地被捲進人民的革命建設事業之中。南寧解放不到半年，他先後擔任的社會職務便有：

南寧師範學院「教授會」負責人（1949年12月）

南寧師範學院「臨時院務委員會」委員（1949年12月）

南寧市「中小學教師寒假講習班」副主任（1950年2月）

南寧市高中校長（1950年3月）

南寧市人民政府委員（1950年3月）

廣西省中蘇友好協會籌委會副主任（1950年3月）

廣西省教師聯合會宣教部部長（1950年3月）

廣西省文聯籌委會（常委或是委員）（1950年4月）？

南寧市文聯籌委會副主任（1950年4月）

請問以上職務是否寫得正確，括號中是大致的開始時間。

永平

wu yongping，您好！答覆見附件。舒蕪上

　　附件中有批註：

　　南寧師範學院「教授會」負責人（1949 年 12 月）（舒蕪批註：此可不列，解放前就擔任了。）

　　南寧師範學院「臨時院務委員會」委員（1949 年 12 月）（舒蕪批註：無「臨時」字。）

　　南寧市「中小學教師寒假講習班」副主任（1950 年 2 月）

　　南寧市高中校長（1950 年 3 月）（舒蕪批註：無「市」字）

　　南寧市人民政府委員（1950 年 3 月）

　　（舒蕪批註：南寧市）中蘇友好協會籌委會副主任（1950 年 3 月）

　　廣西省教師聯合會宣教部部長（1950 年 3 月）（舒蕪批註：似乎是「教育工會籌委會」）

　　廣西省文聯籌委會（舒蕪批註：常委、研究部長，1950 年 4 月）

　　南寧市文聯籌委會副主任（1950 年 4 月）

　　先生：這些職務似乎能說明，舒蕪解放初確實是被新生的人民政權「當作一個思想政治工作的幹部來使用，當作知識分子改造工作中的『改造者』來使用，同時又被賦以『社會政治活動家』的身份，而不是被擺在『待改造的文藝界』的地位」〔註 33〕。據說，幾年後，他又被確定為南寧市教育局局長的候選人之一。永平上

　　wu yongping，您好！不是「幾年後」，而是更早。不是「教育局」，而是文教局。南寧市人民政府剛一成立，文教局黨員副局長是林靜中。非黨員正局長黃尚清是個老中學教師，本非進步人士，本地教育界毫無威望，只因為過去曾是莫文驊（廣西省委副書記、南寧市委書記、紅七軍小鬼出身）的小學老師，由莫文驊提名而來，很快就顯得不勝任。便有要我代之之說，特別是林靜中多次催促我。我當然決不肯答應。舒蕪上

2006-04-09　下部第 2 節，「這公案遲早要公諸討論的」

　　Wu yongping，您好！你好！昨天發上諸件諒已收到。忽然想起一件事：文章裏面，敘述胡與其青年朋友之間的往來，「彙報」「指示」這類帶暗示性

〔註 33〕舒蕪：《回歸「五四」後序》，初載《新文學史料》1997 年第 2 期，修訂後收入《舒蕪集》。下不另注。

的有政治意味的詞語，似以儘量少用為妥，儘量用中性客觀的詞語，您以為如何？

bikonglou@163.com

先生：所示極是！在統稿時考慮換詞。

另外，昨天寄的「解放初之一」收到否。

永平上

舒蕪先生寄來對解放後第 1 節的批註，僅如下一處：

在這封長信中，胡風詳細地陳述了「非常贊成」舒蕪去東北任教的五個「理由」，並設身處地為他分析了面臨的兩個困難及解決困難的方法和途徑。「理由」之三特別應該得到關注，他寫道：

> 三、上海文壇被幾個猛人馳騁著，我們出書出刊物都不可能，北京太擠，武漢、湖南似乎茫無頭緒，是以香港遺風為指針的。東北沒有這個壓力（或者很薄），且與天津接近。天津文運很活潑，魯藜等主持，很有前途。

以上兩句，可以說是胡風當年對本流派生存現狀及發展前景的分析和展望。他希望舒蕪去東北任教，是在替他設法解決「職業」問題，他心目中的「事業」仍然是「出書出刊物」。前文已經多次敘及，在胡風及最親近的朋友們看來，「職業」與「事業」是有區別的，前者只是謀生的手段，後者才是獻身的目標。

如果舒蕪能克服困難，順利成行，前往東北，他也許會從此重歸胡風所領導的「文運」事業，然而，人生確實是無法預料的。

（舒蕪批註：關於去東北，似乎不僅是為了職業，還說到去開闢工作之類的話。）

先生：

收到關於解放初之一的批註。

最後一句關於開闢工作的批註，這句話胡風信中確實有，但挑明了寫恐怕會引起誤解。

胡風素來以天下為己任，說話口氣太大，有些話當不得真。

所謂開闢工作，只是說上面對那裡控制得不太嚴，比較好發文章出書罷了。

永平上

先生：

讀一四○信（1950.7.21 南寧→上海）

　　昨接十一日信，從昨天起，參加省教育會議，一連十天。這半年來，一直忙於開會，平均每天一會，五月份和七月份尤多，記得前一個星期天一天五個會，前天又一天四個會，真是不可開交。本想暑後離此北上的，和晉駝高羽都通了幾次信，但這裡省委堅不放走，同時沅芷又要在八月間生產，只好再留一學期了。

　　參加了省文聯籌委會，周鋼鳴任主委（還有胡明樹和秦似都是籌委），又負責市文聯籌委會付主委，都才開始，還沒有做出什麼來。

　　雪葦的《論文學的工農兵方向》，看過沒有？我覺得還很不錯。看了它以後，得了一點啟示，打算寫自我批評又兼解釋的文章一篇，只不知何時可寫得起來。你有何意見？

這封信非常重要，你第一次提出「打算寫自我批評又兼解釋的文章一篇」。胡風在 1950 年 3 月 29 日的信中曾提出，「《論主觀》是一個大公案，何等、港派咬定你是為了反對『整風』的反主觀主義而寫的，我發表了它也是罪大不赦。現在的讀者又看不到你的原文。我想，印出來，平心靜氣地附一篇文章，加以注釋，引起曲解的加以解答，不足的地方加以自我批判。」我認為，你要寫的這文章是按照他的話來做的。

　　但在 140 信中又提到胡風 11 日的來信，這封信也未收入《胡風全集》。不知他在這封信中又談了些什麼。我很想知道。

　　永平上

Wu yongping，您好！50 年 7 月 11 日信乃最後一信，全文如下——

　　管兄：

　　久不得信，文稿不知收到了否？

　　曾告訴過你，有一點版稅，後來匯兌通了，但一直未得信，甚至不曉得你還在南寧否。

　　共有二十萬多一點（上月又得一萬一千多），如果不要買書，得信當即寄上。

匆匆祝好　谷　七，十一夜

先生：（主題詞：公案一節）

寄上公案一節，請閱示。下一節，與錯誤告別。

永平上

（解放後第 2 節，「這公案遲早要公諸討論的」）

2006-04-10　下部第 3 節，向朋友們「暴露思想實際」的後果

先生：昨寄「公案」一節，是否收到。永平上

先生：（主題詞：解放初）

下面這段出自您的《〈回歸五四〉後序》，其中談到在《青年學園》上作的兩個報告。為何有兩個「總結報告」，可能是分階段學習的總結吧？

　　　　我在關於「勞動改造思想」問題的總結報告中說：「勞動可以克服小資產階級知識分子的自由散漫、個人英雄主義、浮而不實，好高騖遠、粗枝大葉、急性病等等不正確思想。」我還引用高爾基的文章《蘇聯的知識分子》中讚美北海波羅的海大運河工程如何以勞動改造思想的偉大作用的話，當時一點不知道那個工程是多麼慘酷多麼血腥的對知識分子的大規模迫害。我在關於「學習方法與思想方法」問題的總結報告中，強調小組討論的方法，反對「個人學習」的方法，提高到以集體主義反對個人主義，說是「小組學習才可以掌握全面。而全面地看問題，就是最重要的」，還斷言「古今中外，嚴格說來，都沒有絕對的個人學習」。

永平上

先生：（主題詞：又一節）

再寄上一節《向朋友「暴露思想實際的後果》，權且讀讀。永平上

（解放後第 3 節，向朋友們「暴露思想實際」的後果）

Wu yongping，您好！文章收到，明天細讀。舒蕪上

2006-04-11

舒蕪先生寄來對下部第 3 節的批註：

這年暑假期間，南寧市委又舉辦了一期「青年學園」，這次的規模比年初

更大，參加學習的人數更多，地址就設在南寧中學裏面。市委宣傳部長擔任主任，舒蕪被任命為主持日常工作的副主任。「學園」類似於培訓班，是對青年幹部（舒蕪批註：不只是青年幹部，而是願意參加的中學生都可以參加。）進行政治教育和思想培訓的場所，解放初，這種臨時機構在各地都有開設，只是名目不同而已。

　　……

　　舒蕪於 9 月 27 日抵達北京，10 月 1 日在天安門觀禮臺上參加了國慶大典。在諸朋友中，只有他和胡風曾有過這樣的榮幸。（舒蕪批註：我與他不同。他是以個人身份去的，我是在中蘇友協工作會議所有與會者集體中去的。）

　　……

　　路翎是否如胡風所說，在舒蕪離京後馬上就向胡風揭發了這一問題，此事還應存疑。如果胡風的回憶是準確的，路翎也願意承認此事（路翎參與了胡風撰寫萬言書的全過程），那麼我們只能說，在「共和國第一冤案」的形成過程中，胡風派內部的猜疑及內閧所起的作用決不能小視，如果不是他們先在政治上與舒蕪劃清了界限，如果不是他們先在政治上把舒蕪逼到絕路，如果不是他們先在感情上斬斷了舒蕪的最後一絲依戀，也許舒蕪的離去不會那麼快，不會那麼決絕，不會採取別樣的方式。（舒蕪批註：三十萬言書中的敘述，乃是後來的追述。至於一九五〇年那次相見的後果，則尚未至於此「敵性」程度。當時他只是覺得舒蕪「滿身小貴族氣味」而已。）

　　先生：批註之一。你寫道：三十萬言書中的敘述，乃是後來的追述。至於一九五〇年那次相見的後果，則尚未至於此「敵性」程度。當時他只是覺得舒蕪「滿身小貴族氣味」而已。

　　我也是這樣看，事情的真相應該如你分析的那樣。但胡風從此不再給你寫信，說明他對你的態度已經發生了質變。

　　但我也在考慮，是不是把轉折寫得這麼早。因此決定寫完下一節後再回頭看看。

　　後一節將寫到你返回南寧後給路翎的信（見於李輝的書，他沒有徵求你的意見便引用你的信，這是侵權。綠原在《胡風與我》中也引用你的信。），及魯煤給徐放的信及給胡風的信。

　　永平上

先生：「敵性」的那部分內容，放在 1952 年胡風文藝思想討論會之前，那時路翎向上面遞交了一個關於你的情況的報告。胡風回憶的應該是那時的事情。

這也比較合理些。永平上

wu yongping，您好！（主題詞：小貴族）

記不清哪裏看到的，大致是「他那次來北京，滿身小貴族氣味，大家都討厭他」。舒蕪上

先生：「小貴族」可能出自其他人的回憶錄，待我查查。永平

wu yongping，您好！不是其他人回憶，也許是胡風寫給路翎的信，講如何揭發舒蕪，曆數舒蕪之醜。舒蕪上

先生：（主題詞：小貴族）

謝謝，在信中查出。此語見於胡風 1952 年 6 月 9 日致路翎信。如下：

第五，解放後不通信。見面時，想來北京。但看得出他是一副冷嘲態度，小貴族的心情。等等。你再考慮，作準備。

將把這一段補寫入北京之行，以取代「敵性」。

永平上

wu yongping，您好！說的是 50 年事，作此追述的時間則是 52 年，有兩年之差。50 年當時的觀感是否就到了這個程度？是否還有些區別？舒蕪上

2006-04-12　下部第 4 節，「至少能夠使舒蕪先生也能說話」

先生：「小貴族」事放在 50 年，揭露政治問題放在 52 年。

50 年的觀感找不到其他證據，只有當時路翎寫給綠原的一信，說你是「教條主義」，再就是胡風後來的信，其中談到「小貴族」事。所謂「小貴族」，大概是譏諷你當時當了小領導吧。當時你確實要比他們境遇好一些。

永平上

wu yongping，您好！小貴族，當然指改造者、領導者（至少是輔助改造者、輔助領導者）的口氣派頭。在這個意義上，我不僅「比他們境遇好一些」，而且是根本區別。此點似乎可以注意。舒蕪上

先生：（主題詞：「小貴族」與「五四遺老」）

我在前面一節曾寫道：他也曾與胡風有過單獨長談，他在當天的日記（10月5日）中寫道：「下午，找胡風談，和與路翎所談相同，徹底檢討過去，真有『放下包袱』之感。過去對於五四的態度，胡風說有些『五四遺老』的味道，頗有道理。」（《〈回歸五四〉後序》）

胡風所說的五四遺老，有什麼深意？你為何認為頗有道理？這與」小貴族「有無聯繫？

永平上

wu yongping，您好！可能我領會的並非他的本意。我是從「集體主義」立場檢討過去不應該全盤肯定五四。他的本意自然不是這樣，或者指我過去沒有把五四原來形象稍加變化，只知道辭理想逃集體之類，授人以柄吧。舒蕪上

先生：有關「小貴族」一段，修改如下——

此次與朋友們的相聚，留給舒蕪記憶深處的印象大體上可以用「陌生」和「疏遠」兩個詞來概括，解放後近兩年來不同的社會生活體驗、不同的社會位置上的經歷，已使他們之間甚少共同的語言。他與路翎、胡風先後兩次的單獨長談特別值得注重，其主要內容都是「關於我過去工作與生活的檢討」和「徹底地檢討過去」。雖然在他看來，他所採取的是胡風曾給予高度評價的「暴露思想實際」的方式〔1〕，效果似乎也還好（他覺得對方「好像是基本上同意我的檢討似的」），以致有「放下包袱」之感。卻不料胡風當初的贊同只是敷衍之語，並不能完全採信，而胡風也沒有想到舒蕪真的會「暴露思想實際」，而且如此的「徹底」。

此次與舒蕪的重逢，留給胡風、路翎的印象大體上也可以用「陌生」和「疏遠」來概括。路翎發現他由於地位的變化而新增了「教條主義」的傾向，舒蕪路經武漢時初識綠原，綠原寫信徵詢路翎對舒蕪的看法，路翎覆信道「管兄……的身上確實是有比較多的他的那一情況的教條主義的。你說得很對，我們需要平易的誠懇和日常的勇敢」〔2〕。胡風則發現他的言談舉止中有「五四遺老」的味道，覺得他像是個剛爬上某種社會地位的「小貴族」，滿身的「改造者」

或「領導者」（至少是輔助改造者、輔助領導者）的口氣派頭，心中不由得泛起幾絲厭煩之感。

在這裡有必要澄清一個誤識。1954 年胡風在「三十萬言書」中曾述及與舒蕪此次見面的情景，他寫道：

一九五〇年冬他（指舒蕪）來北京開會，還是想我介紹他到北京來工作，意思頂好是做理論工作。閒談的時候，他對「毛澤東思想的化身」的老幹部取了嘲諷的態度，而且對於一些工作方式也取了尖刻的嘲笑態度。我感到失望。他走了以後，和路翎同志談到他，才知道了他在四川參加過黨，因被捕問題被清除出黨以後表現了強烈的反黨態度的情況。這出乎我意外，怪路翎同志也來不及了。過後回想，才明白了他的一些表現並不簡單是一個封建家庭子弟的缺點和自私的欲望而已。（《關於舒蕪問題》）

胡風所述竟然與舒蕪所記截然不同，這不能不使研究者大掉眼鏡。舒蕪日記分明寫道「京中情況，原來如此，大吃一驚，不再想來了」，而胡風卻說「（他）還是想我介紹他到北京來工作」。舒蕪日記分明寫道「在他們，還是有些清談，嘲笑」，而胡風卻說他「嘲諷」了老幹部、「嘲笑」了工作方式。二說必然有一為假，筆者在此不欲深辯。

如果相信胡風以上回憶是真實的，那麼應該說，此次與舒蕪的重逢，留給胡風、路翎的印象卻是「憎惡」和「仇視」。然而，當時的狀況似乎並沒有嚴重到他們非視舒蕪為「敵」（政治上的反動派，階級異己分子）的程度。就路翎而言，此時他縱然發現了舒蕪有著向「教條主義」發展的趨勢，也不會產生如此強烈的「敵性」，竟致非向胡風揭發出對方「被捕」、「出黨」、「反黨」的政治歷史問題不可。須知他倆的關係非同尋常，多年的患難之交，多年相濡以沫的友誼，多年的思想切蹉和互補，似不會因此時小小的分歧而反目成仇。舒蕪是否有過如此重大的政治歷史問題及如此惡劣的歷史表現，不在筆者探討的範圍之內，如果是事實，解放後歷次政治運動早就「審查」出來了。不過，從這個角度看，胡風此說除了陷路翎於「不義」的客觀效果之外，沒有其他更合理的解釋。

wu yongping，您好！五四遺老與小貴族無關。五四遺老指先前情況，即

辭理想逃集體之類。舒蕪上

先生：（主題詞：再寄一節）

　　寄上新寫的一節「至少能夠使舒蕪先生也能說話」，請閱示。

　　永平上

　　（下部第 4 節，「至少能夠使舒蕪先生也能說話」）

先生：（主題詞：問羅蘭）

　　《批判羅曼羅蘭式的英雄主義》是否在長江日報發表。

　　你與綠原爭論羅蘭問題時，該文是否已經見報。

　　永平上

wu yongping，您好！他不同意，結果沒有發表，稿不存。舒蕪上

wu yongping，您好！文章收到，今天上網一直發生故障，剛才查明修好，大文請稍緩細讀。致胡風函，已與新文學史料初步談定，今年三、四期分兩批發表，但也許要分三批也說不定。舒蕪上

先生：（主題詞：請教）

　　綠原 1952 年 2 月 3 日給胡風信中寫道「後來，他要我設法活動把他調到中南來，我也盡力而為過，但沒有成功。」是否確有其事，發生在何時，什麼情況下，打算調到武漢的哪個部門？永平上

wu yongping，您好！確有。具體時間難說，大約總是不能安心南寧，能到中南區什麼文化部門也好。舒蕪上

先生：

　　你確實是無意於仕途的，總是想作舊文人最喜歡的名山事業，這是文化遺傳的結果。但胡風等對你一直有誤解，總覺得你想撈點政治上的便宜，這也是文化上的差異。但要在文章說清楚，卻很困難。因為讀者如不具備與你相近的文化素養，根本體會不到這一層，還會以為我是在說夢。

　　其實你是在走向沙漠，胡風是走向朝廷。這才是真實的歷史中活動的真實性格。

　　永平上

wu yongping，您好！多謝。這些本來難得說清。反正尊作以「考」為主，心跡之辨從略也罷。舒蕪上

先生：（主題詞：發表時間很好）

　　信札將在新文學史料 3、4 期發表，對我來說非常合適。

　　這樣，我將有充裕的時間寫完該書稿，下半年還能好好地修改幾遍。

　　希望明年上半年能出書。

　　永平上

2006-04-13　下部第 5 節，「相逢先一辯，不是為羅蘭」

　　舒蕪先生寄來對下部第 4 節的批註：

　　胡風於 11 月 8 日下午收到這封信，當天上午他應胡喬木邀請去中南海談話，商談工作安排問題，「談話約一小時」，未得明確結果，於是「約再談」。他沒有給舒蕪寫回信，也許是由於心情不佳，也許是從對方寄自漢口的信中讀出了舒蕪即將「上壇」的信號罷，他不知如何措辭。自結識舒蕪以來，他最耽心的就是對方提出「上壇」的要求，「上壇」就意味著「失控」，天知道這個「書生」下一步會做出些什麼事來。他沒有覆信，從此以後，他再也沒有給舒蕪寫過信。

　　（舒蕪批註：對他沒有回信心情的這些推測，似乎可以不必，畢竟是推測，在「考」的範圍之外。我寄自漢口的信裏面，好像也沒有什麼「即將上壇的信號」。）

　　……

　　信中第一段寫的是他在北京武漢諸友的勸告下，決定「改正解放以來的無為」。所謂「無為」，指的是近兩年來在思想文化方面無所撰述的狀況；他檢討了自己曾有過的「某種逃避的心情和作用」，決定重返「文化圈子」，再次投入「思想鬥爭」。信中第二段全是轉述從綠原和曾卓聽來的關於胡風的傳言，他把這些舊事當成了新聞，一方面表現出他對近兩年來的文壇「掌故」一無所知，另一方面可視為向胡風的「進言」，俗話說「國有諍臣」則如何如何，此時他大概是想以流派的「諫官」形象感化胡風罷，信末特別提出「便中請給胡風一看」，正透露出這種深意。從整體上考察，可以判定此信是一封「陳情書」，表達了舒蕪願意回歸到重慶時期，繼續與諸友投身於文化思想建設的「事業」的願望。

　　（舒蕪批註：似乎沒有什麼諍臣諫官之意，不過是通通情報而已。）

　　……

　　然而，某些研究者卻從這封信中讀出了別樣的訊息，將其視為舒蕪與胡風交往過程中的「轉折點」。李輝這樣寫道：「不能說一封信就能展示人的內心深處，但這封內容豐富的信，透露出舒蕪沉默一年的苦悶。他自己已經感覺到突破過去文化圈子的必要，他決定改變『無為』的狀態。」（第90頁）

　　可以說，他沒有讀懂這封信。舒蕪是否有過「沉默一年的苦悶」且不論，他在此信中表達的並不是要「突破過去文化圈子」，而是相反，這點似乎不需要討論。

　　（舒蕪批註：沉默一年是有的，苦悶也是有的，但不是因為苦悶而沉默，卻是因為忙得無暇執筆（在文化方面顯得像是沉默）而苦悶。）

　　……

　　舒蕪當年無從瞭解胡風戰略思想的轉變，胡風那時也不大同他講真心話。有時，他真如路翎所說的「教條主義者」，認死理，鑽牛角尖。他以為胡風真的希望他出頭來澄清《論主觀》問題，卻不知對方已借撰寫《為了明天》「校後附記」的機會「金蟬脫殼」；他以為胡風真的贊同他以「暴露思想」的方式重新投入思想文化建設，卻不知對方只是在虛意的敷衍；他以為胡風仍如以往一樣「以天下為己任」，理論是非一定要公開爭辯清楚，卻不知對方此時更熱衷於表現「新人物的風骨」。

　　（舒蕪批註：這一點極其重要，似乎尚未有人指出。我當時倒注意到他的頌歌，不過我的下一步推論是：既然我們自己的人民國家是如此偉大，我們就都應該改造自己以「符合共和國的要求」（艾青語）。我贈綠原詩云：「任重乾坤大，還須眼界寬。」就是此意。）

　　……

　　舒蕪的《文藝實踐論》幾經修改，終未獲准發表。但他並沒有就此輟筆，其後他仍結合著自己的社會生活實踐及思想實際陸續寫出了一些小文章，如《提高政策性才能夠提高藝術性》《從政策角度認識英雄的人民》《反對文藝思想上的自發論》和《批判羅曼羅蘭式的英雄主義》等，都經綠原之手，發表在中南大區的機關報《長江日報》上。

　　張中曉的「至少能夠使舒蕪先生也能說話」的建議雖然沒有得到胡風的首肯，但在綠原的幫助下，終於成為了現實。

　　（舒蕪批註：但也不是張中曉希望我說的話。）

先生：（主題詞：準備修改）

讀了該節的批註，談談我的想法——

第一條批註：對他沒有回信心情的這些推測，似乎可以不必，畢竟是推測，在「考」的範圍之外。我寄自漢口的信裏面，好像也沒有什麼「即將上壇的信號」。

你的批註說得對，漢口信中沒有這個訊息。

這一段應該放在下文中你寫給路翎的信之後才對。你在信中說：

> 別後，在漢口和到家後各寫一信給胡風，想都看見。此行自覺尚有收穫，「思想上提高了一步」，因此決定了回來之後還要加緊工作，改正解放以來的無為。自解放以來，這種無為狀態，一方面固然也幫助我突破過去的文化圈子，可以從較寬闊的角度來看清自己，看清問題；但另一方面，在思想鬥爭的意義上，又未嘗不含某種逃避的心情和作用。這前一方面，是一向自覺到的；而後一方面，只是在這趟和大家說了幾回之後，才發現出來。在漢口時，綠原力勸我要動筆，說了許多道理，我覺得也是。試看今之官們，都是不動筆的，或是十幾年前動過筆的，何其可笑！但當然，也要緊防「文化」之捲土重來。

胡風讀到這封信後，可能發生你要上壇的判斷。

第二條批註：似乎沒有什麼諍臣諫官之意，不過是通通情報而已。

胡風沒有覆信，你當時心中會有不安。給路翎寫信而讓轉給胡風閱，必然要考慮到胡風閱信後會有什麼想法。通報消息只是其一，表示態度應是其二。無法確認，因此只能寫作「大概」。

第三條批註：沉默一年是有的，苦悶也是有的，但不是因為苦悶而沉默，卻是因為忙得無暇執筆（在文化方面顯得像是沉默）而苦悶。

誠如你所說，無法執筆而苦悶，所以我「且不論」。只是就李輝所說「突破過去文化圈子」的誤解稍為點一點。你在信中表示是的回歸，而不是相反。

第四條批註：這一點極其重要，似乎尚未有人指出。我當時倒注意到他的頌歌，不過我的下一步推論是：既然我們自己的人民國家是如此偉大，我們就都應該改造自己以「符合共和國的要求」（艾青語）。我贈綠原詩云：「任重乾坤大，還須眼界寬。」就是此意。

關於胡風解放初放棄理論而搞創作的原因，以及對他的創作的具體分析。

我都寫過文章，有一部分發表了，有一部分還未發表過。

　　第五條批註：但也不是張中曉希望我說的話。

　　張中曉是個怪人，敵我（宗派）界限非常分明。當年他與胡風通信時，總要先問清某人能不能信任，某人是站在哪一邊的。好像他不是從文章來看人，而是從人來看文章。因此胡風特別喜愛他。

　　永平上

wu yongping，您好！沒有不同意見了。　　舒蕪上

先生：（主題詞：請教）

　　首屆中南文代會領導成員名單如下：

　　中南文學藝術界聯合會主席熊復　副主席　陳荒煤　歐陽山　于黑丁　崔嵬　李薽　吳天保。

　　常務委員會委員：于黑丁　石凌鶴　吳天保　李季　李薽　李爾重　林路　周鋼鳴　胡根天　俞林　高百歲　郭小川　陳亞丁　陳荒煤　崔嵬　司馬文森　駱文　熊復　鄭思　譚丕模　歐陽山。

　　委員 71 人，候補委員 22 人。

　　下設創作研究部、編輯出版部、福利部、戲曲改革工作研究委員會、音樂工作委員會、美術工作委員會

　　請教以上哪幾位是廣西代表。

　　您是否進入委員會或候補委員或委員會。

　　永平上

wu yongping，您好！只有周鋼鳴（廣西省文聯主席）是廣西代表。我沒有進入任何委員會。舒蕪

先生：（主題詞：又一節）

　　寄上「不是為羅蘭」一節，請批註。永平

　　（下部第 5 節，「相逢先一辯，不是為羅蘭」）

　　舒蕪先生對下部第 5 節作了批註：

　　羅曼羅蘭是世界級大作家、偉大的人道主義戰士、諾貝爾文學獎的獲得者。上世紀四十年代他的幾部重要作品在中國有很大的影響〔註 34〕，得到了

〔註 34〕小說《約翰‧克里斯朵夫》及《貝多芬傳》《米開朗琪羅傳》《托爾斯泰傳》

進步青年的尊崇和熱愛，胡風派諸人更是把他視為崇拜的偶像。胡風對他的崇拜是終生不渝的，解放初創作《時間開始了》組詩時，儼然有羅蘭附身之感，（舒蕪批註：這種調侃語調似可斟酌。）不禁詠贊道：「格拉齊亞啊，你永生在我心裏！」〔註35〕路翎也非常崇拜這位天才的作家，他的《財主家的兒女們》〔註36〕第二部中便迴蕩著《約翰·克里斯朵夫》的旋律；舒蕪同樣崇拜這位法蘭西的偉人，8年前他撰寫《論主觀》宣揚「主觀戰鬥作用」，其中就有他的「新英雄主義」印記。1944年羅曼羅蘭去世後，胡風曾計劃在《希望》第三期舉辦「羅蘭特輯」，舒蕪也曾作哀詩以挽之。

（舒蕪批註：窮秋一嘯賴回春，三十年來聽愈新。浩氣吹飆天喪帝。精神騰焰世存人。死逢海沸還難靖，生待雞鳴竟未晨。匝地更無藏骨處，萬牛寧挽萬鈞身？）

……

最應該注意的是舒蕪發言的第四段，他提到：「當時有一位領導同志對我說：『毛主席對於中國革命的偉大貢獻之一，就是把小資產階級思想和無產階級思想毫不含混的區別開來。』」這位「領導同志」就是前文提及的胡喬木，1945年他從延安飛到重慶與舒蕪討論《論主觀》，雙方爭得面紅耳赤，臨別時說過這句語重心長的話。就是這句話，有如無所不至的大網，把舒蕪罩定在「失敗的美」之下，幾年不得擺脫。

（舒蕪批註：胡喬木原話本來是「把小資產階級革命性和無產階級革命性區別開來」，本來是兩種「革命性」。此時，我連「革命性」也不給予小資產階級了，便籠統稱之為兩種「思想」。

……

「中南文聯」正式宣告成立，綠原為委員之一（共71人），舒蕪未獲提名。（舒蕪批註：此句有必要否？）

2006-04-14

先生：（主題詞：謝謝）

早上收到羅蘭一節的批註，意見很對，當修改。

上午將去省圖書館借閱路翎研究資料，我發現你的那篇論路翎小說的文

三部傳記。

〔註35〕格拉齊亞是羅蘭小說中約翰·克利斯多夫的不朽戀人。

〔註36〕路翎：《財主底兒女們》，人民文學出版社，1985年版。

章被收在裏面了。回來再談。

　　謝謝！永平上

Wu yongping，您好！（主題詞：舒蕪請教）

　　加了這麼幾句「說明」，請看有什麼問題給以指教──

　　　　　　　　　　　　說明

　　　　這是我寫給胡風先生的信札 142 封，茲據複印件編注發表，提供一種新文學史料。

　　　　1997 年，梅志先生複印了我這些信，由《新文學史料》編輯部轉交給我，原件仍存胡風先生家。同年，我也將胡風先生給我的信的複印件由《新文學史料》編輯部轉交梅志先生，原件仍存我處。

　　　　我給胡風先生的這些信札（包括明信片），寫作時間是自 1943 年 10 月起，至 1952 年 12 月止。現在看來，可能有個別散失而外，這 142 封是現存的全部。我得到的複印件除有個別脫頁、模糊外，都還清楚。

　　　　編注原則是按時間編排，標明寫信人和受信人地址，加簡要注釋。所有文字、格式、稱呼、署名等等，全照原來。複印件個別脫頁、模糊處，都已注明。

　　　　2006 年 4 月 14 日，舒蕪記。

先生：（主題詞：借書歸來）

　　看了「說明」，沒有什麼可補充的。

　　剛從省圖書館回來，借到路翎研究資料和路翎書信集。

　　其中有您的《什麼是人生戰鬥──理解路翎的關鍵》，

　　晚上掃描，明日寄上。

　　永平上

先生：（主題詞：請教）

　　讀梅志《胡風傳》，下面一段談到你的《從頭學習》，她認為這就是 51 年底寫的《向錯誤告別》，請問她說得對不對。

　　　　對舒蕪這篇文章，胡風早有所聞。魯煤於上年底到南寧參加土改，見到在那裡當中學校長並負責省文聯工作的舒蕪，舒蕪給他看了正在寫作中的這篇文章。裏面由學習《講話》提高了認識，進而

結合知識分子出身的文藝工作者，說到自己由於沒有認真的自我改造，十年來一無是處。他徹底否定了自己還嫌不夠，更自命為路翎他們的同道，向他們發出號召：「但是，我想，從今天起，從頭開始，再來學習，還是來得及的。並且，我希望路翎和其他幾個人，也要趕快投身於群眾的實際鬥爭中，第一步為自己創造理解這個文件的起碼條件，進一步掌握這個武器。……」當時，魯煤對他這篇文章很不以為然，在給徐放的信中詳細談了此事，並要徐告訴胡風。胡風回信表示，對舒蕪的所作所為並不感到意外，說道，「他是想用別人的血洗自己的手了」。沒想到，這篇文章舒蕪真的拿出來了，黨報《人民日報》還附上了這樣重的編者按語，這就定下了此後批判的基調。（第 604～605 頁）

永平上

Wu yongping，您好！《從頭》和《告別》是兩回事，並不相同，但主要意思當然一樣。我給魯煤看，沒覺得這裡有什麼需要秘密的。當時的認識，對黨、政、文藝領導，儘管可能有這樣那樣不滿，總之大範圍內還是自己人，不覺得這是要流誰的血、洗誰的手的問題。舒蕪上

先生：（主題詞：同意）

當時您所做的每一件與檢討有關的事，都沒有有意瞞著朋友，這是我將在文章中特別強調指出的。而胡風做得就不太對，他總是在背後議論，從不當面提出意見。

胡風的所謂洗手之類的話，江湖氣十足，不是那個時代待人應有的態度。

以後文章中要提到阿壟指責魯藜拿他洗手，路翎向胡風告魯煤的狀，等等情事。

在胡風處理與朋友關係問題上的封建意識及失誤，我同意聶紺弩關於「夾袋」的看法。

永平上

Wu yongping，您好！現在論者特別是青年論者有一個前提：知識分子對毛、共、胡喬木、周揚等等的關係是敵對關係，至少是對抗關係，所以有投降、屈膝、告密、背叛、出賣、失節、洗手等等問題。實際上當時除極少數外，知識分子特別是左翼知識分子都不是那樣看法，他們對毛等等可能有各

種不滿，甚至發發牢騷時也稱之為「皇帝」「官兒」，但正經論事時，仍然當作自己人、領導人看，准此行事。我覺得這一點非常重要。您以為何如？舒蕪上

先生：我非常同意你的這個看法。如今，所謂「新左派」的那批人對歷史的看法確實存在著這種偏見，一些青年學生追隨潮流，也有這種傾向。他們似乎覺得話語越激烈越有深度，越有膽量，越合世界潮流。我是不敢苟同他們的觀點的。

但我在寫作中，也時常感到這種社會潮流的壓力。姜弘寫文章批評我，其實也無關於對姚雪垠的評價，他的潛臺詞無非是責怪我沒有去否定 40、50 年代中共的文藝路線，而去挑胡風的毛病而已。

如何正確地復現出胡風等知識分子（包括您）當年與主流思潮（及領導人）的關係，是拙稿是否成功的關鍵，我寫得如此艱難，也是由於要反覆斟酌，把握分寸的緣故。

永平上

Wu yongping，您好！你好！今天上海《文匯報》副刊《筆會》有關於解放前夜徐中玉與姚雪垠合辦雜誌《報告》一文，您見到否？舒蕪上

2006-04-15　下部第 6 節，「向錯誤告別」

先生：去年初曾去上海，在上海圖書館裏看到了《報告》原件，並複印了回來。還走訪了徐中玉先生，有關情況已瞭解。謝謝。永平上

先生：寄上《什麼是人生戰鬥》。

讀過，覺得很有意思。特別是其中談到「這就是唯物論」，「這就是辯證法」。

好像是有所指的，故意與胡喬木唱反調。是嗎？

永平上

wu yongping，您好！承以拙作舊文見惠，謝謝。此文空洞無物，何「意思」之有？「這就是唯物論」，「這就是辯證法」云云，未必與某公唱反調，但受其影響，學著他立論的「話語」則有之。舒蕪上

先生：讀張以英編的《路翎書信集》第 98 頁，看到了路翎給胡風的一信，其中談到他對你的印象，非常奇怪的印象。張以英把這封信算成 1948 年 7 月

寫的，但信提到「戀愛」，似乎不對。我覺得應該是 1947 年 7 月寫的，那時你去上海與陳沅芷會合後返回桐城，途中似乎在南京停了一下，見到路翎等人。你走後，路翎寫信給胡風，通報你的情況。不知道是不是？永平上

請看下面的信——

　　谷兄：管兄已去，但卻弄得我們有些神經過敏，即使是他的一些有明顯的話和動作，也要想到不相干的地方去。回此後，慌慌張張地戀愛，一方面又大談其工作，使我們很不滿，所以一直到現在還在談論他。大約你對他談過你信上說的被選中了之類的話罷，看他的語氣，他卻覺得這是你給他的一個新發現，幫助了他的「自滿自足」的味道。那就是「我們被人依靠了，你看有多了不起！」的味道，聽起來，是有點戰慄的，所以我就拼命地跟他「胡說」了一通，也希望一直「胡說」下去，不談任何「問題」了。

　　梅兄在此，精神還好。二月二日後就來上海的。

　　我不大接觸你所說的「選中」的人們，這以前也不十分注意，但自你提及，我才想到一些事。有一些交往，北方的登泰們，是以個人朋友來看的。這回演戲，想到一封信，你是看了的：通了來信之後，他們幾個人就要見面，前個星期天來了，談了一個鐘頭的樣子。沒有增加什麼瞭解，但又好像能夠談通的，大約就是你所說的這種心情罷。都是單純的人，有兩個是在職業裏面。但過於單純了，有時候也是很難耐的，在我，一方面固然不欲使人失望，一方面卻是覺得無法可想，所以只好把真實說出來。

　　（七月二十六日）

Wu yongping，您好！寫信時間，您判斷對。信的內容，我看不明白。不記得「被選中了」指什麼，看下文，似乎指一些青年（如《泥土》那些人）對我們的好意而言，但也不能確定。我的戀愛為什麼使他們不滿，為什麼戀愛就不該談工作，我談了什麼工作，更摸不著頭腦。舒蕪上

先生：下文說的那些青年，指的是歐陽莊、吳人雄、許京鯨三人。當時剛上演過《雲雀》，歐陽莊他們寫了一封很熱情的信給路翎，不久他們見了面，但似乎路翎不高興。「選中」事，應該是胡風信中所說的，但未收入胡風全集。

永平上

先生：張以英編《路翎書信集》中還有一信談到你。路翎致胡風信——

「聞生產頗順利，甚喜。

「管兄過京時僅見一面，坐二十分鐘的樣子，而且那是一頗為
奇特的會面，只是譏嘲似地談了他經歷的和聽來的一點故事。好像
是對於我有頗大的戒備和怨痛似的。

還有植兄事不知如何了？梅兄說要等蔡君出來才能找找人看。

嗣興（1948 年）十月三十日下午

張以英認為是 1948 年事。根據信中說生產（張曉山 1947 年 10 月 27 日
出生）事，應為 1947 無疑，查《賈植芳年譜》被捕事發生在 1947 年 9 月 17
日，1948 年 9 月上旬獲釋。也應該為 1947 年。

這次你與陳沅芷去上海，是新婚不久。路經南京，見到路翎。不知路翎
為何有那種印象。似乎他對你的戀愛結婚事都不怎麼樣？

永平上

先生：又在張以英編的書中讀到如下一信，說你當年被困桐城事。裏面
有些史實是否能說明一下，裏面提提到的安徽省文物保管委員會是怎麼一回
事，公函及要自傳與照片又是怎麼一回事？

路翎致胡風信 1947 年 9 月 25 日（張以英又把此信錯判為 1948 年）。

「桐城情況還不明白，管兄不知怎樣。你給梅兄信，耽心他在
敵人那裡遭到什麼，我們想還不至於。那裡大約沒有什麼敵人。此
外，他與當地上流人們有些來往，是以『名流』的身份回去的。離
此前曾接到『安徽省文物保管委員會』的公函，要他寄自傳和照片
去。」

信中提到的胡風給阿壟信是 9 月 16 日胡風寫給杭州的阿壟的，信中寫
道：「管兄如僅僅在陶醉中突然被陷，那還沒有什麼，但我很擔心，因為以自
己的書贈故人，加上結婚，鬧開了，被陷前遭到了什麼，那就頗可慮。」

永平上

wu yongping，您好！三信所引路翎信，都看得莫名其妙，絲毫回想不起
當時情況。安徽文物保管會徵求自傳照片等等，也回憶不起，大約是有此一
事吧。我的戀愛結婚為什麼引起他們那麼反感，我也莫名其妙。我過南京，

怎麼只在路翎家坐二十分鐘，也回想不起。我怎麼會對他有「頗大的戒備和怨痛」呢？看來，當時我在鼓裏，而他們對我有了什麼大看法，我毫無所知，真是遲鈍！舒蕪上

先生：此信中提到「譏嘲似地談了他經歷的和聽來的一點故事」，這裡面似乎有文章呢？也許當年你到南京時和路翎講了解放軍在桐城的事情，他們有意見了。但為什麼有意見不能當面對你說呢？這實在令人不解。

「管兄過京時僅見一面，坐二十分鐘的樣子，而且那是一頗為奇特的會面，只是譏嘲似地談了他經歷的和聽來的一點故事。好像是對於我有頗大的戒備和怨痛似的。」

至於「戒備」和「怨痛」，也許只是路翎的誤解，他本來就有點神經質，何況當年剛因《雲雀》成功而有些得意，歐陽莊他們那樣捧場，他還要向胡風抱怨呢。是不是過去的何劍熏的事情又重演了呢？那時何似乎譏刺路翎出了名，又得到了愛人，路翎因此不高興了很久。是不是他認為你在嫉妒他的成功呢。

總之，當年你無防人之心，也沒有意識到他們會對你有那麼嚴重的看法。以後也大致是如此，他們在暗處，而你在明處。你的一切他們都瞭解，而他們的一切都瞞著你。但問題的癥結究竟在哪裏，我現在還揣摸不透。自 1946 年後你寫的文章少了一些，何至於他們就對你的看法發生了如此大的變化呢？是不是你當年信中總提到喬木（為女師事寫信），而使他們不高興呢？

還要深入探討！

張以英書中還有幾封關於你的信。以後掃描了寄上。

永平上

先生：請問您與徐放相識於何時。永平上

wu yongping，您好！記不清，大約北京文藝界什麼集會上，不是由胡風的什麼朋友介紹的。舒蕪

先生：這麼說來，絕不會是在解放前就認識徐放的罷。

那麼魯煤把那封談到你的檢討的信寄給徐放，就只是讓他起個轉交胡風的意思了。永平上

wu yongping，您好！大約是如此。恍惚聽誰說過，徐放是一個中心，周圍有幾個人，魯煤是其中之一。猶如路翎周圍有個「小家族」。舒蕪上

先生：（主題詞：新寫的一節）

徐放、魯煤諸人與路翎的那個小圈子也還有點區別，至少在胡風看來是如此。這方面的資料還待深入挖掘哩。

寄上新寫的一節「向錯誤告別」，這節內容太多，本想分兩節寫的。

未寫進的內容，擬在後一節中適當補述。

請批註。永平上

（下部第 6 節「向錯誤告別」）

舒蕪先生寄來對下部第 6 節的批註：

胡風於 12 月 31 日收到了這封信，一個星期後（1952 年 1 月 7 日）才寫覆信，措辭非常慎重，顯然是字斟句酌後寫成的——「關於舒君，並不奇怪。抗日勝利後，因職業不安，即漸露悽惶之態。劉鄧大軍到他那裡，想都不想到投入，事後我們都指出他的不對。勝利後，依然夢想做教授，或者以理論家被重用，（舒蕪批註：這一點最奇怪。他自己明明積極介紹我去東北當教授，而且是領導全校理論教師的。）不得，就變成冷嘲加悽惶了。前年到北京時，正是那個關頭。所以，現在的情形，並非完全意外的。」

……

他 1950 年到北京是代表廣西官員（舒蕪批註：不是代表廣西官員。是出席中蘇友好協會全國工作會議。中蘇友協是民間團體，當然是官辦民間團體。）出席全國性的會議，胡風曾譏之為「小貴族」，這裡當然更沒有「冷嘲加悽惶」的現實基礎

……

就在一個月前，胡風經過多次的請求，終於見到了周恩來。1951 年 12 月 3 日周恩來約請胡風談話，從下午三時三刻直到八時三刻，整整談了 5 個小時。周總理在這次推心置腹的長談中提到同志們都反映他「不合作」，還婉轉地談到組織問題，說「（和共產黨）合起來力量大些」，等等。這次談話使胡風產生了若干誤解，他當時是這樣理解的：「總理對我說的並不是簡單的鼓勵話，而是……期待我珍惜我自己和與我有關的作者們的勞動能量，把自己放在能夠被黨注視和『護理』的地位上面。」

視批評為「鼓勵」，視團結為「護理」，這個不該有的誤解使胡風的自信心膨脹開來，擴張開來，到了一種非稱之為「虛幻的自信」不可的程度。12月20日他給妻子梅志去信，激情萬丈地寫道：「剛才和嗣興說過，搬到北京來，我要開始寫批評，掃蕩他們，為後來者開出路來。寫十年，情形就要大變。但嗣興說，寫兩年就夠了！」〔註37〕由此可見，當年「不看或看不見歷史要求」的人不是舒蕪，而是胡風自己。

（舒蕪批註：末了涉及的問題太大，似乎還要有更多更有力的反證，如周對內部說的「以觀後效」之類。）

2006-04-16

先生：你的最後一條批註：「末了涉及的問題太大，似乎還要有更多更有力的反證，如周對內部說的『以觀後效』之類。」

關於周的批示要放在後一節，胡風討論會後寫。

永平上

先生：以下是張以英編路翎書信集中收錄你的一信。全文照錄如下，有疑問處用紅色標記。永平上

> 舒蕪致路翎（1943年）（吳按：似應為1944年，與你1944年8月3日致胡風信內容相同）
>
> 嗣興兄：
>
> 應該說「祝賀你（原注：指路翎與余明英訂婚一事）」吧！
>
> 我想這是好的，為了「新生代」之故也。朋友之中，將以你為首創「新生代」的人。近來，對於新生代特感興趣，好像是全部希望的寄託。這真是老年人的頹唐心境了。
>
> 文史集志的哲學專號，看到沒有？我也成了「專家」了。但我已寫信（長的，白話的）給顧，說明「學歷」等等，請他幫我快點離此。現在還無回信。大約最近要有了，那結果，即專函告你。
>
> 兼課是國文嗎？最好是教白話的。但這其實難於文言。至於復旦學生，我看是不相干的。
>
> 朱聲（原注：即冀汸）拉稿，也拉到你的。向我問地址，我無

〔註37〕曉風輯注：《胡風致梅志家書選》，載《新文學史料》2005年第1期。下不另注。

法推辭,告訴他了。他的信上,抄有這麼一段對話:

(中略,吳注)

弟管春八‧三(吳按:「春」?)

對顧小姐,我是印象不好,──亦可說是無印象的。黃粹伯要為我介紹通函,但其條件曰:「一通函,就非成功不可。」這真嚇人。我則支吾對之,使之完全不得要領。(吳按:顧小姐,是顧頡剛之女嗎?)

wu yongping,您好!1. 寫信時間是 1944 年。2. 是顧頡剛先生之女。此事牽涉人家小姐,雖非隱私,顯然有損尊嚴,沒想到路翎會將這樣的牽涉人家小姐(現在當然是老太太了)的信拿出來發表,大概吃定了我不好抗議發表私信之舉。現在只請您不必在此信問題特別是「議婚」問題上再說什麼,以免更加張揚。3. 朱聲,筆名方然。陳性忠,筆名冀汸。4. 不是「春」,是「頓首」。舒蕪上

先生:謝謝回覆。我不會把顧小姐的事情寫進文章。其實我只是對「春」感興趣,前不久整理過吳組緗給姚雪垠的一封信,署名後就有個「頓首」的簡略字,我不識,問過俞汝捷先生才明白。所以這次一看「管春」,就想到有人犯了錯誤。我們這一代人於舊學一無所知,比起您們這些前輩來,真是慚愧得無地自容。永平上

先生:看張以英編書信集中收有你 1944 年 4 月 25 日給路翎的信,其中有:

曉谷先生廿三日下午來,廿四日下午返諭。屠先生等在城裏弄得吃不消,先回去,沒有來了。談了一些,有重要的,也有近乎無聊的。最重要的,是他打算弄個「沙龍」之類,大家常見面談談並玩玩。當然不容易,但我是希望它的,想你也希望,根據那天車站茶館所談。他又說,恐怕守梅在文學上不能有所發展,因意志力太強,反而弄得不能吸收。而且,還有一個測驗,即他做起舊詩來完完全全是舊式才子。我想,這是可能的,但對大家也都可怕的。你看如何?

這裡提到了沙龍,可以解決您十四信注未解決的問題(關於「沙龍」的事:不記得指什麼事)。也許是打算辦一個類似「沙龍」的場所,讓朋友們能

夠經常聚會。

　　永平上

先生：您好！

　　張以英書中收有你四封信，每篇末署名均為「管春」。

　　看來他是不懂的（此人是誰），只是不知路翎懂也不懂？

　　永平上

wu yongping，您好！張君是人民大學一位教師，因為編方瑋德詩集與我聯繫，編好未得機會出版，後來沒有聯繫。不知道他與路翎怎樣聯繫上的。「管」後不可能有「春」字，路翎是明知的。胡風給我信末尾「頓首」也是花押式的，給路翎信也該如此，路翎總該認識吧。舒蕪上

　　先生：張以英編的《路翎通信集》極為粗糙，錯誤百出。譬如這個花押，又譬如胡風派諸人的原名、筆名、字等，還有時間的考證。我在網上只查到他編的這本書，此外似乎別無著作和文章。也許改行了。算了，不提也罷。永平上

wu，你好！（主題詞：頓首）

　　更早信札不知道，明清以來文人信札末尾署名之下「頓首」二字皆損略成花押，各有特點，起簽名作用。試看魯迅書簡末尾就有。我這下面也是。舒蕪上

先生：請教袁部長的名字。

　　日記中提到的諸人：劉宏時任中共廣西省委宣傳部副部長，陸地時任省委宣傳部宣傳處長，陳閒時任省文聯秘書長，袁（不知其名）時任南寧市委宣傳部長。他們都是胡風所說的與舒蕪有著「工作關係」且「對思想問題有興趣的幹部們」。

　　永平上

wu yongping，您好！

　　袁家柯，南京人，生長天津，1936 年到延安入黨。在南寧當市委宣傳部長後，調鞍山、武漢搞工業，曾去蘇聯實習。在武漢（武鋼）反右傾時挨整。平反後回南寧當市委副書記，文革中是反韋國清派，又挨大整。文革後復職，前幾年逝世時是副省級待遇而已。舒蕪上

2006-04-17　解放初舒蕪所撰「思想雜談」

先生：

　　我今日外出查文藝報。

　　寫到你的《從頭學習延座》，非得搞清當時的文藝環境不可。

　　永平上

wu yongping，您好！剛才網上見一文，發上供參考。舒蕪上

　　（附件：黃波《為鄙薄雜文家的人提供炮彈》，文中收有何滿子批張愛玲的文章《這不是反了麼？》，載於近期《文學自由談》。）

先生：（主題詞：查資料有得）

　　寄來的何滿子文已讀，他如今左得不得了，令人對胡風派徹底失望。

　　今日外出查資料，大有收穫。

　　《長江日報》1951 年全年已查，有你的小文章數篇。意外地查到了你學習實踐論的體會。綠原說這文章未發，其實發了。文章還未細讀。永平上

　　　　　　1 月 23 日《保衛文化》，大眾園地（思想雜談）

　　　　　　1 月 24 日《「死者在喊叫」》，大眾園地（思想雜談）

　　　　　　2 月 10 日《不許再有「日本鬼子」》，大眾園地（思想雜談）

　　　　　　2 月 18 日《多數與少數》，大眾園地（思想雜談）

　　　　　　3 月 2 日《世界人民是一家》，大眾園地（思想雜談）

　　　　　　3 月 5 日《訴諸生活，訴諸人民》，大眾園地（思想雜談）

　　　　　　3 月 22 日《怎樣學習〈實踐論〉》，大眾園地（思想雜談）

　　　　　　9 月 16 日《談談典型》，《文藝》第 82 期

　　　　　　9 月 23 日《談典型的創造》，《文藝》第 83 期

　　　　　　9 月 30 日《提高政策性才能提高藝術性》，《文藝》第 84 期

　　　　　　10 月 7 日《從政策的角度認識英雄的人民》，《文藝》第 85 期

　　wu yongping，您好！綠原說沒有發的是長篇論文《文藝實踐論》。《怎樣學習實踐論》則是另篇短文，不是一回事。舒蕪上

先生：（主題詞：查資料）

　　謝謝先生，我明白了。明天可能還要去查文藝報。體驗一下當年的氛圍。

　　永平上

2006-04-18

wu yongping，您好！承示 1951 年我在《長江日報》上發表文章目錄，甚為感謝。這是在綠原鼓勵催促之下寫的，所以胡風老說綠原對我「仁至義盡」。由於這些小文章的影響，才有我在《致一位不知名的友人》（《舒蕪集》8 卷，第 250 頁）中所敘之事。可惜那位朋友至今尚未出現。舒蕪上

先生：不知 1952 年初你是否還在《長江日報》上發表小文章，如發過，我再去查查。由這小文章及文章的署名我又想到一個問題：解放後你在單位上及其他公開場合，是以「方管」出現，還是「舒蕪」？

永平上

wu yongping，您好！一、1952 年《從頭學習》之前，不記得《長江日報》上還發過文章沒有。二、1953 年調京以前，從來都以「方管」出現。別人知道不知道方管就是舒蕪，時期和情況各有不同；我願意不願意別人知道，時期和情況也各有不同。1953 年調函上用的是「舒蕪」名字，僅從此起，在機關和社會上才用此作為正式名字，但戶口和身份證上一直仍然是「方管」。舒蕪上

先生：用名的情況清楚了，謝謝。我正在翻閱當年 1951 年 7 月以後的長江日報，發現毛澤東選集第一卷各文在報上連載，在社會上掀起了「從頭學習」的熱潮。於是更想看看 1952 年初報紙上刊登了些什麼文章，也許能得到一點啟發。這一節是關鍵，一定要寫得更全面一點。永平上

下面是周小雲先生昨天給我的信的摘錄：

> 上周我在北京見到《炎黃春秋》執行主編徐慶全先生，他有一本書交我出版，暫定名《名家信札與文壇風雲》，所用資料全是他本人收藏的文壇名家信札手跡，很對我的「無一字無來歷」的胃口。我與他談及舒蕪先生及您的研究，他說他曾在《炎黃春秋》編發過您的文章，我提及您已有文章用確鑿無疑的材料證明胡風早在舒蕪前一年即在給黨中央的報告中引用舒蕪的私人信件證明其反黨本質，他說對此文一無所知，我答應回上海後複印寄給他。我說此文曾被多家著名報刊拒絕，他說怎麼不投給《炎黃春秋》呢？我當時就想到《炎黃春秋》不是嚴格的學術刊物，所以您完全可以把《江漢論壇》的文章改寫得更通俗一下，將注釋改為文內敘述，我都有

點想由我來改寫仍署您的名字發表了。因為學術論文發表後實在影
響有限，您的論文在《江漢論壇》發表後似乎未見什麼反響，我非
常希望舒蕪先生能在有生之年看到此事得到澄清的那天，這對他的
一生也是個安慰。倒不是說舒蕪交信如何正確，而是分明胡風在他
之前一年就做過類似的事情，這一點卻無幾人知曉，真是可悲！

　　我同意他改寫，但不知他是否有時間。又。

2006-04-20　下部第 7 節，「層層下水」的文藝整風運動

先生：（主題詞：寄上又一節，請閱示）

　　寄上「層層下水」一節，主要是講時代氛圍，不得不檢討的客觀形勢。
寫得不怎麼簡明，先讀讀吧。永平上

　　（下部第 7 節，「層層下水」的文藝整風運動）

　　舒蕪先生對下部第 7 節如下段落作了批註：

　　年前阿壟的兩篇文章受到《人民日報》的批判之後，天津的一個「文聯
的小官」、他們的朋友魯藜曾撰文作了包括「自我批評」在內的「批評」
〔註38〕，明確地指出陳壟的《論傾向性》「是一篇犯了嚴重的原則性錯誤的論
文」。阿壟向路翎控訴魯藜「拿他來洗手」，路翎又將此事轉告胡風〔註39〕。
胡風對這個教訓記憶猶新。

　　當然，舒蕪之於「胡風派」的關係絕非魯藜可比，前者是《希望》時期流
派核心圈子中的人物，而後者僅僅是遠在延安的一個普通的投稿者而已。（舒
蕪批註：但解放後魯藜的政治地位很高，似乎是天津文聯的領導人。）從這
個角度而言，胡風並不擔心魯藜會在文章中寫些什麼，他最擔心的是舒蕪。

　　……

　　在當年的政治氛圍中，「小資產階級」之類的用語其實是知識分子最好的
護身符，大家都不憚以此自責或責人，（舒蕪批註：這一點很重要，現在多不
瞭解，不妨多發揮幾句。）但胡風是個例外，他對此敬謝不敏。（舒蕪批註：
他這個敏感倒是對了。「退一步就會退十步，最後非成為影子不可。」）有這

〔註38〕魯藜：《〈文藝學習〉一卷初步檢討》，載 1950 年 8 月 1 日《文藝學習》第 2
　　　　卷第 1 期。文中寫道：「在這裡，是我個人研究這篇論文的認識，我認為在有
　　　　些思想上的缺點是我和作者有共同的，因此，也是我的檢討。」
〔註39〕路翎 1950 年 7 月 25 日致胡風信。

麼一件小事可資證實，1952 年 2 月初綠原寄給胡風一本《通訊》，上面轉引了路翎的許多「奇談怪論」，以示其自嘲為「小資產階級」而逃避批評——

……

在文藝整風運動中，受到批評和衝擊的不只是「胡風派」諸作家。以《文藝報》1952 年 1～5 月所批評的作家作品為例，除涉及路翎的三篇之外〔註40〕，還批評了艾明之的短篇小說集《競賽》，雪葦的《魯迅散論》，丁濤等改編的劇本《貞節坊》，張友鸞的《神龕記》，林煥平的《文學論教程》，司馬藍火的《新民主主義文藝的實踐問題》，等。在文藝整風運動中，各級文藝領導紛紛「檢討」，文章見諸《文藝報》的知名人物有雪葦、張友鸞、（舒蕪批註：張老與他們不同。別人是左翼。張老是老報人，《新民報》三張之一，被認為中間略偏左。此處或可不提及他。）林煥平、歐陽山、馮白魯、歐陽予倩、胡考、王淑明、江豐、蔡楚生、馬可、光未然、史東山、吳曉邦、衛禹平等。

2006-04-21

先生：（主題詞：請教）

批註收到，謝謝。

我在張以英編《路翎書信集》中讀到 1952，10，16 阿壟致路翎信。全文如下。有些地方讀不太懂，如「有名無名的問題」。另外，此信時間在胡風文藝思想討論會之後，從信中看，阿壟當時與你的關係還不錯，路翎當時也與你有交往，阿壟還建議你們一起與胡風談談。這些事情似乎未見於胡風和你的回憶錄。

> 興兄（原注：指路翎）：
>
> 前天昨天，都和管兄（原注：指舒蕪）在一起。現在他是到你這裡來了。
>
> 談到了有名無名的問題。
>
> 這是悲哀的。悲哀的是：自己的箭用來射殺自己的。
>
> 我的看法如此：第一，這不是名的問題；而是本的東西。第二，自己的成功，應該就看作自己的成功而歡喜的，只要匯流到江裏去，

〔註40〕企霞《一部明目張膽為資本家捧場的作品——評路翎的〈祖國在前進〉》（第6號）、陸希治《歪曲現實的「現實主義」——評路翎的短篇小說集〈朱桂花的故事〉》（第9號）、金名《路翎要切實地改正錯誤》（第9號）。

不管這是一道瀑布，那是一滴微雨，只要在一個方面裏，波浪是相同的。

花不是只有一種顏色的，而且太陽也不止一個，而且那種看法，是要不得的。

我在軍隊，懂得沒有個人的成功。當所有大軍都凍斃在俄羅斯的風雪中時，拿破崙這軍事天才也遭到了絕大的失敗。當這個步兵飲彈而死時，那個據點才得攻奪下來。軍旗，——沒有旗子，插在那裡的只是旗杆，旗子給子彈打光了，然而這才真正象徵了偉大的勝利。不是自己，而是自己的！自己的！

所以，那一種對你的成功的妒嫉，在我是奇異的。那是應該存在於市儈之間，而不是弟兄當中。或者，那樣的英雄主義倒也可以容許——賽跑，力大的在前，但是每一個人都向前，而且和最前者握手。

不要為這不悅。人是人，人的東西就極繁複。看他們的好的地方，忘掉不美的。你需要有弟兄的寬忍，我想你有。

假使時間定得適當，或者能在胖子（原注：指胡風）處一同談談。

祝好！

穆（原注：陳守梅的代字）十六日

原注釋：陳守梅此信寫於一九五二年十月，從天津寄北京。信中從側面透露，路翎因在創作上取得成功，而引起了他的一些朋友的嫉妒。

wu yongping，您好！

此信寫作時間有問題。解放以後我與陳沒有見過面，記得最後一次見面是女師學院風潮中，他到白沙來，在我處住了幾天。這與信中所謂「前天和昨天都和管兄在一起」大致相符，但接著說「現在他是到你這裡來了」又不相符，我不記得哪次先會陳接著會路的。這些難以確定，但肯定不會在胡風文藝思想討論會之後。信中「有名無名的問題」等等，不記得何所指。舒蕪上

先生：您的回憶也許是對的。但張以英注解中說：「陳守梅此信寫於一九五二年十月，從天津寄北京。信中從側面透露，路翎因在創作上取得成功，

而引起了他的一些朋友的嫉妒。」

提到「從天津寄北京」，似乎又有根據，真讓人大惑不解。

當然，在沒有弄清之前，此信我不會用的。

永平上

先生：也許能從你的下面兩封信中回憶出與陳守梅見面的事情。永平上

十九 1944・六月七日（重慶南溫泉→重慶賴家橋）

昨接守梅兄函，云已住定。我希望他們來玩一趟。如果真不能來，我就打算去山洞看他們，順便再去你那裡。但你廿四、五號來城，也許可以大家都在城裏玩一玩。屆時，我總要設法來的。

廿一 1944・六・卅

一放暑假，擬即遊北碚，屆時當過梅兄處及你處。我的課，是在七月十一號結束的。

wu yongping，您好！這就對了。那次我是先去山洞（陸軍大學所在地）看望了新婚的守梅、張瑞（我與張瑞僅見過這一面），然後去北碚找顧頡剛，同時看望路翎。守梅此信就是我走後他從山洞發的，根本不是天津發的。張注誤。舒蕪上

舒蕪先生寄來《追尋 XX 暴力之源》《查田運動始末》《農民運動的啟示……》等網文。

2006-04-23　下部第 8 節，從頭學習《在延安文藝座談會上的講話》

先生：（主題詞：寄上從頭學習一節）

此節寫得較長，仍覺言有未盡。也許這一節太重要，寫起來便有點縮手縮腳。請批註。永平上

（下部第 8 節，《從頭學習〈在延安文藝座談會上的講話〉》）

舒蕪先生對第 8 節以下幾段的批註和我的反饋及他的再批註：

1952 年 5 月中旬，舒蕪將寫成的《從頭學習〈在延安文藝座談會上的講話〉》（以下簡為《從頭學習》）寄往武漢《長江日報》。當時，中南大區管轄六省二市（含湖北、湖南、廣東、廣西、河南、江西，武漢市和廣州市），中共中南局、中南軍政委員會均設在武漢，《長江日報》是中南大區黨政部門的機關報。

舒蕪的這篇文章屬於自由投稿性質，沒有經過廣西省文聯或南寧市文聯的審核和推薦，也不是寄給報社朋友綠原的。

（舒蕪批註：那時投稿並不需要文聯審核和推薦。）

（吳注：這樣寫只是想說明你的這篇文章並不是文聯組織的。）

……

如前文已述，《論主觀》寫成於 1944 年初，其理論追求是力圖借鑒國內某理論家研究「約瑟夫階段」（斯大林主義）的理論成果進而「發展馬克思主義」，其現實目的是聲援喬冠華、陳家康等人的「反教條主義」的理論探索，其主旨是反對「主觀完成論」並鼓勵獨立的思想探索，其理論用語則是以「主觀」代替「個性解放」。究其實，當時作者並沒有「厭倦了馬克思主義」，但企圖繞過「馬克思列寧主義的唯物論觀點和階級分析方法」的努力倒是處處可見的〔註41〕。當《論主觀》及《論中庸》受到大後方文化界的嚴厲批評，尤其在驚動了延安以後，他也曾有過動搖，但在胡風的堅持要求下仍撰寫了反批評文章，不久大後方展開「批判『主觀論』」運動，胡風見勢頭不妙，未讓此稿刊出。

（舒蕪批註：沒有發表的原因，好像只是文章沒有寫好。不必推測為「見勢不妙」。《關於〈論主觀〉》雖然沒有發表，但其他系列論文的發表，還是在推闡《論主觀》。）

（吳注：「見勢不妙」可改）（吳按：文章改了那麼長時間，而胡風一直想發。最後稿交上去了，卻不了了之。這責任應在胡風。他為什麼不發，肯定是有所考慮的。你可以自責文章沒有改好，但他卻不一定是由於這個原因。換個角度說，如果沒有改好，還可以再改。但他後來根本就不提此事了。）

……

就舒蕪與胡風前 10 年的關係而論，曾幾度發生裂隙、猜忌乃至疏離：第一次（1945 年 5 月）起於毛澤東《論聯合政府》的問世，舒蕪當時驚呼「真的『主觀』在運行，奔突。似乎是，一個大意志貫串了中國。迅速廣泛，是可驚的。對照於這個，我的一些喊叫，就不免灰白，可憐相」，結果遭到了胡風和路翎「用教條主義來救命」的嘲笑；第二次（1946 年初）則由於學習了延安出版的《整風文獻》，舒蕪在《關於思想和思想的人》《論五四精神》

〔註41〕參看前文，舒蕪在《論主觀》中認為「主觀」與「客觀」一樣具有「物質」的屬性，並否認階級性在「具體的」個人身上存在。

及《論「實事求是」》中以全新的視角分析知識分子中形成的「一種虛矯的、浮誇的、豪奢的生活精神」，並不無深意地預測，「即將到來的歷史的大清洗，將證明給我們看，容許存留下來的，以及必須消滅的，究竟是些什麼東西。」

（舒蕪批註：這實際上是借大旗攻擊成都平原詩社、二泉文人之流，並沒有什麼「全新的視角」「不無深意的預測」。胡的批評只說「弱」而已。建議這「第二次」可以不列入）

（吳注：二泉文人何指？我不清楚，請再解釋。這些文章「弱」，主要是受到了引文，整風文獻的限制，沒有再能像過去那樣自由抒發。當然，我這只是從接受者，或接受美學的角度來讀你的那些文章的，至於最深層的動機，如攻擊成都平原詩社，由於寫得太隱晦，讀者是體會不到的。）

（舒蕪再批註：二泉茶館是成都才子們（也就是平原詩社詩人們）常去之地，故又有二泉文人之稱。因為守梅的情敵是其中人，與我有這方面糾葛的也是其中人，故我要攻擊之。）

……

不過，舒蕪似乎始終沒有覺察出胡風等對他的真實態度：寫成《向錯誤告別》後，毫無機心以之示魯煤；在《從頭學習》一文中，懷著幫助朋友共同完成思想改造的不切實際的願望；幾個月後作《致路翎同志的公開信》，仍誠摯地以自身改造的體會勸勉朋友路翎；甚至直到 1944 年中，還若無其事地（舒蕪批註：並非「若無其事地」。當時實在很勉強，覺察到何對我仍然不信任，一餐午飯全是他一人在大罵胡風，故意罵給我聽。然後又是他提議去胡家，有「老子敢作敢當敢見面」之意，也要考察我與胡究竟關係如何。及至胡一罵，何便憤然說：「胡風太不對了！我們走！」出來後他才對我透露真話：「我這才相信你和他沒有關係了。本來我一直以為你是假檢討哩。」至於他後來又做打油詩罵我「交信」（據何滿子說），可能認為胡罵固然不對，「交信」更不對。）隨同聶紺弩等去胡風家探望。也許可以這樣說，直到 1945 年之前，他仍把胡風等看成是雖有錯誤但可以改造好的朋友或同志。（舒蕪批註：不止「1945 年之前」如此，直到 1952 年參加胡風文藝思想討論會，一直這樣看法。流傳所謂「北京要我去給胡風動大手術」，我不知道哪裏來的，對誰說的，莫名其妙。）《從頭學習》作於 1952 年，此時他對呂熒、路翎等的批評當然更是秉著團結、批評、團結的「改造者」（「領導者」）的態度。

　　（吳按：「若無其事」，確實不妥，應改。何劍熏與你同去胡風家的事，在你的口述自傳有記載，他這樣做的動機過於複雜，也許在文中很難表述得出來。）

　　（吳注：「1945 年」為「1954 年」之筆誤。做「手術」之事，胡風說是曾卓告訴他的，你路經武漢時也許與曾卓見過面。是否說過這話，讀者們只聽了這一面之辭，而你也從來沒有辯駁過。）

　　（舒蕪再批註：那次我經過武漢，誰也沒有見，更不會找曾卓，不知道他為什麼這樣說。這些事我盡量少辯駁，因為總的來說我處於「開口就錯」的地位。）

　　……

　　總而言之，《從頭學習》是一篇包含著「批評」在內的「自我批評」……（中略，吳注）然而，他沒有想到，不管他的願望是多麼真誠，都不會得到被批評者的理解和諒解。他更沒有想到，該文會引起胡喬木的注重，重新喚起（舒蕪批註：恐怕不是「重新喚起」，他應該是一直沒有忘記。）對方不愉快的回憶（1945 年為《論主觀》爭辯事），並鄭重地提出「文藝上的小集團」的問題。（舒蕪批註：「文藝上的」這個定語不可少。）他更沒有想到，此文一出，竟使得胡風重操批評舊業、「掃蕩」文壇的計劃頃刻之間化為泡影。〔註 42〕

　　（吳按：他是沒有忘記，也許去掉「重新」兩字好一點，「喚起」記憶中過去的那一幕。）

2006-04-24

先生：附件中是我閱讀批註後的一點想法。永平上

　　（已錄入昨天舒蕪批註之下，吳注）

先生：文中有一處是筆誤，是想打成 1955 年，而打成了 1945 年。

　　那當然是不可能發生的，引起了你的誤會，對不起。

　　　「也許可以這樣說，直到 1955 年之前，他仍把胡風等看成是

〔註 42〕胡風 1951 年 12 月 20 日致梅志信中寫道：「剛才和嗣興說過，搬到北京來，我要開始寫批評，掃蕩他們，為後來者開出路來。寫十年，情形就要大變。但嗣興說，寫兩年就夠了！」《胡風致梅志家書選》，載《新文學史料》2005 年第 1 期。

雖有錯誤但可以改造好的朋友或同志。」
永平上

Wu yongping，您好！除了「還若無其事地」尚須斟酌外，都清楚了。答件附上。

那次我經過武漢，誰也沒有見，更不會找曾卓，不知道他為什麼這樣說。這些事我儘量少辯駁，因為總的來說我處於「開口就錯」的地位。
舒蕪上
（答件內容已經錄入昨天批註中，同上。吳注）

先生：「若無其事」當然是要刪掉的。永平上

先生：這一段有幾處時間打錯了，修改如下：

不過，舒蕪似乎始終沒有覺察出胡風等對他的真實態度：寫成《向錯誤告別》後，毫無機心以之示魯煤；在《從頭學習》一文中，懷著幫助朋友共同完成思想改造的不切實際的願望；幾個月後作《給路翎的公開信》，仍誠摯地以自身改造的體會勸勉朋友舒蕪；甚至直到 1954 年中，還若無其事地隨同聶紺弩等去胡風家探望。也許可以這樣說，直到 1955 年之前，他仍把胡風等看成是雖有錯誤但可以改造好的朋友或同志。《從頭學習》作於 1952 年，此時他對呂熒、路翎等的批評當然更是秉著團結、批評、團結的「改造者」（「領導者」）的態度。
永平上

2006-04-25　下部第 9 節，「希望我自我檢討」

先生：您在《〈回歸五四〉後序》中談到《給路翎的公開信》的寫作過程，寫道：

「這時，《人民日報》來信約稿，要我接著寫一篇較詳細的檢討
與批評文章。我不想寫成正式的批評與檢討的模樣，覺得這本來也
還是朋友間討論爭論的性質，乃於 1952 年 6 月 22 日寫成了一篇
《致路翎的公開信》。」

這裡說得似乎簡單了一點，《人民日報》的哪位編輯約稿，有什麼具體要求，是不要求你檢討「文藝上的小集團」問題。我很關心這些細節。
永平上

先生：（主題詞：收到附件後請回信）

　　寄上解放後的第 9 節，「希望我自我檢討」。這一節是談胡風在整風運動中的表現和想法。從一個側面表現你的《從頭學習》對他的打擊。請批註。

　　下節寫《從頭學習》和胡喬木按語發表後，《公開信》發表前，胡風等商量如何對付你的一些事情。收到請回信。

　　永平上

　　（下部第 9 節，「希望我自我檢討」）

Wu yongping，您好！（主題詞：大好文章）

　　見附件。舒蕪上

　　（附件：《主義和道行：1934 年夏天的故事──兩個局外人的對談錄之十一》）

先生：（主題詞：大好文章讀後）

　　此文讀起來是有點意思。

　　從經濟學的角度研究革命史，當然要看出許多血來。

　　因此我也曾想過從這角度研究胡風，只是礙於資料不足。

　　綠原回答過這樣一個疑問：胡風解放後到底要什麼？他的回答是辦一個雜誌。

　　吳按：這當然是不夠的，應該說像過去那樣地辦一個雜誌。檢查制度相對寬鬆，上面沒有人干涉，背靠一個政治實體，經濟沒有人過問，稿件自己組織。

　　三十萬言書其實應該談這個，結果不敢談，在建議中不肯否定中宣部的領導，搞得如今左的右的都不滿意他。

　　永平上

　　舒蕪先生對下部第 9 節「希望我自我檢討」作了兩處批註：

　　胡風於 1951 年底面見周總理後，自信滿滿。（舒蕪批註：只說「很自信」就可以了吧？）他與邵荃麟等談妥，先返回上海，翌年暑期搬家來北京。他已經想好了，待到那時，他便要重操文藝批評舊業，以犀利的筆鋒「掃蕩」文壇。

　　……

　　從「無所求」到「有所求」，這是一個不同尋常的變化。前年胡喬木給了

三個工作崗位讓他挑選，他尚不願輕易表態；如今工作單位還沒有影子，卻寧願到北京去坐「冷板凳」了〔註43〕。他還堅持「要求討論」，這當然只能理解為「孤注一擲」，他也許這樣想著：問題「端上去」了，中央肯定是要表態的，或許會出現某種轉機？！（舒蕪批註：他那些情形我全無所知，提不出什麼意見。只請留意一切諷刺調侃挖苦的語調語氣，越少越好。）

2006-04-26　談武漢轉信事

先生：我會注意語氣的。但有時候，譬如碰上胡風揚言要掃蕩文壇時，便有點抑制不住。謝謝提醒。

又，昨日問及《公開信》的約稿情況，想多知道一點細節。能想起一點來嗎？

永平

先生：請問解放後路翎還與你通過信嗎，最後一信大約在什麼時候？

應該是有通信的，你50年去北京後還給路翎寫過信。

永平上

先生：關於你的《公開信》的約稿。胡風1952年7月3日給路翎的信中寫道：「他這是從《祖國》受伐為近因的。看樣子，要當作起家資本。這封《信》如出來了，非嚴正地對之不可。在上面，當然當作意外收穫。曾由武漢轉信他，要他深入地寫一寫，他就這樣『深入』了。」

這裡提到「武漢轉信」，我想大致是這樣，《人民日報》編輯不知你的地址，於是將約稿信寄給《長江日報》轉，這信綠原看了，寫信告訴了胡風。

信是由武漢轉來的嗎？

永平上

Wu yongping，您好！這一細節完全失憶，奇怪。人民日報照說不會不知道我的地址而要由長江日報轉的，但他當時的信既然如此說，總該是事實吧。只好存疑。舒蕪上

先生：胡風懷疑你的《公開信》提出路翎完全是出自上面的授意，而你的回憶文章中卻說完全是你自己的想法。見不到關鍵物證「約稿信」，這個事

〔註43〕胡風6月9日致路翎信：「考慮過：在華東不行，還是懸著，而且這裡的人們都是膽小如鼠的。這裡打亂仗，不如搬到北京坐冷板凳。再悶五年看如何。」

情只能不了了之。永平上

2006-04-27　下部第 10 節，「此次大概要帶決定性罷」

先生：（主題詞：又一節）

請批註這一節。永平上

（下部第 10 節，「此次大概要帶決定性罷」）

2006-04-28　郵箱故障

先生：昨天寄出新寫的一節「此次大概要帶決定性罷」，收到了嗎？永平上

先生：讀《〈回歸五四〉後序》，看到 1952 年你赴北京時曾記有日記。請查一查，你從南寧經武漢到北京時，在武漢過江換車時是否與綠原曾卓見過面。我想知道你在武漢逗留的那幾個小時與他們的接觸。

胡風曾在信中囑咐讓綠原找你，目的是打探消息，看你想些什麼，下一步想做什麼，他一定會去找你的。

永平上

先生：（主題詞：先生郵箱是否又出問題）

今日寄出數信，未得答覆。

疑信箱又出問題。永平上

2006-04-30　下部第 11 節「微笑聽訓」

先生：再寄一節「微笑聽訓」。永平

先生：昨天和今天均寄出數信，未收到覆信。

先生身體是否不適，甚為掛念。

永平上

這幾天有數封郵件丟失。

2006-05-01　舒蕪說當年路經武漢時未見曾卓

舒蕪先生寄來對第 10 節的批註：

1952 年 6 月中旬至 7 月中旬，即從《人民日報》轉載舒蕪的《從頭學習》之後，到周揚通知彭柏山讓胡風到北京來參加「討論會」之前的這段時間，

胡風在上海比較忙。他主要忙於三件事——

第一件事，等待並打聽北京方面的反應。6月中旬他委託上京開會的彭柏山把《學習，為了實踐》（又稱「紀念文」）（舒蕪批註：不是「又稱」；是「省稱」或「略稱」。）送交周揚，並轉達了「要求移京住」、「要求工作」和「要求討論」等三個要求，他十分關心北京方面對此事的反應。

6月26日，彭柏山已赴京半個月，胡風致信路翎，寫道：「幾天內有人自京回來，看如何回答我。」然而，彭遲遲未歸。6月30日胡風又致信路翎，分析道：「看這幾天回來的人帶來什麼話。我想，多半置之不理。或者，甚至抓住紀念文罵一通。看情形決定。……昆乙（指周揚）報告，把要點記下見告。或者對紀念文暗槍，或者竊取，都可能的。」他認為，周揚取第二種態度「罵一通」的可能性較大。因此特地叮囑路翎，如果周揚近期作報告時「罵」到「紀念文」，就把要點記下寄來，以便作進一步分析。然而，周揚並未「罵」。7月6日路翎覆胡風信，失望地（舒蕪批註：似乎不必用這類形容詞。）寫道：「昨日劇院接管，昆乙來說了話，沒有談特別的什麼。」

……

這個時期，胡風除了操心以上三事外，還特別為如何處理劇作家魯煤與路翎關係問題而焦心。魯煤曾在《希望》上發表過詩作，後進入解放區，解放前夕在周揚的指導下主筆創作多幕話劇《紅旗歌》，成為主流文藝的代表。因而，他對周揚、胡風都懷著友好的感情，也因之長期徘徊於「黨性」和「派性」之間。1951年底他去廣西參加土改時邂逅舒蕪，（舒蕪批註：不是「邂逅」；是他特地來學校找我，把下鄉帶不了的行李存我處。）馬上將對方思想異動向胡風通報，卻又在信中為其思想轉變辯護，為此引起了胡風的不快。

……

他的揣測是從「作者」（《公開信》所指的某青年小說家，即路翎）可能面臨的麻煩出發的：其一可能涉及長篇小說《財主的兒女們》，他耽心可能會因路翎而聯繫到自己的理論；其二可能涉及載於《希望》第1期的論文《論主觀》，他耽心路翎會因此脫不掉干係。路翎在《財主的兒女們》塑造了一個「用他的全部生命」作「個性解放」追求的青年蔣純祖，這是中國現代文學史上少見的「迷路者」形象，後人曾評之為「令人戰慄的極端利己主義者」，在這個形象的身上有著胡風、舒蕪當年積極主張的「主觀戰鬥精神」的縮影

〔註44〕。舒蕪的《論主觀》是胡風「主觀戰鬥精神」說的哲學基礎，附錄中收有路翎的意見，這本是為顯示寫作態度的認真，用來堵批評者嘴的，胡風在此卻建議路翎將其作為逋逃藪，（舒蕪批註：最好不用這一類詞語。）以證明當年他們就持有不同看法。

......

就在路翎寄出這封信的當天，周揚打電話通知彭柏山，約胡風到北京來「討論文藝理論問題」。胡風7月9日致信北京的徐放和路翎，他寫道：「前四天得昆乙信，約到京討論。也許一週左右就來了。這兩天，在把全部東西瀏覽一下。此次大概要帶決定性罷。」

後來的事實表明，舒蕪的《公開信》並未對胡風的命運起到「決定性」的作用（舒蕪批註：他並未說《公開信》會對他起決定性作用；他是說討論會將起決定性作用。）；相反，是胡風「端上去」的貿然決策及周揚等文藝領導的慎密應對二者的相互作用，遂產生了「決定性」的作用。

舒蕪先生對第11節批註如下：

1952年7月6日，周揚打電話給彭柏山，同意他提出的「內部討論」的建議，請胡風到北京來「討論文藝理論問題」，他在電話中還說：「中央認為胡風是個人才。」〔註45〕

此時，胡風 久懸在心頭的一塊石頭終於落了地 。自5月4日寄出給毛澤東和周恩來的信後，他一直為未收到回音而 怏怏不快 ；自6月初委託彭柏山向周揚轉達「要求移京住」、「要求工作」和「要求討論」的意願後，他一直為沒有得到明確答覆而 悶悶不樂 。 現在，一切都好了！ （舒蕪批註：以上加框處，都是語調語氣可斟酌處。下並同。）

......

舒蕪接到中宣部的通知後，於9月1日啟程，9月5日至武漢轉車，9月7日抵京。順便說一句，舒蕪此次路經武漢，沒有去看望（舒蕪批註：不是沒有去看望，而是轉車時間短促，根本沒有可能去看望，見我前信。）當地的朋友（綠原或曾卓）。綠原在武漢沒有見到舒蕪，無法「請教」，也就沒有如約給胡風去信提供「學習」資料。

......

〔註44〕錢理群：《探索者的得與失》，載《中國現代文學研究叢刊》1981年03期。
〔註45〕胡風：《簡述收穫》，收入《胡風全集》第6卷。

（舒蕪在篇末另注：我正在想把我參加那次會的日記整理發表。但茲事體大，一時恐難完成。）

2006-05-02　電腦故障

wu，你好！我還有這個信箱，如那個不通，可試驗這個。

bikonglou@sina.com

先生：今日電腦出嚴重故障，寫的書稿自解放後第 11 節微笑聽訓後丟失。

我昨日寄給你一節「丁玲說」，如你收到，請寄回。謝謝！永平上

2006-05-03　下部第 12 節，「爭取愛護之情溢於言表」

先生：寄出第 12 節，請批註。永平

（下部第 12 節，「爭取愛護之情溢於言表」）

舒蕪先生對下部第 12 節的批註及我的反饋：

順便說一句，1954 年胡風在「萬言書」中記載了關於舒蕪此行的一個流言，他寫道：「北京打電報要他來北京參加討論我的思想，他動身之前告訴人：『北京沒有辦法了，我這次去是當大夫，開刀！』」

（舒蕪批註：胡風信說我是「動身之前」告訴人，那麼是在南寧說的了，可是南寧誰與我談這個呢？即使談了，胡風又怎麼知道呢？綠原說我過武漢時找曾卓談的。我在武漢轉車時間那麼匆促，能找誰呢？我與綠原的關係比與曾卓的關係密切得多，綠原尚且無暇找，如何有時間找曾卓呢？此雖僅一小細節，也可見事情敘述多麼出入了。）

（吳注：我想，1952 年胡風是沒聽過這話的。1953 年開第二次文代會時曾卓等曾來北京，閒聊中也許談到與討論會有關的事。胡風聽錯了，把此事當成是曾卓說的，其實只是一些人的議論而已。）

……

舒蕪到京後直接來到東總布胡同（全國文協所在地）。當天他在日記中寫道：「到文協後，有李秘書招待，與陳企霞一見，他有客在，即未再談。房子已準備好，還不錯。據李秘書說，胡風文藝思想討論座談會工作，是中宣部文藝處組織專門小組，直接主持，文協方面不太清楚云。」

第二天（9 月 9 日）上午中宣部文藝處副處長林默涵、全國文協黨組副書

記嚴文井來看他，（舒蕪批註：嚴當時也是以文藝處副處長的身份來的，不過他沒有說什麼話。他 1953 年初才由中宣部調文協。）談到第一次會討論胡風文藝思想的幾個中心問題，布置了他來此應擔負的「具體工作」。

……

1952 年 4 月作《從頭學習》時，文中根本就沒有提到胡風。同年 6 月作《公開信》時，他接受了《人民日報》「編者按」的說法，承認「當時以胡風為核心，常在《希望》雜誌上發表作品的我們這幾個人，確實形成了這麼樣的一個文藝小集團。」這時，他批評的是宗派主義傾向。同年 10 月給綠原的信中，還寫道：「領導上對胡風很愛護」，「領導上認為，胡風思想和《武訓傳》不同，故以內部談為主」，「對於胡風，對於他底不可忘記的戰鬥功績，對於他給我的許多直接間接的教育，我也是至今還保有很大的尊敬。」〔註 46〕這時，他還是將胡風問題視為革命文藝隊伍中的問題。

（舒蕪批註：關於宗派主義問題，似乎可以指出，這裡潛伏著我與胡風之間由來已久的分歧。我早就提出我們太孤立自己，胡風大不高興，嚴詞反問我「爭取人，聯絡人」有哪些對象云云。直到後來公開批評胡的宗派，其實仍然沒有超出這個範圍。

……

9 月 25 日舒蕪的《給路翎的公開信》在《文藝報》發表，隨即他便給綠原去信徵求意見，並收到了綠原及時的回信。綠原在回憶文章中寫到他當時的心情及覆信的主要內容，見如下：

> 「舒蕪的《致路翎的公開信》發表，『我們』『我們』地把『還有幾個人』一下子推到了『黨所領導的無產階級的文藝路線——毛澤東文藝方向』的對立面。我當時在武漢，對北京情況不瞭解，面臨『公開信』來勢洶洶，剎那間有點皇皇然。這時舒蕪從北京給我來信，問我對於『公開信』的意見。我在給舒蕪的回信中含糊其辭，一方面說他的態度『基本上是對的』，並表示願意檢查自己，另方面則希望他傳達一下北京的部署。」〔註 47〕

綠原此時的「惶惶然」，也許是真實的；他在覆信中對舒蕪文章的肯定，

〔註 46〕綠原：《胡風與我》，收入見《我與胡風》，寧夏人民出版社，1993 年版。下不另注。

〔註 47〕綠原：《胡風與我》。

也可能是真實的。如前已述，解放前他畢竟不是「胡風派」的核心成員，對當年情況瞭解不多。最後的一句話很有意思，「希望他傳達一下北京的部署」，這可以理解為替自己的「檢查」著想，也可理解為替胡風「請教」訊息。

　　舒蕪收到 這位黨內朋友的 來信，對他的態度感到欣慰，並 毫無介心地（舒蕪批註：此類替舒蕪說話詞語，儘量減少為妥。）把他的信轉給路翎看了。

永平：你好！

　　查《參加批判胡風文藝思想座談會日記》：「九月三日夜十一時搭夜車北上；次日中午十時半過柳州，下午四時半過桂林，五日上午五時過衡陽，晚十二時抵武漢；六日上午九時三十六分自漢啟程，七日下午四時二十六分抵京。」半夜才到武漢，第二天一早九點半就從漢口開車，這中間哪有時間去找什麼人？可知所謂我在武漢對誰誇口「去動大手術」云云，全是不可能有的事。舒蕪上

　　先生：收到過武漢日記片斷。
　　我心裏踏實了。永平上

　　先生：你說「正在想把我參加那次會的日記整理發表。但茲事體大，一時恐難完成。」「茲事體大」不知何指，整理時可刪可簡，只要不改，不增，應該沒有問題。
　　永平上

Wu yongping，您好！

　　茲事體大，是說我身體大不如前，每天輸入整理一點，不知道要多少時間。
　　何時給路翎最後信，想不起了。
　　舒蕪上

　　先生：可惜我不在北京，否則我每天去你家半天，替你打字就好了。永平上

Wu yongping，您好！謝謝。自己慢慢來吧。我大女兒可以幫我輸入，致胡信就是她輸入的。問題是自己最後通看。不過這不需要注釋，通看可以比加注快些。舒蕪上

2006-05-04　下部第 13 節，丁玲說：「胡風啊，也真是的。」

先生：寄上新寫的一小節，胡風文藝思想討論會寫完了，與前兩節有重複處，將在統稿時合併一下。下一節寫胡風與你遷家來北京事，及第二次文代會事。下一節資料不夠多。

請批註。

永平上

舒蕪先生對第 13 節的批註：

除夕夜（1952 年 12 月 31 日），胡風給綠原去信，寫道：「我還在等候。學習看情況就是這樣了了，職業事，要請示老總決定。這就只好等了。我希望職業決定後，寒假內能把家移來。」

說是等「老總」（周總理）決定，其實他心裏很清楚，「內部討論」沒有過關，「職業事」便不好解決。討論會期間他曾寫過兩篇檢討，一篇題為《對我的錯誤態度的檢查》，是呈給領導的，檢討了對組織態度的錯誤；另一篇題為《一段時間，幾點回憶》（即「阿 Q 供詞」），是給與會代表的，檢討了理論上的若干不明確處。然而，這兩篇檢討均被認為不深刻，被責令重寫。他為此非常鬱悶，一度把責任全推在舒蕪的身上，痛斥道：「事，是誤在他手上，他欺了人，也欺了『天』！」〔註48〕

（舒蕪批註：「誤事」只是泛言吧？要求工作與移家這兩件具體「事」之「誤」，與我何關？他不至於怪罪到我吧？）

……

在北京期間，舒蕪曾與時任中宣部文藝處處長的丁玲交談過一次。據他回憶，丁玲當時說過這樣一段話：「胡風啊，也真是的。第一次開文代會的時候，我同他到北海划船，勸他不要想得太多。我說，官也得有人去做嘛！郭沫若、茅盾他們去做官，讓他們做去好了……」他當時覺得丁玲話中的意思「好像是勸胡風不要跟人去爭官，認為沒多大味道」，這番話給他留下了深刻的印象。

（舒蕪批註：丁玲那天是主動到我房間來看我，似乎是以文藝處長的身份來看這個文藝處邀請來的客人，周恩來給胡風信上也說「希望你和周揚同志丁玲同志多談談」，似乎她也與周揚同樣負有幫助胡風的任務。但後來三次

〔註48〕胡風 1952 年 12 月 28 日致綠原信。

會她都沒有露面，我不知道是她與周揚的矛盾呢，還是別的緣故。）

……

「胡風啊，也真是的」！這是當年丁玲對胡風的獨具個性的評論。在當年參加「討論會」的諸人中間，持相同看法者肯定不少。說實話，中央已多次給過胡風在北京工作的機會，而且並不要他付出什麼「代價」；如今中央想把他安排在華東，他卻寧願到北京來「坐冷板凳」，為達到這個目的，他千方百計地要把問題端上去「討論」，鬧了大半年，結果還是一個非認真「檢討」不能「過關」的問題。

（舒蕪批註：當時我還自命老朋友之間的「勸善規過」，用「公開信」形式而不用一般批評論文形式，也是這個意思。其實是在猴兒式的被玩耍著而毫不自知，回顧當時形象，可笑得很。）

2006-05-05　下部第 14 節，周總理批示：「對胡風的方針和態度正確。」

先生：正在寫第二次文代會事。

您參加了這次會議，但在回憶文章中未談過有關情況。

我想知道：一、您是怎樣成為代表的，單位選的，上面指派的，誰確定的，之前有誰與你談過。二、您分在哪個組，同組代表有誰？三、您在會議期間有何活動，發過言嗎？

永平上

wu yongping，您好！記不清如何成為代表的。參加古典組，小組召集人好像是鄭振鐸、何其芳、聶紺弩，我是小組秘書，管記錄和散發文件之類。同組都是古典文學教授之類，例如程千帆。我在小組裏忙於事務，很少發言，大會上更沒有發言。剛才再發 13 節批註收到否？舒蕪上

舒蕪先生對第 14 節只有一條批註：

不管上述回憶是否真實，都可以看出，林默涵當時的態度確實不夠「黨性」，他對胡風非常寬容。他並沒有「命令」胡風做什麼，而只是給對方提供了一個「最方便最省事的」下臺的梯子。實話實說，他提出的這個「解決辦法」對各方都有好處，上可以向中央交差，下可以告慰整風運動中層層過關的人士，且不會過分傷害胡風的「面子」。但胡風卻非常敏銳地抓住了林這番私下談話中「黨性」不足的弱點，（舒蕪批註：只是林的個人「私」意麼？）進而以「我要認真地進行檢查」藉口回絕了對方的好意，他又把組織的處理

誤解為個人對個人的關係。

2006-05-06　舒蕪談「竊書」事

先生：下面這段文字出自《胡風全集》第6卷，第633頁。

「後來路翎告訴我，他（舒蕪）認識了路翎，知道我信任路翎
的態度以後，曾從南溫泉小書店偷了一本我的《文藝筆談》細讀，
大概是揣測了我的思想特點和感情癖好的。他鑽了我反對教條主義
的要求和提倡雜文的空子。」

有過「竊書」這事嗎？儘管這事沒有什麼大不了。

永平上

wu yongping，您好！是事實。當時窮青年而渴望讀書者，在進步書店偷
他實在想要而實在沒有錢買的書，是常有的事。黨領導下的進步書店對此
採取睜一眼閉一眼態度。老友某君，後來是新中國出版局幹員，以三聯書
店領導人之一的身份離休，現尚在京。他最初進入生活書店，就是偷書被發
現，談起來知道他實在窮而渴望讀書，索性招他進書店工作。至於我偷到
《文藝筆談》，未必因為知道他信任路翎之故，無非把他看作魯迅的繼承人。
舒蕪上

Wu yongping，您好！這一節，沒有什麼可以補充。我已經開始輸入《參
加胡風文藝思想討論會日記》，那裡面或許有可以補充的材料。但一時完不成，
難以供您引用，奈何？舒蕪上

先生：非常高興地得知你已將討論會日記輸入電腦，這個原始資料太珍
貴了，足以彌補當代文學史那一段的空白。到目前為止，由於中央檔案沒有
解密，研究者寫到討論會時，所據史料只有當事者（林默涵、胡風和您）的回
憶，這當然是不太夠用的。

我的書稿近期完成不了，修改時間可能會拖到年底。這本書關係甚大，
要仔細打磨，消除任何硬傷，讓當代人和後世人無話可說。我可以等待日記
的發表。除了《新文學史料》之外，你還可以與《中國現代文學研究叢刊》聯
繫，編輯部設在中國現代文學館，上網一查便知。

周小雲來信說願意出版這本書，我還沒有明確表態。

永平上

wu yongping，您好！材料的意義在於它是當時日記，與事後多年的回憶不同。尤其是每次會有哪幾個人參加，哪幾個人發言，每個人的發言內容，我日記中都有詳細記錄，是我當天——頂多第二天追記的。問題是，自然沒有經過本人審閱，只能算我的日記中的材料而已。但目前僅僅開始，可惜動手晚了些。舒蕪上

先生：我想知道 1953 年你家剛到北京時住在什麼地方，你好像沒有買房，是住單位宿舍嗎？你全家三代數口，住了幾間房呢？條件如何？

永平上

wu yongping，您好！那時哪裏談得上買房？除了極少數大作家有那個條件外，一般全住宿舍。宿舍情況，各有不同，看行政人員手段辦法如何。人民文學出版社的宿舍向來是中等偏下，一律老式平房，沒有任何現代設備。我們一家三代，從兩間提高到三間、四間，成右派後為兩大間。舒蕪上

先生：收到三封覆信，一關於二次文代會，二關於房子，三談日記價值。勿念。如你所說，日記整理得晚了一點，如同書信一般。如果早有這樣史料，研究者要少說許多廢話。日記雖未經當事人審閱，但不會減少多少史料價值。

永平上

2006-05-07　下部第 15 節「舒蕪戴上紅條子」

先生：第 14 節批註已讀過。根據你的意見將有所改動：

題目改，但未想好用何題。

綠原調動與路翎不同，改。

古典組同事人名排列，改。

你說嚴文井、張天翼、似乎也沒有什麼「宿怨」。吳按：抗戰後期，胡風組織人批判了嚴文井的《一個人的煩惱》。胡風與張天翼的關係在左聯後期已鬧僵，抗戰初期《七月》發表了批評張《華威先生》的論文，他們之間再無來往。

胡風集體生活事，斟酌後再說。

謝謝！

永平上

先生：寄上又一節，「舒蕪戴上紅條子」。請閱示。永平上

（下部第 15 節「舒蕪戴上紅條子」）

wu，你好！（主題詞：二次文代會事建議參看《聶紺弩全集》）

出席二次文代會事，沒有想到會那麼被看重。現在細想，大概是人民文學出版社推薦的。大會編組是先定的，我編入古典組，擔任秘書，都是預先定好的，可見早就認定我的「古典」身份，只有人民文學出版社推薦才會如此。建議參看《聶紺弩全集》第 10 卷，第 179～181、172、183、290 頁，等等。此與第 14 節也有關係。又，題目「掛上紅條子」云云，似乎我在得意洋洋樣子，是否需要酌改，敬請考慮。舒蕪上

2006-05-08

這幾天又有若干信件丟失

wu yongping，您好！聶紺弩交代材料中關於舒蕪在古典部的工作情況與同事關係比較詳盡，建議適當引用。舒蕪上

2006-05-09　舒蕪談二編室「副主任」事

先生：如下出自聶紺弩的交代材料：

> 我之反王，主要的是由關於二編室工作問題的意見不同而來。二編室工作的特殊性這裡不必提，王對二編室的意見，幾乎沒有一個是與我相同的，而我認為是他不理解二編室的具體情況。這很容易使人認為是他來領導二編室，和我衝突，所以我反對他。其實不是，我不過覺得這事應在宣布之前和我談談，以免宣布後群眾來問我，我不知如何回答。如果事先醞釀，說不定我會把全部交給他，我正想有人來領導，我好卸責。馮也屢次對我說，找好一個副主任了，我不管事。不過這事有矛盾，即從領導看來，張友鸞做副主任問題較少，但從二編室情況及水準看來，舒蕪做最佳。而舒似乎又有另外問題。這是說我並沒有因王來領導而感到什麼。

請教：聶說張問題較少，而你任副主任最佳，有什麼說法？最後確定是誰？

永平上

wu yongping，您好！（主題詞：關於副主任）

聶在位時，副主任一直沒有正式發表，但我早就是沒有名義的代主任。發稿單上，本來應該由聶以副總編輯兼古典部主任身份複審而兼終審，畢其功於一役。但王任叔來以後，領導上確定王管古典部，等於取消了聶的終審權，只剩下複審權，聶索性連複審也不管了。「複審」一欄中，便由我簽署「紺弩　舒蕪代」，然後送王任叔終審。這個奇怪安排，是上下同意的，合法有效的。五五年肅反之後，聶去位，二編室與五編室合併，才由馮雪峰正式宣布我與趙其文為副主任，主任缺。反右後，我的副主任被革去，但一個時期內，實際上仍然授權我複審，這是王任叔在全社大會上宣布對我的處分（右派第四類）時公開向全社宣布的：「因為舒蕪還有點鬼聰明，編輯室有些工作還是要他做，這裡要向大家說清楚」，云云。再後來，牛鬼蛇神都調入本社新成立的編譯所，我才脫離那個尷尬地位。舒蕪上

2006-05-10　舒蕪談二編室「評級」

先生：確如您說，聶說的那次評級比你說的更在前。

我想知道，剛進二編室由聶主持的評級情況。

永平上

Wu yongping，您好！（主題詞：關於評級）

剛進二編室沒有評級，各人拿各人原來的。我參加的評級，在肅反之後，反右之前，聶已經離任，全社評級由王任叔主持了。舒蕪上

2006-05-11

先生：這封信是前幾天寄過給你的，但未收到回信。想必您一定沒有收到。

您在《〈回歸五四〉後序》中談到《給路翎的公開信》的寫作過程，寫道：

「這時，《人民日報》來信約稿，要我接著寫一篇較詳細的檢討
與批評文章。我不想寫成正式的批評與檢討的模樣，覺得這本來也
還是朋友間討論爭論的性質，乃於 1952 年 6 月 22 日寫成了一篇
《致路翎的公開信》。」

這裡說得似乎簡單了一點，《人民日報》的哪位編輯約稿，有什麼具體要求，是不要求你檢討「文藝上的小集團」問題。

再就是到北京改稿的經過，當時誰找你的，談了些什麼，如何改的。

我很關心這些細節。

請查查參加討論會日記，提供一些細節。謝謝

永平上

2006-05-12　郵箱故障

wu，你好！兩日無信，是沒有信，還是郵箱出了問題？

bikonglou@163.com

2006-05-13　舒蕪談「公開信」前後事

先生：（主題詞：電腦有小問題）

這兩天電腦系統有點不穩定，反覆調試，現在能用了，但還有一點小問題。但你的信我都是收到了的，也回過信。

有一封信曾請教：你參加胡風文藝思想討論會來北京修改《公開信》的情況，想請你查查當年日記，並請告之具體過程。

最近寫作進度很慢，考慮下一步如何寫，結構如何安排，等一些具體困難問題。

主要原因是1954年你與胡風的關係已經很疏遠，胡風寫作萬言書及參加紅樓夢討論會，這些事情你都沒有參與。

這一年裏人民文學出版社的事情也很多，如王任叔與馮雪峰的矛盾，王與聶的矛盾，等等。這些事與你有關，但與胡風關係不大。

這一年太重要了，很多的事情，但又無法把你們兩人放在一起分寫或比較，這就是我正在考慮而感到頭痛的問題。

昨天我又去省圖書館借了幾本書，想多讀讀，也許能得到一點啟發。

永平上

wu yongping，您好！

1. 參加討論會日記，正整理中，打算先把開會的那三天錄出來發表。然後發表其他有關的。那三天日記裏，有我詳細記錄的會上每個人的發言，雖皆未經本人審閱，但都是我當天或次日所記，有參考價值。

2. 公開信沒有在北京修改，我來京時已經在《文藝報》排好，等我看校樣。那是在南寧已經定稿，自己寫定的。

-310-

3. 1954 年以後，我與胡風關係不是「很疏遠」，而是完全沒有關係。他的一切活動我毫無所知。

4. 我在人民文學出版社的情況，胡風倒是注意的。一則他有幾個朋友在人民文學出版社工作，隨時將我的情況告訴他，例如我們夫妻鬧架，他很快知道，向人樂道。二則聶紺弩與我關係很好，又與老朋友胡風經常往來，胡風對聶這一點極其不滿，但聶完全不為所動，在胡風面前讚美我不諱。在這個意義上，也許可以找到當時我與胡風的「微妙」關係。　舒蕪上

先生：信收到。我再仔細讀讀聶紺弩文集，看看 1954 年你們三人之間那種複雜的關係。永平上

wu yongping，您好！

可以補充的是，聶當時在我面前完全不談他與胡風怎樣往來，往來中如何提到我。而他在胡風那裡則不諱言我。有一個例子：肅反前，人民文學出版社出過《聶紺弩雜文集》，選目我提過不少意見，胡風因此對聶也很不滿，這是多年後聶自己告訴我的，可見當時聶是把我與這個選目的關係告訴過胡風的。舒蕪上

先生：（主題詞：請教）

讀徐文玉《胡風論》，書後收有幾封信，其中一封是賈植芳 1980 年寄給作者的。信中有如下一段：

> 關於 1944 年在重慶為舒蕪《論主觀》受批判情況，我當時不在重慶，未參與其事，倒是舒蕪本人在 1947 年和我談過那些經過，據舒蕪說，當時他和胡風一起奉召去曾家崖辦事處去了兩次或三次，延安派來的人（何其芳、劉白羽）「像審問者一樣地對待他們」、「像對待犯人一樣」。

賈先生談到何其芳和劉白羽，這是在你的回憶文章中沒有見過的。

永平上

wu yongping，您好！

他完全記錯。「延安來人」僅指胡喬木，哪裏會有何其芳、劉白羽？胡風日記和回憶也只說喬木，何曾有何、劉？也許我曾告訴他在那以前，何、劉曾經以欽差身份來重慶傳達延安旨意，找胡風談過等情況。（我都不在場。）他將二者揉合起來了。他的回憶常如此，極需要考證核實。舒蕪上

先生：兩信均收到。

關於賈植芳的回憶及胡風與聶紺弩的關係問題的覆信。

賈信中所說的無旁證，我本來就不相信，求得您的驗證後更放心了。

永平上

wu yongping，您好！（主題詞：小文呈正）

此文最近可能在《萬象》上發表，不記得曾否呈正。舒蕪上

（《賈拒認舒版本考》）

2006-05-14　下部第 16、17 節

先生：大作（《賈拒納舒考》，吳注）已承惠寄，再讀仍覺趣味盎然。

賈除記憶力差外，還有別的不足。

永平上

先生：寄上第 16、17 節。

這兩節都是寫胡風的，沒有涉及到您。

以後是否放在這本書內，還沒有決定。

請閱示。永平上

下部第 16 節，曾卓說：「我感到了他心情的苦悶、激動和焦躁。」

下部第 17 節，聶紺弩洩密，胡風上書

先生：請問，1954 年許覺民在人民文學出版社任何職？辦公室秘書？或副社長？永平上

2006-05-15

先生：又，昨日寄上寫成的兩節，不知是否收到。永平上

先生：讀《聶紺弩全集》第 10 卷，第一篇是寫於 1954 年 5 月 22 日的《個人主義初步檢查》。我不知道當時人民文學出版社在搞什麼運動，整風已過，而肅反未開始，是不是黨內的什麼審幹之類的運動呢？

請教先生，介紹一下該檢討的寫作背景。

永平上

wu yongping，您好！不知道。舒蕪

先生：（主題詞：寄來參考資料收到）

你從兩個郵箱寄來的一線與二線考均收到。

但不知你是否收到我昨天寄出的第 16、17 節。

永平上

先生：請教一事。

1954 年 11 月 17 日胡風日記：

> 上午，文聯擴大會。黃藥眠刺了我，康濯實際上是反對我的意見，羅蓀、師田手、康濯否定了路翎。
>
> 下午，繼續開會。袁水拍轟了我（及亦門），吳雪、李之華攻擊路翎，聶紺弩用無恥事攻我和路翎過去反黨，現在反黨。
>
> 夜，周揚。林默涵來。

日記中提到聶紺弩大會上的發言，這事聶和你說過嗎？他是怎樣說的？

永平上

wu yongping，您好！從無所聞，毫無所知。舒蕪上

2006-05-16　第 18 節，舒蕪身居另類「獨立王國」

Wu yongping，您好！你好！第 16、17 節請再發來。舒蕪上

先生：再寄 16、17 兩節。永平上

第 16 節，曾卓說：「我感到了他心情的苦悶、激動和焦躁。」

第 17 節，聶紺弩洩密，胡風上書

舒蕪先生對第 16 節無批註。

舒蕪先生對第 17 節作了一處批註，如下：

1954 年 3 月 12 日，他突然撇開所有的工作，「開始查閱冤獄材料」，準備撰寫「三十萬言書」。

通讀其日記，可以看到，第二次文代會後他仍安心地忙於《人民日報》（舒蕪批註：？）（吳按：應是《人民文學》）的編務；他為朋友審讀新作，包括綠原的詩稿《從來沒有過的》，路翎的小說《初雪》《窪地上的戰役》《你的永遠忠實的同志》《節日》，魯藜的詩稿《雲之歌》；他的作品集也不斷再版，《和新人物在一起》出到第四版（1953 年 10 月），《為了朝鮮，為了人類》出了再版（1954 年 1 月），《從源頭到洪流》出了第三版（1954 年 2 月）；他

重新修訂了詩集《時間開始了》，於 1954 年 2 月送交馮雪峰審閱，準備在人民文學出版社出版；3 月 4 日至 9 日，他還氣定神閒地撰寫報告文學《農村印象斷片》。換言之，此時的他並沒有「被推到絕路上」，也不是「什麼也不能發表了」。

先生：（主題詞：某種人不把人當人）

讀聶紺弩書信。他於 1982．10．25 致你的信中寫道：「在北京碰見你時，曾對你說，某種人把人不當人看。當時你不理解，現在該飽有經驗了。把人當人看，是民主思想，現在還普遍地辦不到。」

請問，聶對你說這話是什麼時候，「在北京碰見你」，似乎說的是 1952 年的事情。

永平上

Wu yongping，您好！是 1953 年我調來人民文學出版社在他領導部門工作時說的，「某種人」指共產黨員，更具體指本單位共產黨員。我在廣西習慣受共產黨員尊重，所以對他這話表示不理解。舒蕪上

先生：你說，聶的「某種人」指共產黨員。但信上一段全是談胡風如何對青年朋友的，我疑心他在這裡指的是胡風如何對你。信引在下面：

> 魯迅說，口號是我提的，文章是我叫胡風寫的。胡公說：當日失察云云，這正是兩人的分別處。他的自傳我未看，在桂林時，彭燕郊對我說，有一華僑有意辦出版社，問我肯不肯與之合作？我無此遠志，叫他去找胡公，不知是否因此而搞起《南天》來了。搞《南天》時，在重慶把伍禾剝削壓迫得哭，而且不以人齒。並且說，你現在想我五萬塊一月的職業是不可能的。我聽見了，介紹伍禾到《客觀》當校對，月入五萬！至對於我且不說。我本在重慶末期就不和他講話，解放後開文代會時才由駱賓基拉線，重新交談（伍禾說我曾說胡有一個智者頭腦和庸人的心。後來我曾對人說他也是王倫（白衣秀士）！）。一交談，把以前的事也忘了。

我可以這樣猜測嗎？永平上

Wu yongping，您好！某種人只是指共產黨員，不是指胡風。舒蕪上

先生：（主題詞：收到請即覆）

再寄上第 18 節。這節涉及人民文學出版社。想必問題不會少，請閱示。

永平上

（下部第 18 節，舒蕪身居另類「獨立王國」，吳注）

舒蕪先生對第 18 節的批註如下：

舒蕪在《口述自傳》中曾憶及馮雪峰當年是如何對待周揚這個「小領袖」的，他寫道：「文學出版社的事，他（指周揚）卻從來不管，不敢管。因為，馮雪峰的資格比他老。他跟馮雪峰之間，過去矛盾很多。馮雪峰那時一直也不犯什麼錯誤，沒有被打倒的時候，加上資格又擺在那裡，根本不買周揚的賬。周揚當時是文化部的黨組書記，又是中宣部副部長、文化部副部長，主要工作還在文化部這邊。可是周揚，別說管，來都不來。」（第 256～257 頁）

時任出版社辦公室主任的許覺民對他們的這種特殊關係體會更深，當年馮雪峰概不出席凡由周揚作為文化部副部長召集的出版界負責人會議，而讓他代替參加，然後回來傳達。時間長了，便得出一個印象：「周揚對某些難以解開的矛盾，採取了退讓的辦法，不使矛盾激化，他對雪峰尤其是如此。」〔註 49〕

（舒蕪批註：新近出版的潔泯（許覺民）《晨昏斷想錄》（三聯書店）中有《閱讀馮雪峰》一篇，是第一手材料。）〔註 50〕

……

其次，二編室的管理形式也不具備構成宗派的條件。如前文所述，在聶紺弩獨特的「大自由主義」的領導作風培育下，二編室形成了「閒談亂走」的寬鬆自由的學術空氣，領導與被領導者的關係非常融洽，不像什麼「獨立王國」，倒像是個「自由王國」。他們編書出書沒有過多的條條框框，「只考慮書本身的價值」，（舒蕪批註：這是不考慮市場銷路之意，不是「沒有條條框框」之意。）「供給讀者一個可讀的本子」，（舒蕪批註：這是馮雪峰倡導的，意思是不需要在書上大加所謂「分析批判」，整理出一個可讀的本子就行。所針對的不是「封建糟粕的非議」，而是「客觀主義」的非議。）

……

又如，馮雪峰指示他們要無條件地「為專家服務」，他們本是專家，當然不甘為人作嫁，加之汪靜之校點的《紅樓夢》出版後受到社外專家的批

〔註 49〕轉引自徐慶全：《周揚與馮雪峰》，湖北人民出版社，2005 年出版。
〔註 50〕潔泯：《閱讀馮雪峰》，《晨昏斷想錄》，三聯書店，2006 年 4 月出版。

評，馮雪峰用社的名義發表了 一封檢討式的信 ，（舒蕪批註：不記得有這樣
的信，只記得召開過廣請社外專家參加的檢討會。）聶紺弩在專家面前作檢
討，二編室由是牢騷大盛，雜吟曰「叩首敬專家」、 「兩行編輯淚」 、（舒蕪
批註：此句牢騷另有由來，這裡不須引。）「進門低三等」，等等。他們還經
常有「文酒之會」，誰得稿費誰請客，幾年下來，差不多吃遍了北京城裏有點
名氣的大小飯店。總之，二編室貌似散漫，工作效率卻很高，他們在這個時
期整理的幾本古典小說被戲稱為「老四本」，後來竟成為該社的啃之不盡的
「老本」。

然而，這個類似於「自由王國」的二編室不久便飽受「整頓」之苦，寬鬆
和諧的氣氛被一掃而空。

1954 年 2 月，著名作家王任叔（巴人）從外交部調任人民文學出版社黨
委書記、第一副社長兼副總編輯。他到任不久，便大刀闊斧地開始「整頓」，
推行他的「開門辦社」的方針。首先受到衝擊的是出版社的領導層，樓適夷
不再擔任出版社黨組織的負責人，（舒蕪批註：近讀新近出版的潔泯（許覺民）
《晨昏斷想錄》（三聯書店），他說王任叔之來社，來社後負責日常全面主管，
都是樓向馮竭力推薦的。他接近上層，所說大概可信。）許覺民不再擔任辦
公室主任，聶紺弩的副總編職務也被架空，（舒蕪批註：「架空」是從下往上
「架」，王是從上往下取消了聶的終審權。）為此社長馮雪峰與王任叔之間產
生很大矛盾。

......

就這樣，馮雪峰如何對待周揚，聶紺弩便如何對待王任叔；許覺民在
馮、周之間曾擔任的角色，舒蕪在聶、王之間也充當著。這種不正常狀況形
成的根源倒不一定是「宗派主義」作祟，倒有點聶所鄙視的「權位野心之類」
的氣息。

（舒蕪批註：周揚是不敢管人民文學出版社，王任叔是大力來管二編
室；許覺民起的僅是聯絡員作用，我起的是實際代替主任的作用：似乎都不
能相比。）

......

可以說，在胡風與舒蕪的矛盾上，聶對後者的理解和同情始終更多一
點，而且並非從舒蕪進入二編室後才如此的。1952 年舒蕪來北京參加「胡風
文藝思想討論會」，邂逅聶紺弩，曾談及胡風事，聶對他說「某種人把人不當

人看」〔註51〕，舒蕪當時不知何指。1954 年 11 月 17 日聶紺弩在全國文聯擴大會上發言（「《紅樓夢》研究批判」會議之一），批評胡風對舒蕪的態度，更明確地說：「他（指舒蕪）反黨時和他是朋友，他向黨低頭後又痛恨他。」〔註52〕為此，胡風非常惱怒〔註53〕。

（舒蕪批註：不是這樣，已有另覆。）

2006-05-17　第 19 節，胡風「把希望寄託在毛主席身上」

Wu yongping，您好！（主題詞：某種人不把人當人）

再讀聶信，細想大概是這樣：1. 聶對我說那句話，是在 1953 年我初到文學出版社時，不是 1952 年我來開會時，52 年我與聶並未見面。2. 聶當時說「某種人」泛指共產黨員和一切自命革命，唯我獨革的人，著重在文學出版社的共產黨員，有向我介紹周圍環境之意，不是專指胡風，但自然可以包括胡風在內。3. 我當時的不理解，主要還是不大相信共產黨員會這樣。因為我解放後在南寧一直受到共產黨員的尊重。4. 聶此信重新提起，承上文觀之，是著重指胡風了，但我讀信仍然以為泛指。5. 現在再細讀，承認您的理解是對的。謝謝。舒蕪上

先生：關於馮雪峰寫檢討式的信出自《聶紺弩全集》第 10 卷，第 65～66頁。如下：

> 新版《紅樓夢》的工作錯誤受了批評，雪峰同志用社的名義發表了一封檢討式的信，又叫我在專家們面前作了檢討，《文藝報》又發表了一篇介紹《紅樓夢》研究的文章。這些做法，二編室的思想都未搞通，我也未搞通。

永平上

Wu yongping，您好！（主題詞：領教）

領教，謝謝。舒蕪上

先生：（主題詞：兩行編輯淚）

聶紺弩說得比較模糊，比較不好理解。

〔註51〕聶紺弩 1982 年 10 月 25 日致舒蕪信。
〔註52〕胡風 1954 年 11 月 25 日致方然信。
〔註53〕胡風 1954 年 11 月 17 日日記：「聶紺弩用無恥事攻我和路翎過去反黨，現在反黨。」

　　批註中關於「兩行編輯淚」或具體有所指，我只取了聶紺弩在檢查中的說法。如下：

　　　　因此，我的意見：門是要大開的，不開工作做不下去，而二編室的門則是逐步開大。這個問題牽涉廣，這裡只能粗略敘述，歸結則為二編室人說的：社會主義企業、資產階級專家、封建社會文學之間的矛盾。王在大會說，我們是淺薄無聊的，專家是如何如何的，而不帶任何限制，引起二編室人情緒大波動，說起什麼「進門低三尺」、「兩行編輯淚」之類的怪話來。因為有些人自以為如果在社外就會是專家（如周汝昌、張友鸞），其實不見得。（第 174 頁）

　　永平

　　wu yongping，您好！陳克寒當出版局局長，發布一個關於編輯工作的條例（草案），其第八條規定：編輯在本社出的書，一律不給稿費。我們當然反對。我作打油詩刺之曰：「馬凱漫相招，先看第八條；兩行編輯淚，羞過後門橋。」位於後門橋的馬凱食堂，是我們常去的餐館之一。意思是實行了第八條，大家就沒有錢上馬凱了。此草案終於沒有正式頒布。所以這句牢騷與「叩首敬專家」無關。舒蕪上

　　先生：我在你的口述自傳中也看到了「兩行淚」的出處，您說的有道理。鑒於此事不發生在 1954 年，決定將此句刪去。謝謝。永平上

　　先生：寄上第 19 節，「寄希望於毛澤東」。永平上
　　（第 19 節，胡風「把希望寄託在毛主席身上」）

2006-05-18

　　舒蕪先生寄來對第 19 節的批註，有兩處：

　　如前所述，1952 年 5 月胡風為了達到把問題「端上去」的目的，曾給毛澤東和周恩來各寫了一封信，「要求在領導下工作」及「要求直接得到指示」〔註 54〕。他原本沒有考慮過要給毛澤東寫信，只是聽說到毛讀過他的《論現實主義的路》，且評價不錯，於是興之所至而為。在「討論會」召開之前，他得到了周恩來的覆信，但沒有得到毛澤東的覆信。周恩來在信中非但沒有給他任何正面的鼓勵，反而完全站在周揚一邊，甚至勸告他向舒蕪學習，（舒蕪

〔註 54〕胡風 1952 年 5 月 11 日給路翎的信。

批註：這樣說，分量重了些，不如直接引周信那一句原文。）令他感到非常
失望；

……

至於舒蕪，這位「反儒學」、「尤反理學」、「尊五四」、「尤尊魯迅」的青年
學者，早在 1945 年就曾在論文《知識青年向學者們要求什麼》中批駁過「上
萬言書」、「進呈御覽」之類舊手法在新時代的可行性。他是這樣寫的：

> 「學者的命運，決定於歷史；歷史對學者的取捨就表現於大多
> 數知識青年的從違。蔑視知識青年，像古代有些學術販子那樣，專
> 想藉『上萬言書』『進呈御覽』等手段來掙取所謂『學術地位』的，
> 終必走上被歷史捨棄的路上去。史傳幾在，舊式的『學案』具在，
> 新式的『學術史』具在，試去檢查，有沒有一個偉大學者的成功是
> 用這些手段得來的？真正具有學術良心的學者，一定為知識青年們
> 所愛護所敬仰。他們經常深切關心著的，就是學者的『出處進退』
> 『辭受取予』的問題。他們對於自己所愛護敬仰的學者，最擔心他
> 的偶然失足。他們願意在學者受到迫害的時候，盡他們自己所有的
> 力量去維衛，去支持；只要這迫害是由於正義的行為而致。」

（舒蕪批註：寫這文章時，完全針對國民黨那邊一些學者向蔣介石上書
的現象，絲毫沒有想到這一邊，當然更不會是預言。如果我知道胡風要上三
十萬言書，無論贊成反對，恐怕也不會回憶到 1945 年我說的這段話。您是不
是客觀地引出我這段話之後，再說：「如果當時舒蕪知道胡風要上三十萬言
書，他會不會回憶起他自己在 1945 年說過的這段話呢？」作為您的從旁評
論，比較好些。）

先生：收到批註。意見非常中肯，尤其是關於 1945 年萬言書那段議論。
謝謝！永平上

wu，你好！此文曾見否？所論研究方法與延安整風的意義，似有可參考
處，發上備覽。舒蕪（附件：《拒絕殘酷的美麗》）

先生：收到「拒絕……美麗」一文，一定好好讀讀。明天上午要去參加
我所研究員吳丈蜀（書法家）的追悼會。下午再繼續請教。永平上

2006-05-20 舒蕪說不記得聶紺弩發言事

先生：（主題詞：請教）

你參加過第四次文聯作協主席團召開的會議，胡風也參加了，他在信中還提到你。在這次會上聶紺弩發言，以他對你的態度批判胡風。也許你有印象或記有筆記。信如下：

胡風 1954 年 11 月 25 日自北京致方然

……（中略，吳注）

但第四次，來了反撲，對谷和寧。改變了會議性質。賴掉寧提出的一些事實，使群眾混亂。還有，武器之一是提出了無恥問題。他反黨時和他是朋友，他向黨低頭後又痛恨他，云云。無恥上司聶提的。不到時間就匆忙散會。

晚上，子周雙木來。追擊和挽救之意俱有。說要討論或出版我的理論部分，問我意見，我表示無意見。問以後做法，我無意見。

總之，我不把他們當作黨代表了。又把無恥當作武器提了一下。

還提你發表了他的《逃集體》等，加了按語云。我說，此事我已檢查，如不滿意，當再檢查。客氣地分了手。——從他們談話，還未看到我提的事實部分。可見上面完全取了主動地位。

（略，吳注）

他們還想用無恥救命。反撲會，他也去了，很灰，可能準備要他出來咬幾口的。

（略，吳注）

永平上

wu yongping，您好！我是參加了一次，那天誰發言，說了什麼，不知道為什麼毫無記憶。但完全沒有聶紺弩發言的印象。至於說通過聶做我的「工作」，純粹無稽之談，是他的想像產物。舒蕪上

2006-05-21　舒蕪談批紅運動

先生：（主題詞：請教）

讀《紅學：1954》／孫玉明著／北京圖書館出版社／2003 年 11 月版，其中有一段談到您。在批紅運動中你參加過好幾次會議，還有印象嗎？見如下：

1954 年 10 月 24 日，《人民日報》發表了當時被稱為「兩個小人物」的李希凡、藍翎合寫的第三篇文章；同一天，在中國作家協

會也召開了批評俞平伯的會議。但這次會議並沒有出現一邊倒的現象。

　　不知是有意還是無意，主持會議的鄭振鐸一開始就「擴大」了批判範圍，他說：「幾年來我們的思想改造是不徹底的，因此經常出毛病。」他使用「我們」，而不說「俞平伯」，並一再強調「徹底的批判自己」，然後才說批判「人家的過去工作」。繼鄭振鐸之後，首先發言的是俞平伯自己，接著是他的助手王佩璋。之後，批判俞平伯的戲才算正式開場。其中吳恩裕的發言雖然表面上是在批判胡適、俞平伯，但主旨卻是在替自己的考證作辯解。其餘的十四個人，又大致可分成以下幾類：一、既高度讚揚、肯定「兩個小人物」的文章，又對俞平伯、胡適進行批判或批評的人有：鍾敬文、王崑崙、黃藥眠、何其芳、周揚；二、不提「兩個小人物」，只批判或批評胡適、俞平伯的人有：舒蕪、聶紺弩、老舍；三、既肯定、批評俞平伯，也批評、肯定「兩個小人物」的有：吳組緗、啟功；四、雖然批評俞平伯，但卻明顯是在替俞平伯說好話的有：楊晦、浦江清；五、只把目前學術界的弊端批評一通的有：馮至；六、不批評俞平伯，反而批評「兩個小人物」的有：范甯。

又「拒絕……美麗」文已讀，那個境界是我想達到的，也知道非常困難。
永平上

wu yongping，您好！孫玉明所記，大致不差。我批評俞平伯，主要是不同意他抹殺後四十回，此見至今未改。但當時學淺，不知道「兩峰雙水」「釵黛合一」是前八十回中的確存在的傾向，幸有後四十回扭轉糾正之，以為全是俞平伯個人意見而批評之，這是我現在的反省。而且俞平伯後來，也沒有完全抹殺後四十回。舒蕪上

先生：（主題詞：請教）

以下摘自《紅學泰斗周汝昌傳》，談到你與周之間的關係。有無失誤之處，請示之。

（引文全略去，吳注）

永平上

wu yongping，您好！周傳大致不差。但他不瞭解一些背景。他之被調

來，是他的《紅樓夢新證》據說被毛提到之故，聶向我隱約談起，也言之不詳。聶改「舊有雄文懸北闕」為「近有」，即寓此意。可能周還沒有注意。我最近與周之爭論，是他所說聶任命他為小說組長之事，我可以斷言決無此事。首先，以當時我的實際地位，聶如有此任命，斷無不先與我商量之理，但這一層不便明言。第二，要建組，該小說、詩詞、戲曲、散文四個組同時建立同時任命組長，斷無小說一組率先建立任命組長之理。第三，肅反後，聶去職，二五兩編輯室合併，才建立四個組，組長人選全是王任叔與我面談決定的，談的情景我完全記得，這也不便明言。第四，周之調來雖由於有人窺測「最高」意旨，但周與俞平伯好像有什麼舊怨，俞知周來，向胡喬木表示過大不滿，胡又向馮雪峰表示，據聶說，雪峰甚至有後悔調周來之意，所以他一來不給他紅樓夢任務，而把三國演義任務給他，斷不可能任命他為小說組長。這一層當然更不便明言。瞭解許多背景材料的，往往就這樣在辯論中處於不利地位。編輯室內的組長，不是正式行政一級，誰都沒有正式任命文件。舒蕪上

先生：（主題詞：請教）

以下錄自你的口述自傳 358 頁。有兩個問題：第一，重校《紅樓夢》的具體工作是誰做的，看《紅學泰斗周汝昌傳》說是他作的。第二，你到處講《紅樓夢》的時間似應為 1954 年吧。

（引文全略去，吳注）

永平

wu yongping，您好！一、汪靜之校點的紅樓夢受到批評，而市場急需加印，不能照原樣印，只好叫我通讀一遍，先把已經批評到的部分以及明顯看得出的標點錯誤，改正一遍，搞一個過渡性的本子。與後來正式重校本不同。二、是 1954 年。舒蕪上

先生：昨天似乎有個問題提錯了。你的口述自傳 358 頁。

問題應該這樣提：第一，重校《紅樓夢》開始於 1954 年，在「批判紅樓夢研究」運動開始之時，此書是否已經出版；第二，既調周來，為何這工作不給他做，而給他《三國演義》。永平上

wu yongping，您好！我搞的是過渡性的應急本子，與正式重校不不同。調周來而先給三國任務之故，已經有另答。舒蕪上

先生：以下見於《聶紺弩全集》第 10 卷，第 275 頁。我對裏面談到的兩個問題有興趣：一是你在肅反中揭發了聶紺弩，他說你發言不正直；二是樓適夷曾談到王任叔整他，可見樓與王關係並非如許覺民所說。不知你是否能具體談談。

> 那天星期天，我估計館子裏人多，不容易按自己的時間解決，就想到到他家去解決。同時也看看我給他的《筆記之筆記》發表情況如何，稿費來了沒有。另外，雪峰說介紹我出去旅行，書可出版再版，我很高興，有點得意洋洋，想和他談談這種得意。再就是楊霽雲曾到我處去過，也趁此回看他一下。在他家談的話，上次已說過。曾問到過楊霽雲，楊不在家。曾問到舒蕪。他問是否想看看舒，我表示看看也可以。他說是不是不太好。我說不好就算了。我對舒本無個人恩怨，肅反中他發言不正直，我保持一定看法，但並不當做一件大事，所以見見也無妨，不見也不欠缺什麼。去年我就曾向徐達同志表示請他帶信給他們，叫他們不要因為揭露了我的什麼而有芥蒂。此外自然談到過我將旅行的事，問《筆記》的事，後來就是王珩、林辰來寒暄了一陣，再就是他家熱的現菜現飯好了，我一個人吃了，他給我叫了三輪，我匆匆走了。再想不起談了些什麼。但那天，適夷和我談到過王任叔排擠他。我印象很深，假如那天談到過王任叔，我會說到這件事。但我不記〔得〕說過沒有。有一次，張說舒蕪說，王什麼時候（鳴放期間）拍他的背，和他握手，這是從來沒有過的。我說，我也有過這種經驗。這是我和張之間的談話的一條，但記不准是哪一次。

永平上

wu yongping，您好！肅反中，我揭發聶最「上綱」的一條，是說他曾懷疑區分古典文學中的精華與糟粕，「你說是精華的，可能我看是糟粕」。王任叔就抓住這個，說聶領導古典部的指導思想是「精華糟粕難分論」云云。王之排斥樓，我們在下面看得很清楚，主要由許多細節積累起來，現在回憶不全，但把原來辦公室主任許覺民送去黨校學習，調王的學生徐達來當辦公室主任；批評過去「關門辦社」之後，大規模選題計劃的制訂，王親自率領的大規模組稿團出行全國的組稿，樓全沒有份，晾在一邊，最為突出。許覺民在社時，一向好好先生，他的回憶中所以多有「無衝突論」傾向。舒蕪上

2006-05-22　下部第 20 節，「舒蕪登門受辱」

先生：胡風《給黨中央的信》中有如下一段：

「（周揚）竟利用叛黨分子在黨和群眾面前公開地造謠侮蔑不向他屈服的作家，竟指使黨已經下過結論的不但犯了嚴重錯誤、而且品質壞的黨員把黨機構作為講壇發洩報復心理，替他把不向他屈服的作家做成了政治上的異己分子。」

其中「叛黨分子」是誣指你，但「黨已經下過結論的不但……」則不知指誰。大概指林默涵、何其芳中的一人，但不知誰曾「犯了嚴重錯誤」。

永平上

wu yongping，您好！不知指誰。舒蕪

先生：我已查出，胡風所謂「品質壞的黨員」指的是林向北。見於《胡風全集》第 6 卷，第 339 頁。永平上

wu yongping，您好。沒有聽說過這個名字。舒蕪！

先生：寄上第 20 節「舒蕪登門受辱」。請閱示。

永平上

wu yongping，您好！收到。待細讀。舒蕪

舒蕪先生對第 20 節有一處批註：

何劍熏與舒蕪結識於 1940 年，那時舒蕪只是個高中肄業生，他曾介紹舒到鄉村中小學教書，算得上是患難之交。

（舒蕪批註：不是他介紹我到什麼地方教書，而是路翎把我介紹給他，他接受我到私立建華中學教書，他在該校擔任教務主任代校長。）

先生：（主題詞：請教）

請教一個問題。以下出自張僖的《隻言片語：作協前秘書長的回憶》，涉及到你揭發有人向胡風洩密事。請回憶一下你參加這次會議的情況及你向馮雪峰揭發的經過情況。永平上

1955 年 2 月 5 日，中國文聯主席團和中國作協主席團決定舉行第十三次擴大會議，準備對胡風的唯心主義文藝思想進行批判。

這就是大家經常談到的青年宮會議。那是在北京東單十字路口東北角後來叫做青年藝術劇院的地方。

在召開大會的前一天晚上，作協黨組和文聯黨組在東總布胡同46號召開會議。由郭沫若同志主持部署明天對胡風的批判。這個預備會沒有胡風參加，胡風對此也一無所知。

我當時的身份是作協黨組成員、作協副秘書長，也是黨組秘書。那次預備會議擔任記錄的是束沛德同志和陳淼同志。束沛德是復旦大學的畢業生，是擇優選拔到中國作協來的。一開始周揚同志想讓他擔任自己的秘書，後來嚴文井說，希望他到創作委員會當秘書。於是束沛德同志就在黨組擔任記錄的工作，很受信任。

會下，舒蕪找到馮雪峰說，胡風在開會之前已經知道了今天會議的內容，並且做了準備。因為舒蕪是人民文學出版社的編審，而馮雪峰是社長兼總編，所以舒蕪首先向他彙報了這件事。

肯定是有人把前一天晚上會議的情況告訴了胡風。於是我們對參加會議的人員逐一進行了分析，最後分析到束沛德同志的身上。

我負責找束沛德同志談話，他承認是他透露給了同在一個宿舍住的閻望，但決不是故意的，而且也絕沒有料到閻望又告訴了胡風，使他有所準備。束沛德說他回到宿舍，閻望問他開什麼會，他就告訴閻望要批判胡風的三十萬言書。

wu yongping，您好！早在《二閒堂文庫》上見到張文，當即致信該文庫，沒有發得上去，我也就算了。此信始終沒有在任何地方發表，茲附上備覽。您是在何處見到張文的？舒蕪上

（附件略去，吳注）

先生：（主題詞：清楚了）

我也是在網上看到的，但不能確定是否《二閒堂文庫》。

讀了你的這篇文章我想到：有時「沉默是金」並不是好辦法，當事人不說話，何以堵得住閒人的悠悠之口。

張僖已去世。

永平上

wu yongping，您好！（主題詞：清楚了）

承教甚感。我向來是有矛盾，有時要辯論，有時又懶於辯論，老記得魯迅說過的到了處於「辯誣」地位根本就是劣勢。至於這件事，我更覺得無關

大體，加以也聽說張僖已經去世，所以算了。看來是不是還該找機會發表一下？舒蕪上

舒蕪先生寄來《2006·北京·文化大革命研討會綜述》等網文。

2006-05-24　關於張僖的回憶文

先生：此文原應早點發表的。張僖的書也出版了〔註55〕，只是這事目前學界還沒有注意到而已，以後有人看到，還是會大作文章的。

建議找個刊物發表一下。

永平上

wu yongping，您好！請教何處出版的？舒蕪上

2006-05-25　下部第 21 節，胡風向中央描述「後周揚時代」的美景

先生：寄上第 21 節。簡單地把「萬言書」內容概括一下，最後談到他用私人書信問題。永平上

（下部第 21 節，胡風向中央描述「後周揚時代」的美景）

wu yongping，您好！21 節收到，待細讀。駁張僖之信，已經在《二閒堂·來稿存真》上刊出〔註56〕，請看看，尚待找報刊發表，謝謝您的提醒。舒蕪上

舒蕪先生對第 21 節的三處作了批註：

第 21 節，胡風向中央描述「後周揚時代」的美景（舒蕪批註：或者採用臺灣的術語「願景」何如？）

……

當年 中共中央主管文藝的部門是中宣部，（舒蕪批註：現在仍然如此，何必限以「當年」？）陸定一時任中宣部部長，胡喬木任常務副部長，周揚任主管文藝的副部長，林默涵為文藝處實際負責人（丁玲已離任）。1952 年陸定一離職，胡喬木病休，習仲勳曾主持過中宣部的工作。1954 年陸定一重新上任

〔註55〕張僖：《隻言片語——作協前秘書長的回憶》，北京十月文藝出版社，2002 年版。

〔註56〕該文遲遲在該網站「來稿存真」欄發布。該文庫編輯「維一」解釋道：「舒蕪先生的本封來信很早就已寄出。因郵路障礙，未能到達本堂。直至日前才由另一渠道輾轉送至。遲發為歉，尚望見諒。」

後，習已不再分管中宣部的工作。

　　……

　　在此，也似乎沒有必要分析胡風在「萬言書」中對周揚「宗派主義統治」的憤怒抨擊，因為 當年 中共中央主管文藝的部門是中宣部，操舵者是毛澤東的秘書、中宣部常務副部長胡喬木，而周揚則因政治上的不敏感而多次受到毛澤東的批評，其「統治」地位並不鞏固。胡風這幾年一直把胡喬木「作為最大的依靠」〔註57〕，他的希望和失望都由胡喬木的態度而來，如果說他此時被「逼到絕路上」，「逼」他的人也只能是胡喬木，而不是周揚。然而，胡風在「信」和「萬言書」中卻不敢直指其為「宗派主義的小領袖」，而 遷怒 於 次其一級 的執行者周揚，這是他鬥爭性並不徹底的表現。

　　（舒蕪批註：周揚與胡喬木同級，不是「次一級」。二人關係微妙，有矛盾，又有一致，有彼此消長的「互動」過程；但從延安起，周管文藝時間較長，較一貫，有他的隊伍，解放後全國各級文藝官大都是周門弟子，喬木就是管文藝時也沒有他自己的隊伍。而從胡風來說，與周揚有根深蒂固的宿怨，與胡喬木則無之，所以他當然會集中對付周，也不是「遷怒」。至於把喬木當作「最大的依靠」之說，也須斟酌。喬木第一個出來批《論主觀》，為人民日報寫按語第一個揭出「文藝上的小集團」，這些胡風都不會忘記的，能夠真心把喬木當作「最大的依靠」麼？）

先生：（主題詞：作了修改）

　　接受你關於「周揚與胡喬木同級……」的意見。

　　胡喬木與周揚的消長關係，既然說起來複雜，我這裡就不寫了。胡風把胡喬木當作「最大的依靠」，也許是半心半意，他當年似乎不知道「按語」是胡喬木寫的。因此，我只在文章中作如下修改：

　　　　在此，也似乎沒有必要分析胡風在「萬言書」中對周揚「宗派主義統治」的憤怒抨擊，因為其時中宣部的操舵者是毛澤東的秘書、中宣部常務副部長胡喬木，而周揚則因政治上的不敏感而多次受到毛澤東的批評，其「統治」地位並不鞏固。胡風這幾年一直把胡喬木「作為最大的依靠」〔1〕，他的希望和失望大都由胡喬木的態度而來，如果說他此時被「逼到絕路上」，「逼」他的人首推胡喬木，其

〔註57〕《胡風全集》第6卷，第120頁。

次才是周揚。然而，胡風在「信」和「萬言書」中卻不敢直指胡喬木為「宗派主義的小領袖」，而僅點了周揚的名，這是他鬥爭性並不徹底的表現。

〔1〕《胡風全集》第 6 卷，第 120 頁。

wu yongping，您好！對於批阿壠「歪曲和偽造馬克思主義」，聽說胡喬木是反對的，曾向周揚提出過，而周揚聽不進去。舒蕪上

先生：那時的許多內幕，都不為人所知。

批阿壠是誰組織的，現在仍搞不清楚。

阿壠檢討寫得太快，因此不能形成論爭；等到他反悔時，別人又不理他了。

永平上

wu yongping，您好！（主題詞：建議形象概括）

建議考慮，用幾句話形象地概括三十萬言書所要創造的「後周揚文藝界」：張恨水、沈從文、朱光潛、王魯彥、姚雪垠、錢鍾書都打成革命對象，只有阿壠、路翎成為革命主將，周揚空下來的地位由誰來坐，不言自明，等等。舒蕪上

2006-05-26　下部第 22 節，「這是我寫呈中央的報告發生了作用」

先生：（主題詞：22 節）

寄上草成的第 22 節，收到請覆信。永平上

（下部第 22 節，「這是我寫呈中央的報告發生了作用」）

wu yongping，您好！收到。舒蕪上

先生：（主題詞：請教）

如下幾段文字出自《紅學泰斗周汝昌傳》，其中涉及到你，並提出一個謎。請讀讀。永平上

雖然有一些改動，亞東本畢竟是以胡適所藏的程乙本作底本的。程乙本是高鶚和程偉元於 1792 年第二次修訂的本子，也就是對曹雪芹原著改動最多、離曹雪芹原著真實面貌最遠的一個本子。周汝昌從一開始研究《紅樓夢》，就對程高本歪曲曹雪芹原著真實面貌痛心疾首，現在讓他主持重新校訂一個《紅樓夢》的流通本，他

當然是要以戚蓼生序本等脂批本系統的本子作底本的。可以說，這是他最願意從事的一項工作。他興致勃勃地訂出計劃，交給了聶紺弩，得到認可並開始工作。

但事情的發展遠沒有想像的那樣一帆風順。正在周汝昌幹勁十足地投入工作之際，一天，舒蕪忽然從二樓聶紺弩的辦公室下來，回到自己和周汝昌工作的辦公室，對周汝昌說，領導有話，新版《紅樓夢》仍然要用程乙本，一個字也不許改動。實在是原有的明顯錯字，也要有校勘記，交代清楚。舒蕪說的話十分簡潔明確，面無表情，沒有其他任何多餘的話，就好像發布命令一樣。

周汝昌剛來出版社不久，也不敢去向聶紺弩問個明白。但他十分不快和納悶，聶紺弩看了周汝昌對《三國演義》的校訂報告後就曾激動地說：「這個亞東本真是害死人！」亞東本對幾部古典小說的底本選擇都很不嚴肅，不僅沒有鑒別版本好壞的眼光，還對古人的版本隨意亂改字句。聶紺弩怎麼忽然在《紅樓夢》版本問題上又出爾反爾了？到了晚年寫回憶錄時，周汝昌還這樣說：「此事於我，至今還是一個大謎。我只好服從命令，做我最不願意做的『校程乙』工作。」

wu yongping，您好！完全記不清了。但有幾點可以確定：一、汪靜之校點本之所以受到王佩璋（俞平伯的女弟子）的批評，引起軒然大波，並非因為用了程乙本做底本，而是因為他號稱依據程乙本，實際上用的是亞東本，踵亞東本之多誤而多誤。所以糾正汪本，並不必然要廢棄程乙本，而是要糾正亞東本之誤，回歸程乙本。二、至於周汝昌要以「脂」係本子作底本，則與本題相去更遠，問題是要出一個一百二十回紅樓夢，哪能以八十回的本子為底本呢？八十回之後怎麼接呢？三、如果聶紺弩說「這個亞東本真害死人」，也只是說亞東本標點校勘害死人，不是說它選程乙本為底本害死人，更不等於說程乙本害死人而同意改用脂本為底本。四、我不會「假傳聖旨」。舒蕪上

先生：以下錄自《紅學泰斗周汝昌傳》，似與您有關。永平上

周汝昌由於其特別的機緣，逃過了反右派的劫數，不過，他也有自己不順心的事。雖然從事著「本職工作」，但繼聶紺弩之後擔任

古典文學編輯室主任的一個人卻對周汝昌不重視，周汝昌帶病工作，頂頭上司卻不能知人善任。加以身體情況不好，周汝昌一段時間心情很鬱悶。後來古典文學編輯室主任換成了王士菁，情況才有了轉變。從事《白居易詩選》的選注工作，周汝昌在很短的時間內就做出了可觀的成績，使王士菁大為欣賞。

wu yongping，您好！反右之後，我是右派了，哪能擔任主任？舒蕪

舒蕪先生對第 22 節有兩處批註：

他在「給黨中央的信」寫道：「階級鬥爭正在向著更艱巨更複雜曲折的深入的思想鬥爭上發展，不會容許這個應該擔負起專門任務的戰線繼續癱瘓下去。」毛澤東在這裡談道：「看樣子，這個反對在古典文學領域毒害青年三十多年的胡適派資產階級唯心論的鬥爭，也許可以開展起來了。」

作過這番比較之後，胡風理所當然地認為「這是我寫呈中央的報告發生了作用」〔註58〕。他彷彿拿到了尚方寶劍，感到奉旨征討前的亢奮。

（舒蕪批註：可否不這樣說？上面那句已經夠了。）

……

舒蕪此時關注《紅樓夢》中的「兩條路線的鬥爭」，（舒蕪批註：只是戀愛故事中的『兩條路線鬥爭』，）充其量只是以今律古，強作解人而已；而胡風此時關注的「兩條路線的鬥爭」，則是政治鬥爭在文藝領域的表現。兩人所關注的是完全不同質的問題。

2006-05-27

先生：（主題詞：請教）

反右後，二編室主任是誰？永平上

wu yongping，您好！反右後，二編室主任是由魯編室調林辰來升任，不是王士菁；王是新升任副總編輯管二編室。舒蕪上

先生：（主題詞：再請教）

王佩璋批評汪靜之校點的《紅樓夢》後，馮雪峰代表社作檢討事找到了出處。見於《紅學泰斗周汝昌傳》中如下一段：

「1954 年 3 月，從山東大學中文系畢業不久的李希凡和藍翎，

〔註58〕《胡風全集》第 6 卷，第 526 頁。

看了 3 月 15 日《光明日報》《文學遺產》專欄發表的兩篇文章，即前述王珮璋批評作家出版社新出《紅樓夢》的《新版〈紅樓夢〉校評》和作家出版社承認錯誤的《作家出版社來信》，又聯想起在《新建設》1954 年 3 月號上發表的俞平伯的另一篇文章《〈紅樓夢〉簡論》，在響應黨中央學習馬列主義的號召和追求個人出路雙重動機的驅使下，兩個年輕人合寫了批評俞平伯紅學觀點的文章《關於〈紅樓夢簡論〉及其他》。由於李希凡是《文藝報》的通訊員，所以首先聯繫《文藝報》，但未獲回音。轉而聯繫母校，在山東大學學報《文史哲》上刊出，出版日期是 1954 年 9 月 1 日。」

永平上

wu yongping，您好！敬悉。索性談一點背景材料：我曾問過聶紺弩，馮雪峰為什麼那樣怕俞平伯？聶說，馮不是怕俞平伯，而是怕俞平伯後面的胡喬木。胡喬木進過清華大學，的確以師禮待俞平伯。人民文學出版社那樣大張旗鼓地檢討，背後正是胡喬木的命令。等到批俞平伯時，從聶帶頭，二編室的人多有積極參加者，未嘗不與對俞平伯的不服氣有關。當時香港就有報刊說批俞全是人民文學出版社的「反攻」，當然是臆測之言，但也捕風捉影地抓到一點聯繫。舒蕪上

先生：是有這說法，胡喬木在清華讀過書，俞平伯是他的老師。永平上

wu yongping，您好！前信談的可以再補充一點：王佩璋批評的，只是汪靜之的校點，即汪靜之號稱「據程乙本」其實多踵亞東本之誤而誤的地方，其所否定了的只是亞東本，並非亞東本所據的底本程乙本，這個界限必須劃清。因此，人民文學出版社重新出新本，首先自然是糾正亞東本的錯誤而回歸真正的程乙本，退一萬步，也只能是改用程甲本，總之出不了一百二十回本的範圍。而周汝昌因為所有一百二十回本都包括他痛恨的後四十回，便要拋開一百二十回本，改據八十回本，這就出了一百二十回本的範圍，頂多合乎專家需要，人民文學出版社面向群眾出紅樓夢，根本不可能這樣做的。不知道他為什麼直到晚年還沒有弄清。舒蕪上

舒蕪先生寄來《當代左派文化理論中的文革幽靈》等網文。

2006-05-28　舒蕪寄來「日記抄」[註59]整理稿

wu，你好！（主題詞：日記抄）

參加胡風文藝思想討論座談會日記抄，初步整理出來，先發上，請賜校閱。舒蕪上

2006-05-29　下部第 23 節，毛澤東說：「賈寶玉是近代史上第一個大革命家。」

先生：（主題詞：關於日記抄）

讀過日記抄。建議修改如下：（舒蕪先生讀後有批註）

一、繁體字改為簡體字。舒蕪，陽翰笙，密雲期風習小記。（舒按：待統一改）

二、個別錯別字，括號內為建議修改為的字。

1. 到文協後，有李秘書招待，與陳企霞一見，他有客在，即末（未）再談。（舒按：改了）

2. 胡風近來已不能說舒蕪不（無）錯誤，於是特別強調當時他與我並不相同，我與路翎並不相同，意思是舒蕪的錯誤是舒蕪的錯誤，與胡風路翎無涉。（舒按：不必改）

3.「主觀戰鬥精神」本身，並不是一個根本不能用的名詞。無產階級當然也有他的主觀戰鬥精神，而且這也是很須（需）要的。（舒按：改了）

4. 舒蕪提出這一點來，我起（本）來還躊躇，可不可以這樣說。（舒按：改了起初）

5. 在工人階級和黨的領導之下，我們正和帝國主義進行著巨大的武裝鬥爭。這個鬥爭雖然是在我們國土這（之）外進行，但是侵略戰爭是在威脅著我們。（舒按：改了）

6. 有的同志對於創造理想英雄人物表示懷疑，討論應不應該創造。對於這個，只能說，他是太不瞭解文藝的無不（可）推辭的任務了。（舒按：改了）

7. 有的同志又把寫英雄人物和寫反而（面）人物對立起來，說是要求寫英雄人物，就等於不許寫反面人物，就等於「無衝突」的理論。（舒按：改了）

〔註59〕「日記抄」原題為《北行日記》，發表時改題為《參加胡風文藝思想討論座談會日記抄》，載《新文學史料》2007 年第 2 期。

8. 即使用他自己的話來說，既然原來的立場乃是不真實的，那麼，站在那樣的立場去「征服現實」，自然也只能朝著不真實的方向把現實坯（似應刪去此字）歪曲起來。（舒按：改了）

9. 在政治上，胡風是和黨一致的。黨對於他，向來也看作一個非常（黨外）的布爾什維克。（舒按：改了，非黨的布爾什維克）

10. 今天也並不是說文藝上的小集團一概不應該存在。事實上不（還）是有的，例如巴金他們就是。（舒按：改了）

三、缺字。而胡風卻片面的抓住前一點，誇大起來，就說成小資產階級只要革命，便與無產階級思想無任何（缺字），又是達到極錯誤的結論。（舒按：補，界線）

四、標點問題。所以，他公然反對說，（此處逗號應刪去，否則意思相反）中國歷史上有人民性的文藝，否認五四文學革命與民間文藝的關係，否認魯迅與民族傳統的關係。（舒按：改了）

還要細讀，如有其他發現再告。

永平上

Wu yongping，您好！謝謝指正。改的情況如下——舒蕪上
（舒蕪先生的批註見如上，吳注）

先生：（主題詞：請教一文出處）

請教一事。

您的《堅決開展對古典文學中資產階級思想的鬥爭》，寫作於何時？最初發表在何處，收入《紅樓夢問題討論集》，作家出版社，1955 年版第幾輯？

永平上

wu yongping，您好！這是馮雪峰唯一一次約我為《文藝報》撰寫的文章，記得他約稿時表示過大致這樣的意思：《文藝報》已經遲了，再不發表文章好像真有什麼別的想法了。（大意）所以初刊當在馮尚未撤去主編之前的《文藝報》上，不記得載入《討論集》第幾集。附帶說一下，《討論集》是我主編的。
舒蕪上

先生：寄上第 23 節，關於胡風的紅學觀。該小節題目未定，是胡亂寫的一個。永平上
（下部第 23 節，毛澤東說：「賈寶玉是近代史上第一個大革命家。」）

舒蕪先生對第 23 節的一處作了批註：

此外，舒蕪還忙於完成出版社交付的重新標點《紅樓夢》的任務。「批紅」運動起來後，市場對該書的需求量極大，而汪靜之的標注本又因受到學術界的批評而無法再版，於是只得讓舒蕪 帶領著二編室的幾位同仁 「臨時趕工」。（舒蕪批註：沒有「幾位同人」，只有我一人。）臨時重印本不久面世，糾正了汪靜之本之誤。（舒蕪批註：汪本誤在號稱用程乙本，實際用亞東本，乃踵亞東本之多誤而多誤。）初步回歸真正的「程乙本」〔註 60〕，滿足了社會的渴求。出版社領導甚為滿意，曾破例發給他 們 「加班費」。

wu，你好！大文拜讀，沒有什麼新意見了。

bikonglou@163.com

2006-05-30　郵箱故障

Wu yongping，您好！你好！今天發信來沒有？

bikonglou@163.com

2006-05-31　下部第 24 節，胡風承認「冒進」和「沒有負責地……」

先生：（主題詞：端午節好）

今日端午節，祝先生愉快。

寄上新寫成的一節，其中涉及到先生處不多。

寫得太長了。我在寫作時，有一個感覺，胡風此時心理已不正常，如果能從病理學的角度來分析，也許能出新意。但我缺少這方面的專業知識，不敢寫。

永平上

（下部第 24 節，胡風承認「冒進」和「沒有負責地……」）

舒蕪先生對 24 節的如下兩處作了批註：

從以上可見，胡風的發言不限於批判《文藝報》和馮雪峰在《紅樓夢研究》上所犯的「錯誤」，而擴展為對解放幾年來文藝實踐的總評價及對文藝

〔註 60〕王珮璋在《新版〈紅樓夢〉校評》中批評汪靜之的注本，說：「『新本』自稱是根據『程乙本』，但實際上卻是 1927 年『亞東圖書館』發行的『亞東本』。『亞東本』雖自稱是翻印『程乙本』，實則改動很多，與原來真正的『程乙本』出入很大……至於標點，新本恐怕也大部分都是用亞東的……種種標點不妥的地方我看到有九十一處，其中由於亞東本連累的有七十九處……」

「獨立王國」的總清算；他的發言也不限於對俞平伯唯心主義思想的批判，而擴展為對朱光潛等「資產階級（大人物）」的聲討；他的發言也不限於對李希凡、藍翎這兩位「小人物」的褒揚，而擴展為（舒蕪批註：與其說「擴展為」，不如說「把重點轉移為」。）對阿壟、路翎等「新生力量」的表彰。路翎的發言也是如此，他甚至根本就未涉及《紅樓夢研究》問題，只是盡情地訴說己身的「歷史」遭遇，控訴周揚、丁玲、林默涵等的「宗派和軍閥統治」。他們的目的相同，都是想把「問題」擴大化，想把鬥爭矛頭從俞平伯、胡適轉移到周揚等文藝領導身上去。

......

值得注意的是，胡風在同信中還提及舒蕪在「批紅」運動中所發表的一篇文章，他疑心周揚等有繼續利用其人其文「恐嚇」他們的意圖。他寫道：「發表無恥文。其作用，暗示讀者以前對徐的『批評』並未取消，給對方以『恐嚇』印象。這種至死不悟的做法，是對鬥爭有好處的（徐發言，已揭露此人）。」

信中提到的「無恥文」，指的是舒蕪不久前在《文藝報》上發表的一篇論文，題為《堅決開展對古典文學中資產階級思想的鬥爭》〔註61〕，其內容無關於「胡風派」，只涉及俞平伯的《紅樓夢研究》。據舒蕪回憶，該文是應馮雪峰的邀請而作的。馮向他約稿時曾表示，《文藝報》在「批紅」上已經落後了，再不發表文章好像真有什麼別的想法。舒蕪於是趕寫了一篇，馮拿去後發表在《文藝報》上。這本是一篇為馮雪峰解困的文章，胡風卻疑心是周揚等用來「恐嚇」他們的。通過這個小插曲，固然可以看出胡風對舒蕪的無端猜測，及對周揚等「至死不悟」的憤慨，也同樣可看出他對局勢的分析判斷仍呈現出虛幻性特徵。（舒蕪批註：可以說是「大膽假設，抓住就是證」的特徵。）

2006-06-03 問 1955 年撰寫批胡文章事

先生：（主題詞：請教）

請教兩件事。

《中國青年》1955 年第 4 期（2 月出版），發表了你的文章《反馬克思主義的胡風文藝思想》。請問這篇文章約稿及寫作的經過。

1955 年作家出版社編輯出版的《胡風文藝思想批判論文匯集》（第一集

〔註61〕收入《紅樓夢問題討論集》，作家出版社，1955 年版。

當年 5 月 18 日出版），你是否參加了編輯工作。

　　永平上

　　wu yongping，您好！《反馬克思主義的胡風文藝思想》的約稿和寫作情況，不記得了。《胡風文藝思想批判論文匯集》的編輯工作，我完全沒有參加，那是現代部的工作，不會找到古典部人員來的。舒蕪上

2006-06-05　下部第 25 節，胡風說：「只偶然聽到磷火窸窣的聲音。」

先生：（主題詞：第 25 節）

　　寄上第 25 節，此節引用資料太多，只能作參考資料看。

　　我的目的只是想說明胡風問題的定性及經過，「反黨反人民」是怎麼作出的。為後一節中寫到你那兩篇文章作鋪墊。

　　網上有張業松的《舒蕪的兩篇「佚文」》〔註 62〕，談到你在中國青年和大公報上的這兩篇文章，說你惡意地使胡風問題性質升級。

　　永平上

　　（下部第 25 節，胡風說：「只偶然聽到磷火窸窣的聲音。」）

　　wu yongping，您好！資料發掘用了大力，說明了許多「內情」，許多都是我第一次知道的。但頭緒是繁複些。兩個檢討的區別，讀後覺得還需要一個簡明扼要的印象。舒蕪上

　　舒蕪先生對第 25 節的兩處作了批註：

　　在這段「微妙」的沈寂期，胡風做了兩件事——

　　第一件事，連續給國務院副總理、文教委員會副主任習仲勳去信反映情況。第一信寄出時間是「報告」改定的次日，附寄的是呈送給毛澤東的彙報材料；第二信寄出時間為撰寫「簡單的說明」的同日，也許是反映對中宣部將公開出版「萬言書」事的意見；第三信寄出時間在聽到「理論部分」將出版的後三日，也可能是繼續反映對此事的意見。不過，胡風日記中沒有收到習仲勳覆信的記載。值得注意的是，胡風此時仍企圖繞過中宣部與中央直接對話，似乎猶存 望魏闕而 待轉機之心。（舒蕪批註：框中四字似可省。）

　　……

〔註 62〕張業松：《舒蕪的兩篇「佚文」》，為「第二屆胡風研究學術討論會」交流論文（2002 年 10 月）。

就在這一刻，胡風的 粗如纜繩的 神經突然崩斷了。（舒蕪批註：框中五字似可省。）在與陳家康談話的次日（1月7日），他開始「考慮『自我批判』」，但已無法進行正常思考，只得委託路翎代為起草；他開始一反常態地奔走於「權貴」之間：專程造訪「公式主義」和「庸俗社會學」的袁水拍，並為年前在文聯作協主席團擴大會議的發言中痛斥他「向俞平伯投降」及「對阿壟的壓迫」而「道歉」；他專程拜訪頗為不屑的邵荃麟和劉白羽；他致函曾拿他「洗手」的喬冠華；他請求「宗派主義小領袖」周揚約見，先登門拜訪，再致信，後寄上「自我批判」。

2006-06-06　舒蕪建議書稿改題

先生：所言極是。頭緒太多，宜再精簡。

先寫出來放在這裡，以後再改。

永平上

wu yongping，您好！這一節與「胡舒關係」似乎沒有什麼關係，可是又非常重要，不能不要。因此我想「胡舒關係」這個題目要不要改一改，改得包容性更大些？前面有幾節也有同樣問題。請酌。舒蕪上

先生：我也在考慮這個問題。

還是想集中在「舒蕪胡風關係」這個主題上，題目當然可改，只是現在還沒有頭緒，也還沒有認真想過。

原來也想寫個包容性更大的題目，如「胡風和他的朋友們」，因涉及的人太多，資料不夠，才打消了這個念頭。

現在的問題是，既要包容性大一點，又不能脫離「舒蕪胡風關係」這個主題。先生如有建議，請示下。

我現在的打算是就這樣先寫下去，寫完再說（只寫到1955年6月，再寫一個尾聲，對近年來的舒蕪胡風關係研究作一綜述）。

初稿已經很長，大約已有30餘萬字。打算壓縮到25萬字。抽出的部分將用於下一部書稿「胡風評傳」。

永平上

先生：（主題詞：有人託約稿）

剛接到《南方週末》「往事版」編輯劉小磊電話，他託我向你約稿。我

想，你可把那篇發在《二閒堂》的文章給他寄去。

　　他的郵箱是：XXX@vip.sohu.net

　　電話：020-8738XXXX

　　他曾發過我的《胡風與第一次文代會》，也曾想編發《胡風「萬言書」之關於「舒蕪問題」》，可惜後來被總編槍斃。

　　永平上

wu yongping，您好！示悉。已遵命將那篇小文發去。舒蕪上

先生：拙作「舒蕪撰《論主觀》始末考」，發現已載於《粵海風》第三期。

　　當初我把這文章寄往《粵海風》時，是看到該刊發表了一篇談你的《論主觀》的文章，因嫌其看法陳舊，故給總編寫了信並附上該文。

　　該文未引用您未發表的書信，只採用了您收入《回歸五四》書中修訂過的《後序》。

　　請按如下網址查看：

　　http://www.yuehaifeng.com.cn/YHF2006/yhf2006-03-08.htm

　　永平上

wu yongping，您好！大文拜讀。以前談過意見，現在沒有新意見了。舒蕪上

2006-06-07　下部第 26 節，有研究者說，舒蕪推動了歷史

Wu yongping，您好！（主題詞：朱華陽來信）

　　附件中是朱華陽給我的信，請閱。舒蕪上

　　（信略，吳注）

先生：（主題詞：讀朱華陽信）

　　收到轉來的朱華陽信。他的研究計劃很有意義。目前學界最缺少的正是對於你學術成就的全面研究和評價，他的研究可以填補這個空白。

　　我近來每晚讀你的《紅樓說夢》，得到很多啟發，無論是從表達上，還是從思想上。一句話：清新。

　　如果朱華陽願意，我可以與他通信聯繫。但只能通信，交談則沒有時間。您是理解的。

　　永平上

Wu yongping，您好！已經轉告朱華陽。

　　bikonglou@163.com

先生：（主題詞：第 26 節）

　　寄上第 26 節。收到請覆信。

　　此節內容與您作於 1955 年 2 月和 4 月的兩篇文章有關。文中針對張業松對你文章的分析作了一些剖析。

　　請閱示。永平上

　　（下部第 26 節，有研究者說，舒蕪推動了歷史）

　　舒蕪先生對第 26 節的兩處作了批註：

　　中央「紅頭文件」下發之後，各地文化單位都做了大量的組織工作。據當時中宣部工作人員黎之回憶〔註63〕：「各地紛紛報來批判計劃。上海作協分會主席團為此建立了核心領導小組。巴金、夏衍、羅蓀、吳強、葉以群、王元化、王若望、靳以等都報了專題批判計劃。廣州、武漢，西安、瀋陽，重慶……各作協分會都開會批判胡風，並訂出批判計劃。」

　　中宣部組織的特約撰稿人的批判文章陸續發表在中央級報刊上，如：

　　……（文章標題、撰稿者、發表報刊和時間，全部略去。吳注）

　　上述「胡風派」成員大都是黨員，他們 也許是 在組織做了工作後執筆的。

　　（舒蕪批註：或者這樣說：「他們是不是在組織做了工作後執筆的呢？王元化回憶的情況可以參考」，是否好些？）

　　……

　　舒蕪也在這澎湃全國的「批判胡風運動」浪潮中寫了兩篇文章：其一為《反馬克思主義的胡風文藝思想》（載 1955 年 2 月《中國青年》第 4 期），其二為《胡風文藝思想反黨反人民的實質》（載 1955 年 4 月 13 日天津《大公報》）〔註64〕。當時，他正為作家出版社主編《紅樓夢問題討論集》，本無暇介入其事，這兩篇文章是在 組織的動員 及環境的壓力下寫的。組織動員就無須多說了，人文社是國家級出版單位，撰文參加運動自然責無旁貸。（舒蕪批註：理由似乎弱些。）環境的壓力更是他無法逃避的，他本被社會視為「胡風

〔註63〕黎之：《回憶與思考——關於「胡風事件」的補充》，載《新文學史料》1999年第 4 期。

〔註64〕李輝誤以為該文載《人民日報》，見《胡風集團冤案始末》，湖北人民出版社，2003 年版，第 184 頁。

派」的骨幹，運動起來後，報刊上凡有批判胡風唯心論的文章，無一例外地要涉及到他和《論主觀》。

2006-06-08　舒蕪談「材料」上的「反黨」定語

先生：此段這樣寫，尤其是「弱」的那一句，原因是缺乏資料。你能回憶起當年誰動員的嗎？永平上

Wu yongping，您好！有沒有人來動員，是怎樣動員的，都記不清了。朱華陽來聯繫沒有？舒蕪上

先生：（主題詞：請教）

不知你手頭是否保存有當年寫第一批材料時原稿。如有，對下節的寫作比較有利。如沒有，也請你回憶一下。你在材料的開頭有一簡單的介紹，寫道：

> 胡風文藝思想是在「馬克思主義」外衣掩蓋之下的徹頭徹尾的資產階級唯心論和資產階級個人主義的文藝思想。多年來胡風在文藝界所進行的活動，是從個人野心出發的宗派主義小集團的活動，是反對和抵制中國共產黨所領導的革命文學隊伍，為他的反馬克思主義的文藝思想和反黨文藝小集團爭奪領導地位活動。
>
> 我在解放以前，是這個小集團的主要成員之一，在胡風主編的《希望》以及其他胡風集團的刊物上，發表了《論主觀》等一系列反馬克思主義的論文，狂熱地宣傳著資產階級主觀唯心主義和資產階級個人主義。直到解放後，在黨的教育之下，在參加實際鬥爭當中，我才初步認識到自己所犯的嚴重錯誤。但是，胡風在解放後不僅是對於他的錯誤沒有認識，反而對抗著文藝界和廣大讀者對他的批評，以至使他的錯誤的文藝思想發展到更加嚴重的程度。在這裡，我要提供一些有關的材料，以幫助大家更好地認識胡風思想和他的反黨宗派活動的實質。

這裡有兩個「反黨」定語。不知是原有的，還是編輯或毛澤東加的。
永平上

wu yongping，您好！原稿根本沒有退還，「反黨」定語原來沒有，上文只提「宗派主義小集團」，是我當時的真實認識，後面不可能跳到「反黨文藝小

集團」的高度。舒蕪

先生：（主題詞：再請教）

再請教一事。

據林默涵說，材料一「除了按語經毛主席改寫了之外，舒蕪提供的材料並未因主席的按語而作任何改動。」（見林默涵《胡風事件的前前後後》，載《新文學史料》1989 年第 3 期）

材料一中對「胡風派」成員的稱謂有別，如稱何劍熏為同志，而稱路翎、阿壠、賈植芳等人則沒有「同志」二字。

請問，原稿就是這樣寫的，或是後來有人作過修改。

永平上。

wu yongping，您好！材料當然不會因按語而有什麼改動。單稱何為「同志」，可能因為知道他早就與胡風吵翻了之故。他有沒有被定為「胡風分子」，不詳。好像還是定了，那大概是認為你們吵翻只算你們內部矛盾吧。舒蕪上

先生：（主題詞：請教）

今日讀第一批材料。發現文中引用了兩封胡風給你的信，均未收入胡風全集。

第一封信 1944 年 6 月 21 日胡風致舒蕪。材料寫道：一九四四年六月二十一日信把參加農曆端午節紀念屈原的活動稱作「為詩人們跳加官」。

第二封信 1944 年 7 月 31 日胡風致舒蕪。材料寫道：一九四四年七月三十一日信中說到馬哲民同志時說：「馬也是熟人，一個小市儈。」

如手頭有複印件，願聞其詳。

永平上

wu yongping，您好！待查後覆。舒蕪

wu yongping，您好！

1944，6，21 信云：「我明天進城為詩人們跳加冠，天氣這樣熱，真所謂不作無益之事何以遣有涯之生了。」只此一句，前後無關。1944，7，31 信就那一句，前後無關。舒蕪上

2006-06-10　下部第 27 節，邵荃麟說：「只要他們政治上……」

先生：（主題詞：第 27 節）

　　請閱第 27 節。此節內容談胡風「自我批判」的三次稿，及中央對胡風集團案的關注。力圖說明當年批胡風運動不會輕易了結。永平上

　　（下部第 27 節，邵荃麟說：「只要他們政治上不是反革命……」）

wu yongping，您好！收到第 27 節，待細讀。舒蕪上

　　舒蕪先生對第 27 節的批註：

　　從某種角度而言，胡風的推測有其一定的合理性。1952 年 7 月 27 日周總理在周揚信上的批示有：「少數人不成功，就要引向讀者，和他進行批評鬥爭。」1953 年 3 月 5 日，周總理在中宣部《關於批判胡風文藝思想經過情況的報告》上批示有：「已告中宣部應該堅持下去，繼續對他的思想作風和作品進行嚴正而深刻的公開批判。」〔註65〕邵荃麟寫於 1955 年 1 月 2 日的報告及中宣部 1 月 20 日呈送中央的報告中都有「通過批判，幫助他們認識錯誤，改正錯誤」之語。不過，他（舒蕪批註：承上文而云「他」，似乎指邵荃麟了。）沒有充分估計到思想鬥爭背景及前提的變化所帶來的新的因素，1952 年討論他的問題時僅限於文藝思想的範疇，主管其事者是周恩來；而 1955 年他的問題則屬於批判資產階級唯心主義運動的後續部分，運動的指導者是毛澤東。

　　……

　　（舒蕪批註：胡風《我的自我批評》第一稿：）

　　因循著 1952 年的思路，胡風於是在「自我批判」上「字斟句酌」（綠原語），一絲也不肯馬虎。《我的自我批判》第一稿寫成於 1 月 10 日，同月 19 日寄給周揚。數日後，綠原將此事通知給武漢的曾卓，寫道：

　　……

　　（舒蕪批註：胡風《我的自我批評》第二稿：）

　　2 月 2 日胡風開始重新修改，2 月 7 日改定，同日寄給周揚，這是該文的第二稿。2 月 10 日他致信天津的阿壟，寫道：

　　……

〔註65〕周總理的批示轉引自林默涵《胡風事件的前前後後》，林文載《新文學史料》1989 年第 3 期。

（舒蕪批註：胡風《我的自我批評》第三稿：

3 月 2 日胡風又重新修訂「自我批判」，同月 15 日改訖送周揚，這是該文的第三稿。該稿得到作協黨組的認可。3 月 26 日胡風為第三稿起草「附記」，這是為該文公開發表所作的最後工作。「附記」中寫道：

……

也許應該補述一件發生在胡風修訂第三稿期間的事情：3 月 8 日夜，喬冠華、陳家康、邵荃麟三人奉周總理指示來到胡風家，與他進行了推心置腹的談話。喬、陳、邵三位都是胡風的老朋友，結交於抗戰中期的重慶，喬、陳此時在外交部工作，只有邵仍在文藝界。（舒蕪批註：這樣說，好像喬、陳本來也在文藝界，解放後改了行，只有邵仍在原行當似的。其實喬、陳在重慶時就不在文藝界。）

……

在政治化的文藝時代裏，必然產生政治化的文藝人物。胡風是這樣，周揚是這樣，舒蕪也是這樣，而當這代表著幾方面的政治化的文人湊在一起，出於各各不同的動機，爭相表達對於時代主潮的個性理解和追隨意願時，必然會產生政治化的戲劇效果。其起因、過程及結果都不能用詩學來解釋。

（舒蕪批註：三次稿的意義與作用的區別何在，似乎需要聯繫後來人民日報錯發事概括一下）

2006-06-11　商討胡風檢討「第三稿」的重要性

先生：考慮再三，是應該在這一節中先將三次稿的區別及第三次稿的重要性再強調一下，作為後文的鋪墊。**謝謝！永平上**

wu yongping，您好！兩信均收到，大功近成，可喜。附上文章兩篇供參考。舒蕪上

（附件：陳敏強《史實無假設，史評有假設》，李冰封《「三壟斷」漫筆》）

先生：收到兩附件。讀後有收穫。

一是關於歷史的假設和推斷問題，把問題放在歷史發展的多種可能性上進行考察，具有科學性。

二是關於壟斷真理的歷史現象問題，把真理視為過程，這當然是很早就有的提法，但並未得到過無產階級當政者的認真對待，總以「集中」來扼殺，這是體制帶來的頑症，短期內無法根除。

拙著還要寫幾節，寫成後還要再事修改，將已有的三十餘萬砍去近十萬字，離告竣之日尚遠哩！

永平上

先生：作了如下修改，希望能把第三稿的重要性說清楚了。永平上

所談內容當然絕不止這些，既然是「挽救」，當然也會提示相應的途徑和方法。

如果說，這次意義非同尋常的談話促使胡風對其問題進行了重新思考，並在第三稿中作了重要的修訂，也許不算是誇張。據審閱者之一的康濯回憶：第三稿「修改了若干實質性的內容」，「確有不止一個地方改得比二稿肯定是有重要的進步」。所謂修改了「實質性的內容」，所謂「重要的進步」，都可理解為檢討內容已基本接近或比較接近於「上面的看法」。

再如果說，胡風確信第三稿不僅可以告慰上層關心他的人們，還可以堵住所有敵對者的嘴，且給運動的發動者以下臺的階梯，使這場危機得以化解，這或許也不是臆測。附帶說一句，兩個月後《人民日報》發表了《我的自我批判》，當胡風發現登載的不是第三稿而是第二稿加第三稿的「附記」時，他立即向周總理彙報，周總理因此責令《人民日報》作檢討。由此可證胡風對第三稿的重視程度。

胡風將第三稿呈上後，曾給上海的朋友滿濤去信（3月25日），信中談到了對錯誤的最新認識，可作參考。他寫道：

「過去許多年，沒有認識到脫離了黨的思想方針，以書生心情看問題，這就在基本問題上犯了嚴重的錯誤。但卻以忠於當時當地的鬥爭和文藝特性蒙蔽著自己，弄得長期地不能認識問題，反而把錯誤發展了。」「此次批評發生後，我曾用一個多月的時間日以繼夜地檢查過自己，寫了自我批判。現在看來雖然把基本點找了出來，但卻是不夠深入的。」

一言以蔽之，在「基本問題」上找出了「基本點」，這就是第三稿的重要性所在。

wu yongping，您好！「所有敵對者」包括哪些人？包括「運動的發動者」

麼？運動究竟是誰發動的？是上三十萬言書者發動的呢？還是下令反擊三十萬言書、反擊「清君側」者發動的呢？如指周揚，則是「堵住他的嘴」呢？還是「給他以下臺的階梯」呢？這些概念範圍是否需要明確一些？舒蕪上

先生：確實應該寫得更明白一點。

你那幾問，問到關鍵上。

但涉及到周總理與毛澤東在處理胡風問題的分歧，有點難於下筆。

運動是毛澤東發動的，搞到哪一步算結束，至今找不到能說明問題的史料；周總理在盡力保胡風，但保到什麼程度，也沒有資料證實；周揚等當然有藉此機會整胡風的意圖，但要整到什麼程度，也無旁證。

關鍵問題在毛澤東，他是如何想的，誰也不知道。胡風案發後，除毛澤東之外，幾乎所有人都說「沒想到」，但又確信不疑……

永平

2006-06-12　下部第 28 節，林默涵說：「現在大家不是要看……」

先生：（主題詞：請教幾個細節）

請看附件。永平上

（附件如下。舒蕪先生閱後有批註，照錄）

寫到如下部分。突然有幾個問題要向先生再請教。先請看下文

二，林默涵指定要點的《關於胡風小集團的一些材料》。

該文大約寫成於 5 月 8 日，撰稿者雖冠以舒蕪名，不如說是林默涵指導下的命題作文。其成文經過頗為曲折，首先涉及到的是所謂「借信」與「交信」之爭。

舒蕪和葉遙持「借信」說。舒蕪在回憶文章中寫道：

> 「文章（指《關於胡風的宗派主義》）送到《人民日報》編輯部過了兩三天，葉遙同志又來找我，說可否把胡風的原信『借給我們看一看』。我當時想，可能是編輯部要核實一下我那篇文章中引用的胡風的信，就把已經裝訂在一起的胡風歷年來給我的全部信件交給了葉遙同志。」「又過了三四天，葉遙同志又來通知我，說林默涵同志想找我談一談我那篇文章的事，並約定了時間叫我到中宣部去找他，這日期大約是離五月十三日《人民日報》發表第一批材料前一個星期左右。」

葉遙在回憶文章中寫道：

《關於胡風的宗派主義》初審通過後（大約在 5 月 2 日），「袁
水拍同志對我說，能否向舒蕪同志再借一下胡風的原信，以便核對
原文。我說可以。我到舒蕪家再借胡風的原信，告訴他我們需要核
對原文。這時，舒蕪已將這批信裝訂成冊了。我拿回後交袁水拍同
志。以後袁水拍將舒蕪的文章和胡風給舒蕪的信送中宣部林默涵同
志審閱。」「又過一些天，袁水拍同志告訴我，請通知舒蕪同志到中
宣部找林默涵同志談他的文章。我通知了舒蕪同志。林默涵同志找
舒蕪同志怎樣談的，文章怎樣修改的，當時我不知道。」

林默涵持「交信」說。他在《胡風事件的前前後後》中寫道：

「大約在 1955 年 4 月的某一天，舒蕪來到中南海中宣部辦公
室找我。他交給我一本裝訂好的胡風給他的信件，說其中有許多情
況，可以看看。當時我認為私人信件沒有什麼好看的，就一直放在
書架上，沒有重視。」

「借信」說比較合理：因文中有書信引文，編輯部為「核對原文」，不能
不借閱原始資料，這是技術層面工作的需要。編輯部再將原稿件及相關材料
送中宣部終審，當是不可缺少的程序。「交信」說似無理由：中南海不是隨便
什麼人都可以進的，一個小編輯要面見中宣部文藝處領導，屬越級上告，門
崗放不放進尚且是個問題；再說，既拿出書信來，總是想舉報什麼，絕不會
讓領導自己去「看看」；況且林默涵剛在《人民日報》發表了《雪葦——胡風
的追隨者》，文中第一次點出「（胡風）反黨的宗派集團」，能得到書信材料為
佐證，他絕不會不「重視」。

「借信」也罷，「交信」也罷，即便窮究到底，也無關於《關於胡風小集
團的一些材料》一文是如何寫成的，而這才是研究者所應更加關注的問題。

據林默涵回憶，這篇文章是他要求舒蕪撰寫的，並作了一些指示。他寫
道：

「由於我與胡風有所接觸，信中的有些暗語能夠看懂，但還有
很多看不懂，於是我把舒蕪找來，請他把信中人們不易看懂的地方
作些注釋，把信按內容分分類，整理得較為醒目一些。舒蕪同意並
且很快整理出來了，一兩天後就交給了我，他整理得很清楚。」

據舒蕪回憶，林默涵當時作的指示非常具體，並不止於「作些注釋」和

「分分類」等籠統的要求。（舒蕪批註：「分分類」云云，已經包含「分類」的具體指示，這裡不過籠統言之而已。）他寫道：

> 他把已經在原信上畫了許多記號，打了許多槓槓的信還給我說：「可否把這些重要的摘抄出來，按內容分成四類，一，胡風十多年來怎樣一貫反對和抵制我們黨對文藝運動的領導；二，胡風十多年來怎樣一貫反對和抵制我們黨所領導的由黨和非党進步作家所組成的革命文藝隊伍；三，胡風十多年來為了反對我們黨對文藝運動的領導，為了反對我們黨所領導的革命文學隊伍，怎樣進行了一系列的宗派活動；四，胡風十多年來在文藝界所進行的這一切反黨的宗派活動，究竟是以怎樣一種思想、怎樣一種世界觀作基礎的。」林默涵同志又說：「現在胡風的問題，已不僅僅是一般的宗派主義的問題了，當然不是說胡風是反革命，但是，是對黨、對黨所領導的革命文藝運動，對黨的文藝政策，對黨的文藝界的領導人的態度問題了。」最後林默涵同志要我對胡風原信中一些不容易懂的詞句如「兩個馬褂」、「豪紳們」、「跳加官」、「抬頭的市儈」等作些注解。當時我簡略地記下了林默涵的指示要點，就取回我的稿子和胡風的信件。回來大約化了兩天兩夜的時間，按照林默涵同志給擬定的四個小標題，進行摘錄、分類、注釋。

按照舒蕪的回憶，該文的四個小標題（為胡風小集團所作的定性），需摘錄的內容，及需注釋的詞句，基本上都是林默涵指明了的。如果回憶無誤，該文應屬於「命題作文」，與其說舒蕪作，不如說林默涵與舒蕪合撰更為恰當。

要請教的問題是：

1. 林默涵「已經在原信上畫了許多記號，打了許多槓槓」。根據你手中的原件複印件，還能看出「記號」和「槓槓」嗎？

2.「當時我簡略地記下了林默涵的指示要點」，當時的記錄還在嗎？

永平上

（舒蕪先生所作的批註：

1. 原信上的記號、槓槓具在。但難以證明是林的手筆。

2. 當時的記錄不會保留到現在了。）

先生：明白了。

林默涵應該是讀過你的《〈回歸五四〉後序》的，他似乎並沒有提出異議。只是在回憶文章中又寫道：「有人說舒蕪在主席為胡風問題定性後，根據要求將材料重新分類並寫上小標題等，是不符合事實的。」

不知這裡說的是什麼事情。

永平上

wu yongping，您好！聽說他前幾年就成了植物人，《後序》他大概無法讀了。他所舉那種說法，我沒有聽人說過，不知道哪裏來的。當年他要我放棄關於宗派主義的文章而改為摘編材料時，說：「現在大家不是要看你舒蕪說什麼，而是要看他胡風說什麼了。」據葉遙說這是他典型的語氣。附帶說一下，葉遙與林的關係很好，林快要成為植物人時，她還去看望他，而能夠不附和林的說法，公正地證明我的說法，也是難得的。舒蕪上

先生：（主題詞：第 28 節）

寄上新寫的 28 節，林默涵說：「現在大家不是要看舒蕪怎麼說，而是要看胡風怎麼說了。」毛澤東改題的事情放在下一節。

收到請覆函。

永平上

wu yongping，您好！收到，待讀。舒蕪上

舒蕪先生對第 28 節的批註及我的反饋意見如下：

1955 年 4 月，「批判胡風運動」已從對胡風「反黨反人民」思想的批判延伸到對胡風「小集團」的批判。

（舒蕪批註：從葉遙回憶中可見，袁水拍傳達胡喬木關於宗派主義的話，是各種主要選題已經決定後，袁水拍才「忽然想起」，臨時添加的，是個「搭頭」「添頭」而已，如果袁沒有「忽然想起」，就不會組這個選題的稿。究竟是附帶的「搭頭」「添頭」，還是必然的「延伸」，請斟酌。這是此節如何謀篇立意的根本問題，關涉所有下文。）

（吳按：這裡可補充說明，從中宣部報告來看，從胡風個人到胡風集團，是必然的延伸。）

⋯⋯

從上面的表述中可以看出，舒蕪此時對胡風「反黨的宗派活動」的批判，

較之郭沫若、林默涵對「反黨的宗派集團」的批判，仍有著本質的區別：其一，舒蕪的著眼點主要在解放前，談的是「過去的責任」，而郭、林的著眼點主要在解放後，要追究的是現在的錯誤。其二，舒蕪的立論基點主要在個人對個人（包括對組織中的個人）的態度問題，如文中提到的個人恩怨、歷史恩怨及自由主義表現等等；而郭沫若和林默涵的基點則在「小集團」與「黨的文藝事業」之間的對抗關係，屬於政治立場方面的問題。其三，舒蕪的出發點主要是個人感受，不管是控訴對方的「狂熱的仇視」，還是揭露對方的「（惡劣的）影響」，都與「政治運動」的宏大宗旨有著相當距離，顯然不及郭沫若和林默涵文中的政治訴求。也許就是由於這些原因，舒蕪的作於 2 月的表達願意提供「具體的材料」以批判胡風解放前的「反黨的宗派」活動的文章並未引起運動指導者們的任何注意〔註66〕。

也是由於上述原因，當《人民日報》編輯部為配合批判運動向縱深發展，想找一位知情者深入揭露和批判胡風的「宗派主義」時，竟沒有人把舒蕪作為首選對象。（舒蕪批註：最主要原因恐怕在於要的是解放後情況，而舒蕪不瞭解這方面情況，所以首先找綠原、路翎。）關於這個情況，該報文藝組成員葉遙曾回憶道：

......

從上可知，這個選題是胡喬木 確定 的，（舒蕪批註：胡的原話並沒有「確定」一個選題之意，只是偶然談及「也可寫點文章」而已，當然更不會指定撰稿人。）但他並沒有指定撰稿人，也就是說，他並不認為舒蕪是揭批胡風解放後宗派活動的合適人選；報社文藝組負責人林淡秋、袁水拍選擇撰稿人時將舒蕪列在綠原和路翎之後，他們同樣著眼於解放後，同樣未把解放後已脫離該團體的舒蕪作為首選。

（吳按：葉遙的回憶雖然這麼說，但胡喬木的話應視為指示，不會是隨便說的。）

......

在此，首先必須釐清的是所謂「將私人通信用於公共事務」的問題。近年來研究者多執此說來責備當事者之一舒蕪的行為，認為此舉不僅違憲，而且超越了「知識分子的道德底線」，應該受到最嚴厲的譴責。也有研究者發現

〔註66〕邵荃麟 1 月 2 日為作協黨組寫報告時擬定的撰稿人中也沒有舒蕪，足證當時這個運動以批判胡風的現實錯誤為主。

另一位當事者胡風早在一年前就已做過這樣的事情，於是懷疑舒蕪必定通讀過「萬言書」全本，尤其是含有「關於舒蕪問題」的「事實部分」，認為舒蕪此舉雖屬傚仿，卻不無挾私「報復」之嫌，於理可恕，於德有虧。

（舒蕪批註：我並不知道「事實部分」，談不到「傚仿」「報復」。）

（吳按：張業松懷疑你看過「事實部分」，說你傚仿也情有可原。要把這個問題說清，可在適當的地方再多寫幾筆。）

……

以上兩說都難以令人信服，其理由有三：

如果說知識分子真有一條公認的「道德底線」（其實沒有），而且是以是否「違憲」（指「保障通信自由」條）為最低標準。那麼，無論對胡風，或是對舒蕪，都應以這條「底線」來衡量。舒蕪在文中引用他人書信固然該受指責，胡風在「萬言書」中引用他人書信也難辭其咎。獨責舒蕪，則是道德的雙重標準，此其一。

有研究者指出，五四進步知識分子在辯難時從不忌憚引用他人的書信，尤其在非引用不能說明問題的情況下更是如此，最著名的例證有魯迅的《答徐懋庸並關於抗日統一戰線問題》和《答托洛斯基派的信》，這兩篇文章都未經對方允准而引用了對方的書信。（舒蕪批註：可否加上魯迅兩信中都有對此的預防性解釋，而以今天眼光來看，解釋都有些牽強。）（吳按：可以將舊作中的那一段挪過來。）無視那一代知識分子思維的「慣性」，並不是唯物主義者的態度，此其二。

再說「報復」問題。胡風和舒蕪都是「尊魯迅」的，他們的血管裏都還流著尼采的血。魯迅有個著名的「遺訓」，曰：「損著別人牙眼，卻反對報復，主張寬容的人，萬勿和他接近。」而尼采說過：「只有死人才不會為受到的傷害報復。」胡風和舒蕪從不侈談「寬容」，而主張「愛愛仇仇」。舒蕪「反戈」之後，胡風向中央舉報其為「叛黨份子」，必欲置之死地而後快；胡風「失察」之說出後，舒蕪一直耿耿於懷，從未停止過公開辯白的念頭。忽略他們思想上的這個「共同點」而想探求底蘊，無異於緣木求魚，此其三。

（舒蕪批註：至今報刊上還不斷有人為了紀念亡友而引用亡友的來信，更有為了表揚自己而引用別人表揚自己的來信，雖然不是攻擊別人，但也沒有取得作者或家屬的發表同意。應酬信中恭維的話，本人是否都同意發表，恐怕還是問題。楊絳就不讓錢鍾書的信札發表，就因為她知道錢在這些信中

的應酬恭維話不少,當不得真。)

……

即使該文將如上「談論」的內容全部改用以「書信」材料證實,其批判的力度也並不會太大,無怪乎編輯們審閱時不再有「吃驚」的感覺了。

(舒蕪批註:可否更上溯到舒蕪與胡風通信中第一次矛盾:舒蕪認為我們太孤立,而胡風大不以為然。可見舒蕪早就對胡風宗派主義有意見。)

(吳注:可以補充。前文中已談過不少,這裡用「如前所述」,再說幾句。)

……

「借信」說比較合理:因文中有書信引文,編輯部為「核對原文」,不能不借閱原始資料,這是技術層面工作的需要。編輯部再將原稿件及相關材料送中宣部終審,當是不可缺少的程序。「交信」說似無理由:中南海不是隨便什麼人都可以進的,一個小編輯要面見中宣部文藝處領導,屬越級上告,(舒蕪批註:那時尚無「越級上告」之說,只能說當時舒蕪和林默涵無論公私關係,都遠沒有到舒蕪可以主動去中南海訪問林的程度。)(吳注:可修改得更合理一點。)門崗放不放進尚且是個問題;再說,既拿出書信來,總是想舉報什麼,絕不會讓領導自己去「看看」;況且林默涵剛在《人民日報》發表了《雪葦——胡風的追隨者》,文中第一次點出「(胡風)反黨的宗派集團」,能得到書信材料為佐證,他絕不會不「重視」。

……

據林默涵回憶:「我看後把它交給了周揚。周揚看後,同我商量是否可以公開發表一下,我表示贊成。於是就將這些材料交給了《文藝報》,請主編康濯加一個編者按語發表。」

林默涵的表述可以這樣理解:他原來並不打算發表該文(僅內部印行),(舒蕪批註:未聞「內部印行」之說,只覺得是催著要公開發表的。)只是由於周揚的建議,(舒蕪批註:周揚就是中宣部領導,林默涵上司,他的意見不僅是「建議」吧?)(吳按:我寫到這裡時,總覺得林默涵有推託責任的意思。但也只能順著他的意思來寫。)中宣部才決定交《文藝報》公開發表,康濯為該文寫了「編者按」。歷史在這裡又出現了曲折,林的打算及周的建議,出於可理解的原因,基本上無法核實;但原以為「找不到了」的「編者按」,近年卻意外地浮出了水面,據此可以重新評估「材料」對於「胡風小集團」定性的

影響程度。

……

以上事情均發生在 1955 年 4 月 1 日至 5 月 8 日之間，即從郭沫若發表《反社會主義的胡風綱領》到康濯將《文藝報》第 9 號的清樣送呈周揚審查之日止。林默涵在中宣部文藝處辦公室裏（舒蕪批註：不是文藝處公共的辦公室，只是林個人的書房亦即個人辦公室。）對舒蕪說過的那句話，仍是解讀這段歷史的關鍵：「現在大家不是要看舒蕪怎麼說，而是要看胡風怎麼說了。」

2006-06-13 舒蕪再次重申當年未讀過「事實部分」

先生：關於您提出的幾點修改意見，我談了一點看法，請看附件。永平上

（附件中表述的意見已經錄入昨日相關信件中，吳注）

wu yongping，您好！只有一點：「事實部分」既然當時沒有發表，我從何處能看見而報復之？張業松這個推測最無道理。這一點極其重要，務必希望在這裡代為澄清一下。舒蕪上

先生：請放心，對張業松的這個猜測要多寫幾句，指出他的虛妄。
永平上

2006-06-14

舒蕪先生寄來一些參考「材料」，如長征《關於「新西山會議」的政治和理論思考》等。

先生：讀過關於西山會議的文章。我只知道目前意識形態方面抓得很緊，其他則一無所知。永平上

2006-06-15 下部第 29 節，周揚說：「批判胡風是毛主席交下來的任務。」

先生：（主題詞：第 29 節）

寄上第 29 節，收到請覆函。下節寫《人民日報》排錯了胡風的自我批判，周總理過問，責令袁水拍寫檢討，周揚向毛澤東反映，引起毛澤東的猜疑，一怒之下索性定性為反革命。下一節過於重要，且資料不多，只有康濯、葉

遙、林默涵的回憶，甚是難以下筆。永平上

（下部第 29 節，周揚說：「批判胡風是毛主席交下來的任務。」）

舒蕪先生對第 29 節的批註及我的反饋意見：

1955 年 5 月初，中宣部副部長周揚、中宣部文藝處負責人（舒蕪批註：處長？）（吳注：照改）林默涵和《文藝報》主編康濯商定，將在《文藝報》第 9 號（5 月 15 日出版）上發表胡風的《我的自我批判》，其文前加上康濯撰寫的「編者按」，其文後配上署名「舒蕪」的「材料」，並安排有魯迅遺孀許廣平批判胡風的文章；《文藝報》先發，《人民日報》轉載；然後再陸續刊發夏衍等已寫好的幾篇重頭批判文章，「批判胡風運動」便合上大幕。

……

12 月 8 日周揚在文聯、作協主席團擴大會議結束時所作的《我們必須戰鬥》的發言，講稿月前便送交毛澤東審閱的；1955 年 1 月 12 日中國作協主席團就發表胡風上書所寫的「卷頭說明」，也交毛澤東修改過的；1 月 14 日胡風找周揚反映其對公開發表「萬言書」的意見後，周揚直接向毛澤東彙報並得到批示；1 月 26 日中央以（55）018 號文件批轉中宣部報告之前，中宣部負責人陸定一、周揚和林默涵曾到毛澤東的辦公室當面彙報批判胡風的計劃，得到批准。鑒於該期《文藝報》所載稿件「比較重要」，「忽然想到」之說，以林默涵的職務而論，可如此看，（舒蕪批註：為什麼他可以如此看？）（吳按：因為他只是處長，很少有機會直接與毛澤東聯繫，與周揚不同。）但以周揚的地位而論，則不然。

……

一句話，毛澤東還未發話結束運動。周揚也知道，自解放以來毛澤東一直對他政治上不夠敏感有看法，曾批評「一些共產黨員自稱已經學得的馬克思主義，究竟跑到什麼地方去了呢」，而胡風在「給黨中央的信」中又揭發他「企圖人工地把自己首先造成毛主席文藝思想的唯一的正確的解釋者和執行者」，使他陷入頗為尷尬的處境。此時他不能不想到，發表胡風的「自我批判」意味著將要「結束」這場運動，毛澤東是否會因此而批評他呢？況且，他不會不考慮將「胡風的自我檢討」與「舒蕪的揭發材料」一同呈上的後果，連他都感到「吃驚」的事情，上面看了會怎麼想。以上種種，當然會使他再三斟酌而難以自決。於是，我們在周揚致毛澤東的這封信中，第一次沒有讀出他的主觀態度，而只是純事務性工作的彙報。

　　（舒蕪批註：既然原計劃所定結束時期已經得到批准，這時何以又需毛澤東發話，矛盾好像沒有解釋清楚。）

　　（吳按：我想說的是：計劃是中宣部制定的，但戰略是毛澤東掌握的，他想在這運動中做點東西進去，是後來的靈機一動，誰也想不到。周揚深知天心不可測，所以有點擔心。這點是沒有寫出。）

　　11 日凌晨 1 時許，毛澤東將四件「原件」退回中宣部：第一件是周揚給毛澤東的信及毛澤東在信中所作的批示；第二件是毛澤東為胡風《我的自我批判》重新寫的 800 餘字的「編者按」；第三件是康濯作的「編者按」和胡風的「自我批判」，第四件是署名「舒蕪」的「材料」，（舒蕪批註：「材料」）原題《關於胡風小集團的一些材料》（舒蕪批註：經毛澤東）改成了《關於胡風反黨集團的一些材料》。

　　……

　　對於中宣部主管文藝的領導而言，這是一個不眠之夜。無論陸定一、周揚當晚是否去見過毛澤東，是否去提過不同意見，這一晚都是難於安枕的。

　　周揚應是第一個讀到「原件」的人，（舒蕪批註：現在還沒有發現他關於當時印象的回憶，康濯只聽）他只說了「變動很大」四個字。

　　……

　　接著讀到「原件」的應該是《人民日報》社一級領導袁水拍等，（舒蕪批註：袁只是文藝組領導，不是社一級。）他們當即安排好排版工作，孰料忙中出錯，竟將胡風的《我的自我批判》的第二稿及第三稿的「附件」交付了下去，遂引出後來的天大風波，此是後話，在此不贅。

　　（吳按：此說出自葉遙文章，她寫道：「1955 年 5 月 13 日，《人民日報》發表較大字型的編者按語、胡風的《我的自我批判》、舒蕪的文章《關於胡風反黨集團的一些材料》，是 5 月 11 或 12 日由報社一級的領導交給文藝組已經排好的樣子。」你的意見是對的，文藝組領導是林淡秋和袁水拍，改過。）

2006-06-16　談「怨毒」

先生：（主題詞：怨毒問題）

　　前天讀到曹文軒《混亂時代的文學選擇》，載《粵海風》2006 年第三期（新編 54 期），對其中「怨毒」的提法很感興趣。我寫了半年的胡風了，但有一點始終沒有十分清楚，胡風對中共文藝領導的那種情緒到底算是什麼，

是宗派，是舊怨，還是這些東西的變形。讀到「怨毒」這一詞，有豁然開朗之感。曹文寫道：

> 「怨毒是一種極端而變態的仇恨。文學離不開仇恨。莎翁名劇《哈姆雷特》的主題就是仇恨。仇恨是一種日常的、正當的情感。它可以公開。哈姆雷特在向母親傾訴他內心的仇恨時，滔滔不絕，猶如江河奔流。仇恨甚至是一種高尚的情感。人因仇恨而成長，而健壯，而成為人們仰慕的英雄。復仇主題是文學的永恆主題。然而怨毒又算什麼樣的情感呢？」

> 「我總覺得這種情感中混雜著卑賤，混雜著邪惡，並且永遠不可能光明正大。它有委瑣、陰鷙、殘忍、骯髒、落井下石等下流品質。這種情感產生於一顆不健康、不健全、虛弱而變態的靈魂。它是這些靈魂受到冷落、打擊、迫害而感到壓抑時所呈現出來的一種狀態。」

仇恨到了瘋狂的程度，變成怨毒。這是曹文的觀點。

但我認為怨毒似乎比仇恨低一級，沒有理清的仇恨，目的不明的仇恨，無從正當發洩的仇恨，應為怨毒。這是我的想法。

這種情緒在胡風的信中和日記中表現得十分充分。

如果要把這詞寫進文章，可能要加以重新的限定。

您的看法如何？

永平上

wu yongping，您好！「怨毒」這個詞，我沒有想好，但我傾向於嚴肅論文中不用為妥。當然他對於左翼文壇的仇恨是有常理所難以解釋之處，例如他說什麼「髒臭的銅牆鐵壁」，我當時就覺得不大好理解，何至於此呢？但又想他當然比我知道得多，相信他吧。現在論文中指出他過分之處就行，不必加上特別的名詞為宜。您以為如何？舒蕪上

先生：您說的有道理。

目前提出這個詞，社會上可能接受不了。

慢慢來吧。

永平上

2006-06-17　下部第 30 節，周揚說：「主席定了，就這麼做吧！」

先生：（主題詞：第 30 節）

　　寄上第 30 節，請收到即覆。正考慮如何收束全書。下面應寫毛澤東為何下大決心清理胡風派。永平上

　　（下部第 30 節，周揚說：「主席定了，就這麼做吧！」）

　　舒蕪先生對第 30 節的批註：

　　現在的問題是，第三稿究竟與第二稿有什麼不同？胡風非得為此事驚動周總理，而周總理也不能不關注這個突發事件呢？前文已述及，胡風撰寫第二稿時因擔心「要牽到別的」〔註 67〕，沒有檢討出若干重大問題上的錯誤，因而被中宣部否決；撰寫第三稿時，他聽取了喬冠華轉達的周總理的意見，「修改了若干實質性的內容」〔註 68〕，方得到中宣部的認可。一句話，修訂後的第三稿應非常「接近上面的看法」〔註 69〕，「上面」沒有理由不滿意。如今，「編者按」卻說他是「假檢討」，這個判斷無疑是根據《人民日報》登載的第二稿作出的。因此，他有理由認為，第三稿沒有送到「上面」去，這裡面肯定有人在搗鬼。順便提一句，據康濯回憶，毛澤東讀到的是《文藝報》排出的清樣，即胡風「自我批判」的第三稿。可見，錯排與否並沒有影響到毛澤東「編者按」的寫作。

　　（舒蕪批註：是人民日報發表的，而毛讀到的卻是文藝報的清樣，為什麼，讀者會奇怪。後面引了康濯回憶說了原因，這裡是否需要「預提」一下？）

　　（吳注：前文雖說過周揚等原定《文藝報》先發，《人民日報》轉載，在此處還可再提。）

　　……

　　這裡有兩事值得關注：第一、從周總理處理「錯排事件」的態度（反應的迅速和指示的明確）來看，中央集體領導此前還未最後確定胡風問題的定性，因而胡風問題還有轉寰的餘地。第二、周總理無疑讀過而且比較滿意胡

〔註 67〕胡風 1955 年 2 月 10 日阿壟信。

〔註 68〕參看康濯：《〈文藝報〉與胡風冤案》，初載 1989 年 11 月 4 日《文藝報》，收入季羨林主編：《枝蔓叢叢的回憶》，北京十月文藝出版社，2001 年版，第 535 頁。

〔註 69〕胡風 1955 年 2 月 13 日致方然信：「希望能振作起來，盡力如實，在這個努力上能接近上面的看法。」

風檢討的第三稿，他也誤 以為 毛澤東的「編者按」是讀了第二稿後寫的，於是責令《人民日報》作出補救， 企望 毛澤東能比較緩和地重新審視胡風問題。從這裡，可以看出周總理在緊要關頭為挽救胡風而作出的超常規的巨大努力。

（舒蕪批註：第二點周「以為」如何，「企望」如何，是對周的主觀意圖的推測。是否要加上「大概」「可能」「也許」等字樣？）

（吳注：確實應該改為推測的語氣。）

……

據陳清泉、宋廣渭著《陸定一傳》所記：「陸定一說過，胡風案件要定『反革命』性質時，毛澤東找了他和周揚、胡喬木商談。毛澤東指出胡風是反革命，要把他抓起來。周揚和他都贊成，只有胡喬木不同意。最後還是按照毛澤東的意見辦，定了胡風為『反革命』。」

（舒蕪批註：那樣關鍵時刻，胡喬木一人不同意，是重要情節。這裡是否需要點染發揮一下？）

（吳按：本來是想多寫幾句，但查閱資料發現有兩種說法。

第一種說法出自胡喬木本人，他說：「那時的頂點是胡風事件。胡風事件寫的人較多，書出了不少。這些事說起來比較麻煩。抓胡風，我是不贊成的。毛主席寫的那些按語，有些是不符合事實的。胡風說，三年局面可以改變，毛主席認為是指蔣介石反攻大陸。實際上，胡風是說文藝界的局面。」

這裡說的「三年」云云，並不是出自「第一批材料」，因此可以判定「不同意」事並不在 5 月 13 日那天。

第二種說法才是陸定一說的，他說得比較籠統。無從發揮。

我再考慮一下，看看其他的資料再說。）

Wu yongping，您好！（主題詞：漫談胡喬木）

說幾句題外的話，關於胡喬木的。我確知他對於解放初期批判阿壟「歪曲和偽造馬克思主義」是不同意的，而且因此與周揚爭論過。他對於解放後讓周作人有較好的處境，也起過很大作用，他甚至曾對黃裳自稱為周作人的「護法」。最敬愛周作人的鍾叔河，就因此對胡有好感。但另一面他又確實是「左王」，左得可怕。所以如何全面評價人物，實在是大事。您以為如何？舒蕪上

先生：您說得對，如何全面評價人物，實在是大事。

限於閱歷等因素，我無法做到這一點，尤其是對胡喬木。

我大致能認識到他是個理想主義者，有原則性，也有靈活性，左右之類的政治用語並不能概括他的全人，更多一點則談不出。

為當代人作傳，其實也難，很多人都說過。

永平上

wu yongping，您好！回到他獨一人不同意劃胡為反革命問題：他後來舉第二批材料中的例子，只是他後來追述時，舉印象中最深的一例，並不是說他當時就因此例而反對劃胡反革命。是不是？舒蕪上

先生：是這樣的。我說的是那意思。當時胡喬木不會舉這個例子。永平上

wu yongping，您好！所以，既然陸定一回憶和胡喬木自己回憶相符，那麼當時只有胡喬木不同意劃胡風為反革命就是可信的。胡喬木舉了二批材料中的例子，不足否定之。是不是？舒蕪上

先生：是的，當然不能否定這一事實。只是不能展開，不便多寫而已。

也許可以從另一角度來寫，胡喬木是解放後指出胡風小集團的第一人，胡風對他有很大的意見，但胡喬木在關鍵時刻仍表現出了原則性，可見他對胡風的態度始終是「治病救人」，而不是想把他整死。永平上

wu yongping，您好！大致可以這樣寫。但是，其人也有一些為了保自己，翻臉不認帳，出爾反爾之事，頗不理於眾口。這裡反正只是就事論事，不是全面評論他，為避免節外生枝，肯定的詞語不妨盡量放低調些，如何？舒蕪上

2006-06-18

舒蕪先生寄來主題詞為「輾轉傳播，功德無理」的網文《楊繼繩……》。

2006-06-19　討論人民日報「錯排事件」

Wu yongping，您好！（主題詞：細想有一個大問題）

細想有一個大問題，無論胡風自己還是周恩來，那麼重視人民日報登錯胡風檢討問題，都是認為第三次稿對於胡風較為有利，也就是可以抵消或減

弱人民日報按語的作用。但人民日報按語是毛撰的，如果人民日報公開檢討登錯了胡風檢討，那麼對於毛撰按語怎麼說呢？是說「儘管登錯，本報按語仍然有效」呢？還是說「因為登錯，本報按語撤消」呢？二者都是對毛的極大冒犯，此外沒有別的辦法。以周恩來一貫的慎重，不會不想到吧？這一層，似乎應該說清楚。您看如何？舒蕪上

先生：您好。（主題詞：細想）

您一語道破我想要寫又猶豫著不敢寫的內容。周總理對「錯排事件」的處理方式是出乎人們想像的，也似乎不符合他一貫的作風。

這裡有一個原因，就是周剛參加亞非會議回來，會議取得了重大成果。周的威望非常高。

然而因其突然插手胡風事件，從而引起了毛澤東的猜疑和不滿。

周揚向毛澤東彙報後，毛澤東完全不考慮周恩來的意見，但也沒有批評他，只是簡單地把胡風問題升級，以此答覆周恩來的干預。

毛澤東當時是什麼想法，這是最大的謎。

毛澤東對周恩來與胡風的關係發生猜疑，並不是無跡可循。首先是胡風在萬言書中對其與周恩來關係的大力渲染：如解放前一直在其領導下工作，如萬言書是在周恩來的鼓勵下寫的，等等。毛澤東讀後肯定會有想法。

這些事情應該寫入書中，我正在考慮這個問題。

先生的思路非常明快，一眼就能看出問題所在，在下極為佩服。

永平上

Wu yongping，您好！（主題詞：「反黨」與「反革命」）

「反黨」與「反革命」緊密相連而又大有區別，今天讀者多不瞭解，是否需要多說明幾句？舒蕪上

先生：我是努力地想把這之間的區別寫清楚，回頭我再看看原稿。如果要使讀者有更深的印象，也許要在小標題上強調出來。永平上

wu yongping，您好！此處恐怕無可迴避。已經說到這個地步，再一迴避，真是功虧一簣。毛周關係是說不完道不盡的問題，我以為整個重慶時期的問題，包括夏衍問題，陳家康問題，胡風問題以及所謂國統區地下黨都是「紅旗黨」問題等等，都有總帳算在周恩來身上之勢。周大體上都以巧妙的太極拳應付過去，如果說周此時忽然因為亞非會議的成功而忘乎所以，功高震主，

似乎不太像他的為人。可是，此時責令人民日報公開檢討，又確實是對毛撰按語的直接挑戰，周何以出此，還是難以解釋。或者盡量採取問而不按、按而不斷之法，何如？承謬獎「思路明快」，其實我是很遲鈍的，尚希不吝指教。舒蕪上

先生：（主題詞：細想）

所言甚是。

決定在最後一部分「結語」中提出這一問題，而且要採用您所說的「問而不按、按而不斷」之法。

最後這一部分十分關鍵，我得慎重地考慮。也許要多寫幾天。
永平上

wu yongping，您好！待讀大作，請從容慢寫。舒蕪上

2006-06-20　繼續討論「錯排事件」

先生：寄上第 30 節的修訂稿。根據您的意見作了修改，並在裏面加上了一些伏筆。永平上

wu yongping，您好！修訂很好，這裡只加了兩三處小小補筆，請審閱。舒蕪上

舒蕪先生對第 30 節修訂稿所作的批註如下：

總理辦公室接到胡風的投訴電話後，及時地轉告給周總理，周總理當即打電話給周揚，責令徹查此事。在周揚調查「錯排事件」的全過程中，總理始終給予了極大的關注，並及時地作出了指示，其處理該問題的 態度和效率 ，頗為令人驚歎。（舒蕪批註：有語病，似乎暗示他平時處理問題態度曖昧、效率遲緩了。）

……

由以上對話中，不僅可以讀出「錯排事件」中並不存在著有誰調換稿件以造成胡風問題惡化的「故意」，而且也可讀出即便毛澤東給「胡風小集團」定性為「反黨」後，有關人士並未認為胡風問題已經了結。反觀某些研究者（舒蕪批註：不瞭解當時「語境」，誤以為「反黨」即等於「反革命」，）〔以為〕毛澤東〔撰〕「編者按」一出，胡風即成「反革命」鐵案的說法，其錯謬不言自明。

……

接著，鄧拓把情況向周揚作了彙報，周揚又向總理作了彙報，總理的意見非常明確，他指示道：「更正胡風檢討稿，還要《人民日報》做檢討。」

迄今為止，幾乎沒有人認真設想過總理這個指示的豐富內涵，也未曾設想過總理這個指示一旦被執行，可能會出現什麼樣的後果。這裡當然有「中央的黨報」作檢討是否妥當的問題，但更嚴重的問題似乎並不在此。周總理之所以責令《人民日報》重登胡風的第三稿，無非認為這樣做對胡風比較有利，也就是說可以抵消和減弱「編者按」的作用。但他應該知道「編者按」是毛澤東寫的，如果《人民日報》公開承認「錯排」，重發胡風的第三稿，那麼對毛撰的「編者按」該如何處理呢？是說「儘管錯排了胡風的檢討，本報按語仍然有效」麼，（舒蕪批註：那太不像話，而且仍然肯定第三稿為「假檢討」，也顯然違反周恩來責令報社檢討錯排的意圖，如果說）「因為錯排，本報按語應予撤消」〔么〕，這都是對毛的極大冒犯。然而，除此之外，還能有什麼別的說法嗎！以周恩來一貫的慎重，大概不會想不到吧？

2006-06-21 讀高華文章

先生：讀過如下批語：「其處理該問題的 態度和效率 ，頗為令人驚歎」一句有語病，似乎暗示他平時處理問題態度曖昧、效率遲緩了。

我確實有這種看法。

看來有必要在適當的地方補述一下 10 餘年來周恩來對胡風的教育批評，胡風對周總理的態度有誤解，學界也對周恩來與胡風的關係有說法，有許多細節仍籠罩在雲霧中。

永平上

Wu yongping，您好！（主題詞：一篇大好文章及另外兩篇。）

見附件。舒蕪上。

（附件：高華《在貴州「四清運動」的背後》，邱建源《四月四日，張志新血沃中華》，《三十六年前，遇羅克走向永生》。）

先生：（主題詞：讀過大好文章）

讀過高華文章，寫得確實不錯，對毛澤東和劉少奇的關係揭露得有深度，有啟發性。他對當代史研究者的提示也是有益的。如文章的結語，寫得很好：

依筆者的看法，讀當代史回憶錄，特別是政治人物的回憶錄，還得抽絲剝繭，須要下一番「考古學」、「校勘學」的工夫，把閱讀的「路線圖」查找出來。研究者肯定須要延伸和擴大閱讀，而不能僅憑一種回憶數據說話，只有同時參照相關的其他數據，尤其是那些在觀點和內容上互相衝突和對立的資料，才能穿越回憶錄的作者在有意或無意間給我們設置的各種障礙，以求盡可能的去接近那個歷史真實。

我特別對文中「回憶錄的作者在有意或無意間給我們設置的各種障礙」有同感。

永平上

2006-06-23

舒蕪先生寄來《論對資產階級的全面專政》《五一六通知》等「歷史文獻」。

2006-06-26

先生：最後這一節寫得很吃力，事涉高饒事件，毛澤東與周恩來關係，毛澤東要做一點文章進去，三批材料的評說，等等。既想簡略一點，又想說清，真是難事。寫了一萬多字，還煞不住尾。恐怕還得幾天。永平上

wu yongping，您好！（主題詞：敬待觀成）

確實不易，敬待觀成。舒蕪上

2006-06-28（代結語）「一個永遠解不開的謎」

先生：（主題詞：「結語」寄上。）

最後一節寫完了，不滿意，卻又無法改。只得先寄你看看。

下月 8 號我將去山東參加老舍學術討論會，一星期左右返漢。

我打算回來後從頭修改書稿，首先要做的是把思路理清，到底想說什麼。說實話，寫到最後，我都有點糊塗了。

永平上

wu yongping，您好！（主題詞：結語奉還）

不能不牽涉最高層，而我們太低層，所以難辦。讀後感附上。舒蕪上

舒蕪先生對（代結語）所作的批註（讀後感）如下：

先不管天下有沒有「永遠解不開的謎」，倒是可以從如上文字中讀出一個頗有價值的信息：研究者已經認識到，毛澤東為胡風及小集團的定性不是一次完成的，第一個階段定性為「反黨集團」（5 月 11 日凌晨），並未超出年初中宣部給中央的報告及中央的批覆精神；第二個階段定性為「反革命集團」（5 月 13 日中午），甚至超過了月前為高饒集團所作的政治結論〔註 70〕。這兩種定性不能混為一談。前者尚可歸於 思想 鬥爭的範疇，後者才真正被納入了 政治 鬥爭的畛域。（舒蕪批註：反黨應該是十足的政治，不僅是「思想」問題吧？）這兩個階段也不可混為一談。如果要探索毛澤東給胡風小集團定性的外界因素和客觀依據，前一階段尚可說是胡風的「檢討」和署名「舒蕪」的「材料」，後一階段則應該是周揚的彙報及周總理對「錯排事件」的處理。（舒蕪批註：在毛的兩次定性之前，先已有胡喬木一次「文藝上的小集團」定性，但接著並沒有針對這個小集團問題的揭發批判，仍然只是批文藝思想而已。周揚在胡風文藝思想討論會上的總結裏，末了才附帶提及「小集團」問題，還說文藝上的小集團，巴金他們也是，不過巴金小集團不反對毛文藝思想而已，雖然仍突出胡集團反對毛文藝思想，但顯然把小集團問題淡化了。這一點值得注意。胡喬木僅僅由他個人想到的就作此定性嗎？背後有誰呢？周揚的話是不是針對喬木呢？）

……

以上文字中蘊藏的信息量很大。康濯想表達的似乎是這麼一個過程：周總理責令《人民日報》「更正胡風檢討稿」，是想為胡風小集團「改變性質」，儘管他知道「編者按」是毛澤東撰寫的，但由於該「定性」尚未經過中央集體領導討論決定，還有轉寰的餘地；（舒蕪批註：這個假設太不像他平日了，我覺得不作此假設為好。）然而，當毛澤東從周揚的彙報中獲知周恩來對「錯排事件」的指示後，不僅拒絕在「定性」問題上作任何讓步，反而有意地將胡風問題升級，完全無視周恩來的意見；

……

是否可以這樣說，毛澤東已經從高饒事件的教訓中痛切地認識到必須杜絕黨內的非組織活動的緊迫性，又從胡風的「萬言書」中覺察到胡風與周恩

〔註 70〕1955 年 3 月 21 日毛澤東在黨代會開幕式上的講話中將高饒定為「反黨聯盟」。

來的不正常關係，（舒蕪批註：「過分密切關係」，如何？）接著從「材料」中看到胡風有嚴重的幫派情緒和秘密活動的跡象，繼而又從周揚的彙報中聽出了周恩來對胡風的袒護，於是雷霆火發，把胡風問題看得十分嚴重，遂作出第二次定性呢？

2006-06-29

先生：（主題詞：結語批註讀過）

　　結語批註讀過一遍，還要再讀，再想。

　　祝好。永平上

先生：（主題詞：關於結語）

　　寫結語時，我著實被「反馬克思主義」「反黨」及「反革命」幾個概念弄糊塗了。我想，是否可以這樣來思考：

　　第一、關於胡風本人的文藝思想或思想的定性。

　　1952 年胡喬木指出胡風的文藝思想「是一種實質上屬於資產階級，小資產階級的個人主義的文藝思想」，這個性質實際上接近於「反黨」，同年周揚在「討論會」上明確地要求胡風承認文藝思想「反黨」。1953 年何其芳林默涵文章說他的理論是「反馬克思主義」「反現實主義」，這些，其實說的也是「反黨」性質。1955 年 1 月中國作協和中宣部的報告中的定性，與毛澤東批示是一致的，即文藝思想「反黨反人民」。這個定性從 1952 年到 1955 年初基本上沒有什麼變化，只是說法上從不明確到明確，從內部到公開而已。直到 6 月把他打成「現反」，才轉變性質。我根據這些，說「反黨」只是思想問題。

　　第二、關於胡風小集團的定性。

　　這個問題與胡風個人的問題不同。

　　如你所說，1952 年胡喬木指出「文藝上的小集團」，同年周揚在「討論會」並未多談小集團問題。但能否說是「淡化」，還要分析。我個人以為胡喬木說的是解放前，那時胡風派有你們幾員大將，陣容要齊整得多。周揚說的是解放後，胡風派在文壇上有影響的其實並沒有幾個人，張中曉等人根本上不了臺盤，因此周揚並不十分在意。

　　1954 年因「萬言書」和「批紅運動」，胡風派的新成員暴露了出來，他們無理性的行為使得小集團問題為人關注。1955 年初中宣部報告於是提出胡風的特點是「小集團活動」，性質是「頑強地同黨的文藝思想和黨所領導的文藝

運動相對抗」，說的已是「反黨」性質了。因此我認為毛澤東在「編者按」中說「胡風反黨集團」，並不算是重新定性，只是把中央文件中的定性公開了而已。劃在「思想鬥爭」的範疇裏，應該還是可以的。參照毛澤東在指責《文藝報》時對馮雪峰的嚴厲批判，已經把他說成是有意反對馬克思主義，這也是反黨性質，但實際上卻是「思想鬥爭」。

從這點出發，我認為胡風問題的質變是發生在毛澤東為胡風定性的第二階段，即 1955 年 5 月 13 日中午。

現在的問題是，我要把這種區別說清楚，說明白，讓大家都能接受。

先生能同意我如上的分析嗎？

永平上

先生：

如下是你的批註——（在毛的兩次定性之前，先已有胡喬木一次「文藝上的小集團」定性，但接著並沒有針對這個小集團問題的揭發批判，仍然只是批文藝思想而已。周揚在胡風文藝思想討論會上的總結裏，末了才附帶提及「小集團」問題，還說文藝上的小集團，巴金他們也是，不過巴金小集團不反對毛文藝思想而已，雖然仍突出胡集團反對毛文藝思想，但顯然把小集團問題淡化了。這一點值得注意。胡喬木僅僅由他個人想到的就作此定性嗎？背後有誰呢？周揚的話是不是針對喬木呢？）

胡喬木背後是誰，聶紺弩說是毛澤東。他寫過：「（我曾）指出，如果毛主席不說什麼，人民日報不會登舒、林那些文章。他的希望落了空，應該檢查自己。他說他搞了幾十年文藝，就只有這點所信，在自己發現他是錯的之前，還只能守住它。林、何他們的文章也許是對的，但還未變成我的所信。老也老了，怎能說我還未信的話呢？我說，從他的話聽來，他基本上已經動搖了。如果這樣，那就不是什麼理論問題而是情緒意氣之類，不願低頭。他說不是，他的理論沒有錯。」

現在的問題是，毛澤東當時「說什麼」，大家都不知道。胡喬木當時主管《人民日報》，他是否請示過毛澤東，這事也不清楚。

1952 年周恩來對胡風問題很關心，開「討論會」是他批准的，是否徵求過毛澤東的意見，也不知道。按說，是應該通過毛澤東的。但似乎當時毛澤東對胡風問題並不怎麼重視，放手讓周恩來管。

另外，你所說「周揚的話是不是針對胡喬木」，我不太明白。你是想說胡

喬木對胡風問題看得比較輕，還是說周揚有意把問題嚴重化呢？

胡喬木自 1952 年生病後，好像不再管胡風事。胡風後來與他的聯繫也較少。

永平上

先生：關於如下批語。

文章原文：康濯想表達的似乎是這麼一個過程：周總理責令《人民日報》「更正胡風檢討稿」，是想為胡風小集團「改變性質」，儘管他知道「編者按」是毛澤東撰寫的，但由於該「定性」尚未經過中央集體領導討論決定，還有轉寰的餘地；（你的批註：這個假設太不像他平日了，我覺得不作此假設為好。）

周恩來對《人民日報》錯排事件的處理指示，確實非常突兀。不像他原來的作風。但政治家是否也有百密一疏的時候呢？

永平上

先生：你的批註：「林默涵、嚴文井將這二信給我看。他們說馬上要去胡風處，將此二信給胡看，說得非常明確，不會不給的。」

胡風不提看過周總理信，這便是問題。但他堅持說沒看過。林默涵也沒有提到給胡風看過。因此我只能說他是通過綠原從你這裡得知的。

胡風回憶錄中假話說得太多，尤其在關於周恩來和他的關係上，從某種角度而言，他損害了周恩來在毛澤東心目中的地位，反過來又害了自己。我想說這個問題，但總說不透。

永平上

wu yongping，您好！（主題詞：關於結語）

我是根據這樣一些情況考慮的：定為「反黨」的，不正式逮捕，實際上仍然關起來，如高饒反黨聯盟，但不叫做刑事處分，所以與反革命有區別。但也不只思想問題，思想問題就不會關起來，所以又與思想問題有區別。是不是？舒蕪

先生：（主題詞：關於結語）

這樣我就比較清楚了。文件「定」為「反黨」，與口頭說「反黨」，是有所不同。周揚總是說胡風「反黨」，毛澤東是書面「定」，這就有了不同。我同意。永平上

　　wu yongping，您好！我的意思是，周談「小集團」，而扯到「巴金他們也是個小集團」，似乎把問題性質淡化了。儘管他又說巴金小集團並不反毛文藝思想，但把兩個小集團相提並論，總令人有淡化之感。老實說，我當時聽周這樣說，暗地裏就有點放鬆之感。但只是在這一點上，總的看來，周與胡風有舊賬，喬木則沒有，比較能夠平靜對待。舒蕪

2006-06-30　準備外出開會

　　先生：下月初 8 號到山東開老舍會，現正趕寫會議論文。

　　返回後再繼續修改書稿。

　　初稿寫了近 40 萬字，我打算把與「舒蕪胡風關係」無關的內容全部剝離出來，壓縮成 25 萬字左右，逐節請先生指正。多餘內容放在《胡風集團案史證》（擬名）中。

　　祈保重，並頌暑祺！

　　永平上

2006-07-03　「夾帶」或「夾袋」

先生：（主題詞：請教）

　　我讀《聶紺弩全集》第 10 卷，其中有如下一段：

> 　　「而最有害的一點，是我認識了胡風之後，由於當時的客觀情況，更由於他的宗派活動，一方面使我也感染了一些宗派情緒，一方面也使別人把我看成胡風的夾帶人物，我就無法接近別的革命者，無法受到那些真正革命者的影響，甚至對那種影響有所抗拒。」

這裡說到「夾帶」，正確的寫法是否應做「夾袋」。

永平上

　　Wu yongping，您好！應該是「夾袋」。舒蕪

2006-07-04

先生：（主題詞：請教）

　　讀張以英《路翎書信選》，見路翎 1942-5-1 致彭燕郊信，信末有一句：

> 　　「詩卷裏有一篇短論《名詞與形容詞的關係》不知今度兄見到否？可以轉出去投稿嗎？」原注為：《名詞與形容詞的關係》舒蕪作，後來在《中學生》（？）發表。

你對這篇文章有印象嗎？永平上

wu yongping，您好！不記得此文了。今度，大約是蕭今度，即聶紺弩。舒蕪上

2006-07-13

先生：（主題詞：我已返漢，正在調整）

我今日下午返漢。我會盡快調整到過去的狀態。再談！永平上

wu yongping，您好！武漢恐怕很熱了，回來了要稍作休整吧。會上有好的論文麼？預會者除您以外，我知道的還有語言大學李玲女士，她與我常有聯繫，頗有見解。祝好！舒蕪上

2006-07-14　舒蕪談程千帆治學方法

先生：您好！

開這次會，較為失望。

大會論文甚少精品，資深的研究者重彈老調，新銳博士不知所云。

李玲女士也見到了，談了一次，未深談。她受熱感冒，身體一直不適。

李玲帶去的論文仍是談女性意識，說的是「月牙兒」中的母親為何要當妓女事，有新意，惜未寫完。

我的論文仍是考據，對老舍五四時期的表現，處女作的主題，駱駝祥子的構思提出質疑。

武漢極熱，回來後先處理一些郵件，再答覆會上諸友提出的問題，還要繼續寄贈拙譯《小說家老舍》。大概一兩天後才可安心地固守書齋。

祝一切好！

永平上

wu yongping，您好！「資深的研究者重彈老調，新銳博士不知所云。」概括得好。舒蕪上

先生：現代文學研究者不知考據為何物，這是一大悲哀。

新銳者以為有泊來的「新方法」必出新成果，他們不知道考據不僅是一種歷久彌新的研究「方法」，更是一種治學「態度」。這方法不必表現在「概念」上，而表現於「過程」中，資料搜集甄別考辯過程、推理過程、思辨過

程，如此等等。我以為這方法與樸學傳統提倡的「義理、考據、辭章」有接近的地方。

永平上

wu yongping，您好！故程千帆教授提倡的古典文學研究方法，就是在考據的基礎上作文藝欣賞分析，他自己行之不懈，獲得許多大成績。例如《〈春江花月夜〉的被理解和被誤解》一文，歷考唐以來歷代選本，證明此詩並不是一開始就受重視，諸家選本皆未選，後來才慢慢有人選，而評論仍然不精不深，又後來才慢慢有比較深入的理解。這就給人很大啟發。中國現代文學研究歷史短，基礎薄弱，從事者之中，有素養的更少，就要靠您這樣學者堅持方向，樹立楷模，等待塵埃落定之日吧。舒蕪上

先生：謝謝鼓勵。現代文學界狀況確如您所說，現在我能做的就是只管耕耘，不問收穫。永平上

2006-07-15　舒蕪談「久已考慮的一些想法」

Wu yongping，您好！（主題詞：一條主線）

在您將要統一修訂之前，我想把我久已考慮的一些想法，完整地說出來供您參考。我與胡先生的分歧，可以說有一條線貫徹始終，就是對他的宗派主義的不滿。最初表現在我信中提出我們太孤立的問題，他當即痛批了我。雖然我表示接受，思想並沒有解決。第一，我是從二周、五四乃至新月派入門的，對於一切新文學都有好感。第二，我對一切左翼文學更是都有好感，實在不懂胡先生所深惡痛絕的「客觀市儈主義」是怎麼一回事，也就是並不懂他的文藝理論。您可以看看我所有的文章，其實沒有一篇是談文藝理論的，沒有一篇是發揮他的文藝理論的。他對「文壇」那麼深惡痛絕，也為我所不能理解。他不願意我接觸宗派以外任何文藝界人士，我接觸後覺得都可以作好朋友，並不如他說的那麼壞。此一念埋伏心中，日積月累，解放後最終爆發。喬木一指出「文藝上的小集團」，我馬上能接受，周揚指出只要不反對毛文藝思想，小集團也無妨，我更稍為放心。人民日報來約寫關於宗派主義之文，我更是願意。在我心目中，「宗派主義」與「小集團」差不多，不過加強語氣則曰「小集團」，放低調子則曰「宗派主義」而已。也可以說我始終沒有越出最初不滿的範圍。您以為如何？

bikonglou@163.com

先生：（主題詞：主線之外）

您所說的我可以同意。「宗派主義」和「小集團」之間的關係大抵如此，你的宗派主義情緒在「胡風派」成員中最為淡漠，你的交往圈子從一開始就不止於「胡風派」，你實際上存在著多種可選擇的人生道路，你對胡風描繪的文壇狀況有另外的看法，這些都是事實，我在文章中將把這條線、這個過程描畫出來。

但，我在文章還要突出地表現出解放前後你與胡風、路翎關係變化的軌跡，1945 年出現的隔膜，1947 年前後出現的猜忌，1950 年關係的破裂，1952 年胡風對你表現出的「瘋狂的仇視」（周揚和聶紺弩語），1954 年胡風在萬言書中對你的誣陷，這部分初稿中寫得比較多；然而，這一過程中你感情上的變化，態度上的變化，初稿中卻寫得不夠充分。你所說的「始終沒有越出最初不滿的範圍」，我現在還不敢說完全接受。這裡有一個原因，您作於 1955 年初的兩篇文章已被研究者注意到了，並視為寫作「材料」的思想基礎。我在文章中對此進行了部分澄清，說你並未超出中央的口徑，並未給胡風增添新的罪名，並未比郭沫若說得更多，但這還不足以解釋文中對胡風批判的「語氣」。周揚在《我們必須戰鬥》一文中公開地說出了胡風對你的「瘋狂的仇視」，你應該對此有切身體會，1954 年 7 月 7 日的登門受辱也應對你有所刺激，這些情緒在 1954 年初的文章中必然有所反饋，恐怕不能用「不滿」解釋，在政治鬥爭中無「溫情」可言，你早年接受了魯迅的「愛愛仇仇」的教育，在這方面與胡風有共同點，他較早地視你為「仇」，你較晚地視其為「仇」，這裡只有個時間差的問題，但反應的強度並無實質性的差別。試想，如果胡風的萬言書被中央接受，你的下場會比胡風更可悲；而中央拒絕了胡風，也可說是挽救了你。這是當時的實際情況，不知你以為然否？

還有一個最為關鍵的「節點」，即從《胡風的宗派主義》一文而為「材料」，今人的立論大多是從「材料」出發的，而我的初稿在這個問題上是寫得很不夠的。

您在回憶文章中對林默涵的作用寫得太少，似乎其中還有一些情況未能全部公諸於世。這樣，就給後人的研究造成了一定的困難。綠原在《胡風與我》中提出要研究你的「人品」，尤其要研究你的「材料」，似乎暗示「材料」中有許多你有意為之的斷章取義的地方。初稿中未能對「材料」作進一步的分析，只是籠統地將其歸之於林默涵的指導，其原因就是由於缺乏更直接的

第一手資料。我曾寫信詢問林默涵在原件上的標注，就是想落實這件事。

考慮不成熟，慢慢再討論吧。

今天我在寫「引言」，準備對全書題旨作一概括性的說明。

永平上

wu yongping，您好！信收到。待詳細奉覆。舒蕪

2006-07-16　舒蕪說：當年我們談的對象全是對著共產黨的

wu yongping，您好！一，「始終沒有越出最初不滿的範圍」，是指所不贊成不同意的東西而言，不是指感情上是「不滿」還是「仇恨」的程度而言。二，在《材料》問題上林與我沒有更多的關係，胡給我信上劃的道道，不是林劃的，就是公檢法人員劃的，我自己不會劃，但哪些林劃，哪些公檢法人員劃，不容易分清了。三，《材料》中，哪些是歪曲原意，斷章取義的，未見一人舉出來。舒蕪上

先生：

我想就您所說三個方面提出一點意見。一、「始終沒有越出最初不滿的範圍」，是指所不贊成不同意的東西而言。如果指的是「宗派主義」「自我孤立」「以天下為己任」等，我完全同意。只是在評價這些東西時，隨著時間的推移，力度及具體評價還是有區別的。二、「材料」的編撰與林有關，但具體操作者是您，譬如每個小標題下列舉材料之後，你都寫有短小的按語，這些應該是屬於您的。三，張曉風曾在胡風全集書信卷中對「材料」中摘錄的每一段文字都有評述，另外她還在新文學史料上發表胡風致您的書信時寫有一個題頭語，裏面也談到「歪曲原意，斷章取義」問題。我將把這些集中寄給你看看。

永平上

yongping，您好！一、同意。二、同意。三、待讀。舒蕪上

先生：

以下資料摘自曉風、曉谷、曉山整理輯注的《胡風致舒蕪書信選》，原載《新文學史料》1998 年第 1 期。我想說明的是，我並不贊同他們的觀點，但他們確實對「材料」提出過質疑。

該文指出：「令人觸目驚心的首先是舒蕪當年在《材料》中對信件所進行的種種技術處理，現僅舉其中兩種：技術處理之一是割裂和曲解原文，就其

中隻言片語，避開上下文和歷史背景，移花接木，牽強附會，以達到上綱定罪的目的。」

　　該文在以下信件的注釋中具體地談到「材料」的不實之處：

　　　　胡風 1944 年 3 月 27 日信（第 5 封）

　　　　胡風 1944 年 5 月 25 日信（第 6 封）

　　　　胡風 1944 年 9 月 19 日信（第 8 封）

　　　　胡風 1944 年 11 月 1 日信（第 10 封）

　　　　胡風信中所提到的聞一多之事（第 12 封）

　　　　胡風 1945 年 5 月 31 日信（第 19 封）

　　（以上信件內容及注文皆略去，吳注）

　　永平上

先生：以下見於胡風全集第 10 卷。胡風給你的信，張曉風加的按語。

　　　　1944 年 3 月 27 日自重慶

　　　　胡風 3 月 25 日日記

　　　　胡風 1977 年 12 月的獄中思想彙報《簡述收穫》

　　（內容皆略去，吳注）

　　永平上

先生：

　　以下見於胡風給你的第 10 信，編者按中寫了胡風的看法：（略去，吳注）

　　以下是胡風給你的第 13 信，編者按：（略去，吳注）

　　關於以上《材料》的摘引及下一信中又一次提到的「集束手榴彈」，胡風在 1977 年 12 月獄中思想彙報《簡述收穫》中這樣寫道：（略去，吳注）

　　《胡風全集》第 9 卷，第 508 頁（略去，吳注）

　　胡風在 1974 年 12 月的《交代材料》（略去，吳注）

　　第 23 信編者按：（略去，吳注）

　　第 27 信編者按：（略去，吳注）

　　第 27 信編者按：（略去，吳注）

　　第 29 信編者按：（略去，吳注）

　　第 32 信編者按：（略去，吳注）

　　關於「我們是要動搖二十年的機械論的統治勢力……」一句，胡風在 1977

年 12 月的《簡述收穫》中有如下說明：（略去，吳注）

第 34 信編者按：（略去，吳注）

胡風在 1974 年 11 月的交代材料中寫道：（略去，吳注）

先生：胡風和他的家屬對你的「材料」提出的質疑已經全部寄上。

永平上

wu yongping，您好！《新文學史料》上的張氏兄妹「輯注」，當時看過，認為不必辯駁。關鍵在，一、「文協年會論文《文藝工作的發展及其努力方向》，而這論文還要由國民黨張道藩之流來審查通過」云云，難道只這一篇要「張道藩之流」來審查通過嗎？如果全要這樣，那麼豈不是所有文協的工作全是「蛆蟲」和「跳加官」的工作了麼？事實上，盡人皆知，文藝界抗敵協會（文協）是共產黨領導的，儘管張道藩也是理事之類，但他們只是少數人，沒有多少「之流」，更不能因為這個就把一切文協的工作（包括「八股文」）推到「國民黨張道藩之流」名下而一概斥為「蛆蟲」和「跳加官」的工作。二、至於「一個大的意志貫穿了中國」，的確是我先提出的，但我是說毛的《論聯合政府》，胡的回信卻說我的《論主觀》應該已經是感到了「真的主觀在運行」，不過沒有充實而已，那麼他自己當然已經有了充實的了，所以我把它歸之於他，與我說的區別開來。還有，我一向不辯駁這些事，是覺得反正我已經居於「大錯」地位，何必還來辯論這些小是非？我來辯論這些小節，似乎還要坐定人家有罪來減輕自己的「大錯」似的。但現在想法又略不同，所以才將《賈拒認舒版本考》等發表。您曾教我，「沉默是金子」有時不一定對，我願受明教。舒蕪上

先生：您的分析有道理。我將運用在拙著中。

有些話您不便說，但我是可以說的。

請你對我寄出的胡風的辯解多作一點分析，減少一點我的工作量。

永平上

wu yongping，您好！看了所有材料，更覺得糾纏不清，明明是針對共產黨方面的，全利用當時複雜情況解釋為針對國民黨方面，如果一一辯駁，得寫一部當時政治史，結果恐怕仍然說不清。可以概括說一句：當時國民黨方面已經只是雜文批判的對象，我們理論批評和往來信件中談的對象全是對著共產黨的。舒蕪上

　　先生：就這樣吧。您說的是對的。胡風沒有必要在信中與你談國民黨文人的所作所為，國民黨文人本來就不成氣候，對文藝運動並不構成真正的威脅。胡風所談全是對進步文藝陣營的，這是事實，我想，大多數治現代文學史的研究者也是清楚的。永平上

　　wu yongping，您好！謝謝您的信任。他的辯解，我也不想多做分析，他把對共產黨的完全解釋為對國民黨的，這一句就可以概括，多說也說不清。舒蕪上

2006-07-17　（引子）綠原說：「要研究胡風問題……不研究舒蕪是不行的。」

　　先生：您好！（主題詞：寄上「引子」）

　　寄上「引子」，請指教。

　　永平上

　　舒蕪先生對（引子）所作的批註：

　　「毛澤東」的「不喜歡別人不佩服他……不尊重他」的心理是造成胡風問題解放後不斷升級的主要原因嗎？恐怕也未必〔註71〕。毛澤東是逆境中成長起來的政治人物，其一生遇到的重量級的「不佩服」者、「不尊重」者可謂多矣，如果睚眥必報，或許不能在政壇上成其偉大。況且以胡風的地位和影響而論，他還缺乏吸引毛澤東關注的必要條件。再說，胡風對毛澤東的尊崇是眾所周知的，建國前他即稱之為 第五位聖人 ，（舒蕪批註：這是指他給我信中所云的麼？那並不全是褒意，而是略有諷意。）建國後他在長詩中「第一個歌頌了毛澤東」，並以得到了「神經中樞」的讚揚而自傲，他且不懈地向「老人家」表達希望能「在領導下工作」、希望能「直接得到指示」的願望〔註72〕，他的上書無非是質疑周揚等「企圖人工地把自己首先造成毛主席

〔註71〕《胡風冤案始末》一書中提到，當胡風的兒子問胡風：「毛澤東為什麼將你打成反革命」時，身患重病的胡風只是簡單地回答：「可能他嫌我不尊重他。」研究者姜弘認為胡風的這個表述非常準確，稱之為「為幾十年的歷史下了注腳」。

〔註72〕1952 年 5 月 4 日胡風給毛澤東和周恩來信所述內容，轉引自胡風 5 月 11 日給路翎信，信中提到：「還有一個傳說：主席看過《路》，說，提法對，結論也對，分析有錯誤云。根據這，我去了信，並把《通報》內容摘要寄去。要求見面，要求在領導下工作，並給主席信，要求直接得到指示。」

文藝思想的唯一的正確的解釋者和執行者的統治威信」罷了〔註73〕。胡風不能取信於毛澤東，也許不能歸咎於毛澤東胸襟的大小，而更應從胡風自身的政治文化素質上找原因〔註74〕。

......

（舒蕪在文末批註：抗戰後期，大後方文藝界一般讀者心目中，郭、茅、胡已經三鼎足。後起的胡能夠與前輩郭、茅鼎立，在於他高舉魯迅大旗，被視為魯門大弟子，每年紀念魯迅都由胡報告魯迅生平，可見文藝界承認。《七月》的影響，也在於它基本上是魯門弟子的集合，胡風是眾弟子中的「首席」「上座」。不過平輩眾弟子的集合終於散夥，於是胡網羅後輩青年組成以他為領導的《希望》。《七月》雖未成派，但《七月》與《希望》有繼承關係。這些情況我以為都應該說明，不能說胡派沒有特殊地位。惟其如此，劉白羽、何其芳從延安到重慶傳達「座談會」精神，回去彙報總情況就是三人的情況：「郭、茅是擁護的，儘管擁護的很粗淺，胡風是反對的，至少是有不同意見的。」這在胡風文藝思想討論會上，周揚總結中鄭重提出來。毛當然知道這個彙報，這筆帳遲早會清算。我以為這是最根本之點，開宗明義需要明確。還有，胡自己明白他的力量所在，「黨領導政治，魯迅領導文藝。周揚從來反對魯迅，而我繼承魯迅......」這是他心靈深處最基本的公式，他不伏周揚的緣故在此，所要爭取的地位在此，毛指責他「清君側」的緣故也在此。）

Wu yongping，您好！（主題詞：一句話概括）

一句話概括：毛尊崇魯迅，卻不許學樣；胡總要學樣，要繼承魯迅的地位。這就是矛盾、悲劇的原因。

bikonglou@sina.com

wu，你好！（主題詞：魯迅與黨，一文一武）

最好能找到胡風作詞的《魯迅紀念歌》，好像《七月》或《希望》某期封三曾登載，中有云：「由於你，新中國在成長；由於你，舊中國在動搖。」那就是說，不僅黨領導政治魯迅領導文藝，而且魯迅與黨一文一武共同打天下。解放初期，民主黨派有與共產黨一文一武打天下要平起平坐的思想，電

〔註73〕胡風：《給黨中央的信》，作於 1954 年。
〔註74〕參看賈植芳：《胡風為何不能取信於毛澤東》。該文為曉風編《我的父親胡風》所作「序」，美國溪流出版社，2000 年。

影《武訓傳》之所以挨批在於此。胡風遭毛之忌也在此。舒蕪上

先生：你的提示很對。我在引子中有貶低胡風解放前的地位之嫌，這也許是受到下面的引文的影響。胡風能附在郭沫若和茅盾的後面，這應該是他的真實地位。

第一次文代會上他的地位下降，是因為大批解放區作家以主人的身份掌權，國統區民主作家的地位被重新考慮，胡因解放前受到批判而受到冷漠。

胡風的不平大抵由此而來，他作為魯迅的大弟子而不受重視，心中鬱鬱然有不平之氣。我會重新考慮他的魯迅歌中的含蘊。找到後再告訴您。

永平上

wu yongping，您好！胡風解放前的地位，直接關係到他為什麼逃不了「與人奮鬥其樂無窮」「君子報仇十年不遲」的命運，關係極大。林默涵對我說的「胡風影響不大」等等，不可全信。一、第一次文代會，周揚率領解放區隊伍以主人身份登場，茅盾率領國統區隊伍前來歸順。茅盾的報告裏，不點名地拋出胡風作為早就阻礙歸順的唯一異端力量。所以胡風不僅是「不受重視」「受到冷漠」而已。二、您稱胡風為「民主人士」，似乎不妥。凡是左翼作家，一般都不在「民主人士」概念的範圍內，何況左得那麼鮮明的胡風。「民主人士」通常指政治活動家，文藝家不在內。三、左翼作家中，理論家最大的三位，是周揚、馮雪峰、胡風，周是反魯派，馮胡是魯派，而胡有隊伍，馮沒有自己一個隊伍，所以胡作為魯門弟子的群眾影響又大於馮。（詩人牛漢說，儘管三大理論家互相打架，都是左聯出身，都打上左的印記。那是另一問題。）魯門真正大弟子本來是馮，但由於徐懋庸之攻擊胡，魯迅之公開為胡辯，而馮多半在幕後，所以一般讀者知胡而不知馮。舒蕪上

先生：關於胡風的「民主人士」的身份問題，如果從政治上來看，也許是可以這樣說的。他「左」，但共產黨隊伍總不要他，抗戰時期重慶有一批左翼作家被發展為黨員，但周恩來從來沒對胡風提出這樣的要求。解放初胡風一再提出要求，周恩來和胡喬木就是不表示明確的態度。現在有些人回憶，重慶時周恩來就說過：胡風與黨不是一條心。

至於周、胡、馮三理論家問題，在 1943 年毛的講話傳到國統區之後，他們的理論已暗然失色，除了復述毛理論這條路子之外，胡風所能做的只是在「創作過程」上有所補充。毛講話的基本原則，嚴格地說，是從革命文學運

動那一條線上下來的，周胡馮既然都是那條線上的，他們的理論框架都擺脫不了或超越不了毛的原則。

胡風想做一個像魯迅一樣的黨外布爾什維克，想以這種身份領導文運，他有點看錯了時代。或如你所說，毛當時已不再允許出現這樣的人物，建國前可以容忍，建國後則是應受打擊的「非黨」傾向。

引言我會改的，暫時先放一放。

永平上

另外，「第五位聖人」中含有的譏諷意味，我不敢發揮。後來胡風在《論現實主義的路》中對「思想巨人」的詼詞，聶紺弩敢批評，我也只能從側面提提。當然，我並不是不知道，以胡風的自信和傲慢，他何曾看得起任何人，這是與他「神經質」的生理、病理有關係的，「偏執」是一種病態，但又不能明白地寫出。

wu yongping，您好！我覺得，在黨外設立一個文化班頭，是周恩來的做法，不是毛樂意的。魯迅逝世後，文壇本來就有郭與茅誰繼承之爭。茅盾發表《立此存照續貂》，當時就有人作打油詩曰：「問誰狗尾問誰貂，立此存照太無聊；魯迅雖死不要緊，又有郭兮又有茅。」周恩來確定由郭繼承（其公開身份總是黨外人士），茅當然不會服氣，但是他韜晦不表，而胡風之不服氣就很明顯了。周揚的高明則在於不追求這個文化班頭的地位，甘心只做黨的文藝總管，合於毛的需要，必然戰勝要繼承魯迅地位的胡風。舒蕪上

先生：（主題詞：請教）

你所談的周恩來與毛澤東的策略上的區別，我大致也感受到了。郭茅胡等都是與中共有千絲萬縷聯繫的作家，郭是秘密黨員，茅是不掛招牌的黨員，胡是依託於中共存在的左派。班頭之選，落在郭身上，有種種考慮，但大致只能如此。胡風的優勢在於魯迅晚年文章中的評價，這在建國前相當有作用，但在建國後則不行了。建國後黨外的文化班頭有了茅盾，中共大約以為就夠了，就沒有再考慮胡風，這也與胡風在文壇口碑不好有關。我覺得建國後胡風對周揚並不能構成實質性的威脅，不管周恩來怎樣想重用胡，他都不可能壓倒周揚。胡風一再向周揚尋釁挑戰，到 1952 年周恩來的批示一下，胡風已被正式踢出決策圈。胡風不理解，故意裝作不知道周恩來的批示，直接要鬧到毛澤東那裡去，於是造成不可收拾的後果。這是我大致的想法，不知

道是否有道理？

永平上

wu yongping，您好！尊論甚是。建國後胡風對周揚不能構成威脅，胡風卻總以為周揚是蔽日浮雲，蒙蔽聖主，妨礙他取代郭茅而繼承魯迅地位。但您說他假裝不知道周恩來 1952 年批示，不知何指？若指「以觀後效」的批示，那本來是他不可能知道的。至於建國後文化班頭之選，當然不會考慮胡風，則是舊賬未清之故，恐怕不是胡的口碑不佳之故，也不是有茅足矣。是不是？舒蕪上

先生：我說胡風假裝不知道周總理批示，指的是在周揚信上的批示，也是林默涵給你看過的那封信，你把這些內容都寫給綠原了，裏面明確指示了對胡風問題的處理方針。我想，綠原應該是給胡風看過的，但胡風始終不提，只咬定周恩來說不能先執一個誰對誰錯的定見。彷彿討論會上雙方的地位是平等的。

永平上

wu yongping，您好！我記得是正式的給周揚的信，不是在周揚給周恩來信上的批示。舒蕪上

先生：那是根據林默涵的說法。他在《胡風事件的前前後後》一文中寫道：

周恩來同志於 7 月 27 日在周揚同志的這封信上批示：

周揚同志：

　　同意你所提的對胡風文藝思想的檢討步驟，參加的人還可加上胡繩，何其芳，他們兩人都曾經對胡風進行過批評。不要希望一次就得到大的結果，但他既然能夠並且要求結束過去二十年來不安的思想生活，就必須認真地幫助他進行開始清算的工作。一次不行，再來一次。既然開始了，就要走向徹底。少數人不成功，就要引向讀者，和他進行批評鬥爭。空談無補，就要把他放在群眾生活和工作中去改造，一切都試了，總會有結果的。

　　周恩來

　　七月二十七日

你說林默涵把此信給你看過之後，說是要給胡風看。但胡風回憶錄中沒

有談到這事。

　　永平上

　　wu yongping，您好！會不會林默涵對我那樣說了，接著去看胡時又變計呢？大概不會吧。但無論如何，我既然告訴了綠原，他當然會轉告胡的。舒蕪上

先生：（主題詞：請教）

　　中央政治學校的性質是否相當於國民黨的中央黨校？

　　永平上

　　wu yongping，您好！它與中央黨校性質有相近處：其前身是中國國民黨黨務學校，蔣中正是校長，發給員工的委任書上一律署名「校長蔣中正」，所以不是名譽校長。其實仍然是下面設立「教育長」，才是真正校長，但在委任書等文件上沒有教育長的署名。所有蔣任校長的學校，如中央軍校、中央警校等都是這個體制。但它與中央黨校又有區別：它不是在黨內招生，而是面向全國招生，錄取的學生並不問是否國民黨員，入校後也沒聽說必須一律入黨。它的分系與普通大學不同，只分政治、外交、經濟、新聞四系。後來改名中央政治大學，大概與黨校區別更大了。但我在的那時，中央政校完全在國民黨 C.C. 系控制下，教育長是張道藩、程天放之流，而在政校沒有任何名義的陳果夫，則處於實際上「董事長」地位，一切大政最後都取決於「果老」。舒蕪上

　　先生：我查到關於魯迅頌歌的一條資料，但不能確定是胡風寫的。在胡風全集中也沒有查到。

　　　　1946 年上海的魯迅逝世十週年紀念會是空前的一次盛會，開得莊嚴、隆重。會議由全國文協等十二個團體發起，全國文協主持，十九日下午二時在辣斐大戲院舉行。主席團由郭沫若、茅盾、沈鈞儒、邵力子、葉聖陶等人組成，共四千餘人參加。會議開始時會場上迴蕩著對魯迅的頌歌：「在遍地荊棘的祖國，你開闢了革命的血路一條。由於你，新中國在成長；由於你，舊中國在動搖」……「啊！先生，中國人民高舉起你的大旗，中國大地響遍了你的戰號！」

　　永平上

　　wu yongping，您好！我記得在《希望》或《七月》某期的「封三」地位有歌譜歌詞，上面作詞者作譜者都有署名。請查。舒蕪上

先生：胡風舊賬未清之說甚是，當初周恩來是想讓胡風作一檢討過關的，但大概不會重用他，他因此對周也有所不滿，後來便把希望放在毛澤東身上。他信中有「父周」、「子周」之說，雖是調侃，但也可看出點什麼。

永平上

2006-07-18　舒蕪談當年與顧頡剛的關係

先生：（主題詞：關於你和顧頡剛的關係）

讀《〈回歸五四〉後序》下面這段。

> 「我把《墨經字義疏證》寫完，前面說過，由黃淬伯介紹，發表了其中的《釋無久》《釋體兼》兩篇。後一篇是發表在顧頡剛主編的《文史雜誌》上，我由此得識顧頡剛，一段時間內常得他通信指教。」

根據目前掌握的資料，大致估計這兩篇文章發表的時間如下：

《釋無久》發表時間似在 1943 年 11 月之前，舒蕪 1943 年 11 月 1 日致胡風信，寄去該文的「抽印本」。

《釋體兼》應載於 1944 年 7 月底或 8 月初的《文史雜誌》，有舒蕪 8 月 3 日致胡風和致路翎的信為證，信中都提到在《文史雜誌》上發文章，成了「專家」事。

不知先生是否同意如下推斷。

另外，您是在《文史雜誌》上發文後才結識顧頡剛的，你們之間有過許多通信，不知手頭是否存有一件兩件。

你與顧頡剛的關係似乎影響到你與胡風的關係，是嗎？

永平上

先生：我考慮，還是應該把顧頡剛與你的關係寫進去，請你提供一點資料。

路翎 1945 年 7 月 3 日致胡風信中寫道：

> 「信到。同時接管兄來信，他已接到你的信了，他說原是只想託你向什麼書店設法，但怕有『上壇』的嫌疑，所以索性公開說出。他想，在什麼書店裏用方管之名，做『國學』的事情。此刻他那裡黃教授又與人大吵一架，辭了，所以看來蹲不下去，又想到文史社去。」

從這信中可以看出，他們一直認為你是在兩條路上搖擺，一條是跟著胡風走現實鬥爭的路，一條是跟著顧頡剛走「國學」的路。

這種揣測實際上已嚴重地影響到了你們的關係。

永平上

wu yongping，您好！沒有「兩條道路上徘徊」的問題。那時我們把用筆名寫新文學作品和馬克思主義理論等等的工作，同用本名做的一切工作（包括當教職員、寫「國學」文章等全在內）二者截然分開。前者是神聖的「事業」，簡直類似革命地下工作，胡風告訴我，其所以不肯把我們的地址給聶紺弩就因為聶弔爾郎當，會洩露出去；後者則只是「職業」，只是掩護，只是謀生之道而已。我進入大學教書，我與黃淬伯、顧頡剛的關係，都屬於後者，大家坦然談論，絲毫沒有芥蒂。倒是我對黃、顧等，從來不談自己的筆名，不談自己在新文學方面的工作活動，不談與胡風認識，這一切對他們保密。以我與黃關係之密切，他知道方管筆名舒蕪，大概已經在解放之後，從可知矣。

舒蕪上

先生：可能是這樣。對你來說，也許沒有徘徊和動搖的問題。但從路翎等看來，你是為自己留了一條後路。事實上你也存在著兩種可能性：做學問、參加文化鬥爭。永平上

wu yongping，您好！他們當時也沒有這樣看法。「做學問」以謀生，和參加文化鬥爭的神聖「事業」，他們當時也看作並行不悖的。舒蕪上

先生：你是這樣想的，但別人也許並不這樣想。1945 年你與胡風為「上文壇」鬧意見時，路翎 1945 年 7 月 3 日致胡風信中寫道：

> 「信到。同時接管兄來信，他已接到你的信了，他說原是只想託你向什麼書店設法，但怕有『上壇』的嫌疑，所以索性公開說出。他想，在什麼書店裏用方管之名，做『國學』的事情。此刻他那裡黃教授又與人大吵一架，辭了，所以看來蹲不下去，又想到文史社去。」

在他們看來，你在職業與事業方面總是處理得不好。

永平上

wu yongping，您好！他明說是因為黃與人大吵一架，我才待不下去，並沒有指責我「在職業與事業方面處理不好」之意。我先前是曾經想完全擺脫

「職業」,幻想當個專業作家,把全部力量用於「事業」,所謂「上文壇」者指此而言。此意屢遭胡風痛責,我也承認自己未免不自量力,並不知道他是怕我要分《希望》的收入。及至副教授被駁,黃又吵架離開,我只好另謀「職業」,以方管之名去顧頡剛的《文史雜誌》社是一條可能的路,另外同樣以方管之名請胡幫忙留心搞「國學」的書店,也是另一可能的路,此二路同樣是「職業」方面的,這裡並沒有「兩條路上徘徊」的問題,這一點路翎當時不會誤會的。舒蕪上

先生:既然您堅持,我同意接受。在修訂時會注意措辭,不會臆造出「兩條道路」來的。請放心。而且,就您當時的狀態而言,還不到厭倦追隨胡風繼續從事文化思想鬥爭的程度。

另外,您還沒有解答我對您與顧頡剛關係的提問。我認為1943年通過黃淬伯先生的介紹,你已與顧有了聯繫,時間在《釋體兼》發表之前,那時您已應約寫「通俗墨子傳」。其後有一段關係很密切,事涉「顧小姐」(當然不必寫進去)。您入女子師範後與顧先生關係漸漸淡薄,抗戰勝利後似乎又有建立聯繫的願望,但不知後來是否還有聯繫?

永平上

wu yongping,您好!顧先生認識我不久,便託黃先生介紹我與他的女兒談對象,用舊說法就是招女婿,我乃去北碚在顧家住了幾天,我不想談,此事乃不了了之。但並沒有影響我與顧先生的關係,抗戰勝利後,我在徐州江蘇學院教書,顧夫人(那位顧小姐的繼母)在徐州某中學任校長,還以顧先生關係請我去兼課。去年,顧小姐有文章針對魯迅的非難,為她父親辯誣。舒蕪上

wu,你好!(主題詞:顧潮為父辯)

剛發前信,網上就見此信,真巧。

bikonglou@163.com

(附件:黎津平《「魯迅剽竊案」真相調查》)

先生:(主題詞:請教)

你應邀去北碚。在卅一1944・九・廿一(重慶南溫泉→重慶賴家橋)致胡風信中寫過。如下:

「那比較表,總算昨晚完成了。共十五萬字。如果得出版,倒

很可以收到一點錢。預備也俟顧病癒，找他想辦法去。那一趟北碚之遊，結果很糟。除掉身體疲乏而外，因看到別人的生活原也都和我一樣，把所抱的一點『壯志』銷磨殆盡，精神上遂也打了很重的一打擊。所以回來之後，即刻著手做這項消沉的工作，以『體現』消沉的心情。現在，希望那心情隨著一同滾掉吧！但今早寫了一個跋，還是有些不能自己。附抄於後，以發一笑。」

此段寫到去北碚後的感覺，你用「消沉」來概括，信中所寫「跋」應該是為「比較表」而寫的，不知為何可讓胡風「一笑」。此「跋」尚在否？同信後一段：

書評是想寫，一篇合評陳寅恪的「唐代政治史述論稿」與顧頡剛的「漢代學術史略」，一篇合評林同濟編的「時代之波」與錢穆的「文化與教育」。前者擬題為「如此漢唐」，後者擬借用張資平的題目：「雙曲線與漸近線」。但總是無法寫得簡短有力。還不知究竟能寫出來否也。

這段說到想評論顧頡剛的著作，不知你最後寫出來沒有，是褒是貶？

永平上

wu yongping，您好！「別人的生活原也都和我一樣」，不記得何指。未必指顧家的生活，也許指路翎的生活，他離開南溫泉以後我們第一次重聚，看到他的生活仍然和我差不多。但「消沉」的原因可能也有關於顧家所提之事的結果。那個跋久已不存，不記得有什麼可以發「一笑」的。書評沒有寫，讀陳顧兩書印象尚佳，覺得可以看到所謂「漢唐盛況」的不佳的真相，故擬題曰《如此漢唐》。對錢林兩書印象就不佳了。又，想起我後來與顧疏遠的緣故，是他政治上有趨附蔣之勢。抗戰末期，朱家驊、賀國光發起向蔣獻九鼎，為一大醜劇鬧劇，報載鼎上的銘文乃顧所撰，中有「允文允武」之句。記得臺靜農談及時，氣憤得撒野罵道：「什麼『允文允武』！還要『乃聖乃神』呢！媽的個逼！」當時顧的聲名如此，我自然疏遠他了。聽說抗戰後，和談尚未破裂時，周恩來在上海某次大宴文化界，就沒有邀請顧，席間葉聖陶醉中曾為老友不能與此盛會而哭出來。解放後，思想改造中算了這筆賬，聽說顧的那個銘文乃是他叫一個學生執筆，由他審改認可的，他這學生在中華書局當編輯。但解放後對顧的待遇還算不錯，調他來北京，給他專掛兩節車廂裝運書籍，每月工資三百元，那時是非常特別的了。舒蕪上

　　先生：謝謝。早聽說過為蔣「獻九鼎」之事，但不知涉及到顧。他或是政治上糊塗，或是正統觀念，似乎不能過責於他。解放後他的待遇似也證實了這一點，本不是沾沾於政治的學者，還是不要出書齋為好。是嗎？永平上

2006-07-19　補寫上部第 1 節「名門之琬瑜」與「穿捷徑而去的黠者」

先生：（主題詞：寄上第 0 節）〔註 75〕

　　寄上補寫的一節（「名門之琬瑜」與「穿捷徑而去的黠者」），主要是為你與胡風的結識作一鋪墊，概述當時你的治學情況及胡風當時渴欲找到新人的狀況。也許你會對「名門之琬瑜」的提法有異議，會對「黠者」有所看法。但，請你先提出讓我修改的能讓我信服的依據。一笑。

　　永平上

　　舒蕪先生對這一節所作的批註及我的反饋：

　　舒蕪以高中肄業的學歷，能被 國內第一流的 （舒蕪批註：王國維、趙元任及門弟子、著名）音韻學家黃淬伯教授看中，聘為大學助教，替「大一國文」科「改國文習作」，其事頗具傳奇色彩。當然，如果沒有假冒的無錫國學專修學校學歷，沒有兩年來研讀墨學的初步成果，沒有「桐城方氏」的家世蔭庇，沒有其叔父方孝博〔先生〕的推薦，這事本來是絕無可能的。然而，當這一切都湊在一起時，奇蹟便發生了。

　　中央政治學校 原名中國國民黨黨務學校，遷川後 校長為國民黨黨魁蔣介石，教育長（實際的校長）為國民黨宣傳部頭子張道藩，（舒蕪批註：完全在 CC 系首領陳果夫的控制之下。該校原名中國國民黨中央黨務學校，）性質似原近於國民黨的中央黨校， 後有所改變 ，（舒蕪批註：但是它的學員並非來自黨員調訓，而是）面向全國招生，錄取的學生並不問是否國民黨員，入校後也不要求一律入黨。

　　……

　　上文中「方君管」和「方重禹」均指舒蕪，「論墨子立言各篇」指舒蕪的《墨經字義疏證》中《墨子十論各分上中下三篇考》，「足破俞蔭甫等之陳說」〔註 76〕是對舒蕪墨學研究成果的高度評價，「名門之琬瑜」及「得此英才，尤足樂也」足證其當時的喜悅之情。

〔註 75〕第一稿已有第一節，這次補寫的於是定為第 0 節。吳注。
〔註 76〕俞越，字蔭甫，號曲園，章太炎的老師，俞平伯的曾祖。國學大師。

（舒蕪批註：「名門之琬瑜」是指我的嬸母張汝宜，不是指我。）

（吳按：我當然清楚黃先生所指。但顧及全文，「殆亦名門之琬瑜也」的意思可以領會為「（她）大概（也）是出自名門的良材吧」。這裡的「名門」加上「也是」，應該照應到了您的姑父的家世，自然也照應到了你。）

……

第二處。終日埋頭校圖書館，他漸與館長沈學植熟識起來。沈先生是資深的圖書館專家，具有民主思想。（舒蕪批註：思想有自由主義傾向）

（吳按：「具有民主思想」是路翎的評價，我只是引用，但未加注明。）

……

路翎任助理員後，承蒙沈館長夫婦照顧，住在圖書館後面的一間小房子裏。白天在圖書館工作，晚上就到「國文教材編纂室」來，與舒蕪同在燈下寫讀。當時路翎寫的是長篇小說《財主的兒女們》，舒蕪則繼續撰寫《墨經字義疏證》。

（舒蕪批註：路翎此處回憶有問題。他是與我同住一間單身員工宿舍，並不「住在圖書館後面一間小房子裏」。所謂「圖書館後面一間小房子」，就是我的「國文教材編纂室」，我一人在內辦公，晚上我讓他來共用。

……

正當舒蕪和路翎在 同一盞 燈下（舒蕪批註：各有一燈。）（吳按：照改。）苦讀之時，胡風從香港脫險後暫住桂林，他正為《七月》的復刊無望及「七月派」同人的星散而煩惱。

……

1943 年 3 月 14 日，當胡風登上長途客車向重慶進發之時，對他來說，「七月派」已隨著《七月》的停刊而成為歷史，其中有戰死疆場者（如丘東平），有匯入鬥爭主流者（如在根據地的諸人），有固守陣地者（如路翎、阿壟、何劍熏等幾位青年作家），還有那背棄「貧賤之道」、「貧賤之交」的「穿捷徑而去的點者」。當然，他還不可能知道，在遠方山巒深處的重慶南溫泉中央政治學校圖書館的「「國文教材編纂室」」裏，與他親愛的年青朋友路翎相伴寫作的那位 「名門之琬瑜」 （舒蕪批註：那是指我的嬸母，不是指我。）將成為他謀劃的下一場戰役（反對「教條主義」）的大將，將成為他重組「希望派」時不可或缺的臂膀，而且還將成為他後半生驅策不盡的夢魘中的主角。

（舒蕪批註：末尾與聶的糾葛，似乎與胡舒糾葛無關。）

　　（吳按：本是無關，但我想強調地指出「七月」同人的星散，胡風急於組織新的隊伍，為他以後發現你重視你作鋪墊。另外，聶紺弩與胡風的矛盾後面還要補充說到，譬如1945年聶要辦刊物，讓胡風為他提供你們的詳細地址，胡風不肯，他們於是鬧翻。想以此表現胡風的以青年作家為私有物的毛病。有了這些鋪墊，才能解釋聶為何1954年在「紅樓夢研究批判」大會上發言時對你所表示的同情態度。）

wu，你好！（主題詞：有紫色筆增改）
　　請注意2、3頁有紫色筆增改。舒蕪

　　（附件中舒蕪先生又寄來新的批註：）
　　順便說一句，胡風晚年回顧與舒蕪的初交時，曾表示對舒蕪得入中央政治學校任助教事的殊為不解，懷疑其中或許有某種政治背景。他這樣寫道：「他還是一個二十多歲的青年，沒有學歷和人事關係，卻在國民黨的中央政治學校當上了教員，我也完全沒有從政治上對這種情況考慮過。這說明了我的職業病發展到了完全不能從政治關係上看問題的，麻木無感的盲目地步。對他我不但犯了沒有擺正觀點的出發點的錯誤，而且是一種憑主觀願望想像對方的感情亂用。」〔註77〕
　　實際上，胡風大可不必如此引咎自責。迄今為止，也未發現舒蕪（舒蕪注：進中央政治學校教書）有何「政治」問題。（舒蕪注：胡風把舒蕪介紹給陳家康、喬冠華、胡繩，原計劃在共產黨刊物《群眾》上發表舒蕪文章，後來在共產黨報紙《新華日報》上發表了舒蕪文章，他們都明知舒蕪的職業是在哪個學校。）況且，人之有才，不在學歷。能識才，能用才，這是可堪嘉獎的伯樂的「職業病」。
　　……
　　舒蕪任教政校後不久，便承擔了黃先生交付的為本校重編「大一國文」教材的事務性工作，（舒蕪注：為了查找材料的方便，）專門成立的「國文教材編纂室」就設在校圖書館的書庫裏面，他得以自由翻閱校圖書館的藏書。有此條件，他的墨學研究進行得十分順利。

〔註77〕《胡風全集》第6卷，第633頁。

2006-07-20 舒蕪談「琬瑜」的用法

Wu yongping，您好！（主題詞：「琬瑜」與「驅策不盡」）

又想到兩點供參考：一、「成為他後半生驅策不盡的夢魘中的主角」，「驅策不盡」似需改為「驅遣不去」。二、「琬瑜」通常只用於女性。舒蕪上

先生：（主題詞：「名門」與「驅除不盡」）

哈哈，我是故意和先生鬧彆扭呢。有時太嚴肅的討論使人容易疲勞，隨便開個小玩笑可以讓大家都開心。先生勿見怪。

「琬瑜」通常只用於女性，確實如此，這個理由令我折服。我將修改。其實，我的重點是想強調「名門」二字，而不在「琬瑜」。

另一句，「成為他後半生驅策不盡的夢魘中的主角」，你覺得「驅策不盡」應改為「驅遣不去」。「驅遣」似應是「驅遣」之誤。我想，改為「驅除」更通俗些。整句話是否改為「成為他後半生驅除不盡的夢魘」更恰當些，「主角」二字也是贅疣。先生以為然否？

永平上

舒蕪先生寄來《誰殺了一萬五千波蘭軍官》等網文。

2006-07-21 討論拙著的褒貶立場

wu yongping，您好！「驅除」好。當然無須「主角」。既然不用「琬瑜」，也就不能引黃淬伯日記了。是不是？舒蕪上

先生：黃先生的日記還是要引的，有心人從引文中可以讀出他對桐城方家的仰慕。這當然也是他選中你的理由之一。永平上

wu yongping，您好！那就不必引「名門」那一句。舒蕪上

wu yongping，您好！（主題詞：關於文章用詞。）

下面是我兒子方朋的來信，轉上供參考。舒蕪上

（方朋信中稱：「吳永平的幾篇文章看下來，感覺對胡的貶和對舒蕪的褒都較為明顯。不知他是原本就想公開表明自己的立場，還是原想用中立的態度行文，但遣詞造句之間無意顯示了自己的立場。」）

先生：

方朋提醒得非常及時，我的態度需要及時修正。我還是應保持中立的客觀的態度，儘量把傾向性隱藏起來。前幾天寫的引言和第 0 節表現得極為突

出，這是不好的。謝謝方朋。

對胡風，我是有看法，我總覺得他習慣於以權勢凌人，對年青朋友（除了路翎）一點也不民主。

今日剛開始修改第一節，寫作又被打斷。院裏要求我們申報武漢市社科獎，馬上要填表，寫一些莫名奇妙的東西。

永平上

2006-07-22

連日，舒蕪先生寄來《緣何痛恨無名氏》（山東師大楊守森）、《錢鍾書「不肖」乃父》《為促政改，周瑞金打出老鄧招牌》等網文。

2006-07-25

先生：（主題詞：請教）

我在臺灣網站上查到與《釋無久》發表的一個相關線索。

> 屈萬里：周易爻辭中之習俗。載國立中央大學文史哲季刊　第一卷二期　西元一九四三年。

你對這篇文章有印象嗎？

永平上

wu yongping，您好！不記得這篇文章了。舒蕪上

先生：讀你與胡風的信，發現有一個問題：

> 第二信中，反郭文五萬字，最近弄成，態度頗不「尖頭鰻」。本也想「尖」的，寫時總不能自己，只好讓它去。預備劍兄來時託他帶給你。

這封信曾見於《舒蕪集》的《〈回歸五四〉後序》，寫作：

> 反郭文五萬字，最近弄成，態度頗不「尖頭鰻」。本也想「尖」的，寫時總不能自己，只好讓它去。預備翎兄來時，託他帶給你。

到底是「劍兄」，還是「翎兄」？

永平上

wu yongping，您好！是劍兄，不是翎兄，路翎當時已經來政校。後序不知道怎麼錯的，謝謝指出。舒蕪上

先生：這樣就清楚了。當時胡風曾想與何劍熏一起到南溫泉來看望你和

路翎，後來胡風沒有來，何劍熏一人來了。信中所說的就是這事。稿子是託何帶給胡風的。永平上

wu yongping，您好！從推理來說是這樣，但調動一切回憶，總沒有何劍熏來過南溫泉的印象，只好存疑。舒蕪上

先生：我還是說錯了。當初胡風想和何劍熏一起來南溫泉看你們，後來胡風不能來了，你以為何會單獨一人來，就想託他把稿子帶給胡風。後來何也沒有來，什麼原因不知道。

最後，但你的「反郭文」稿子是由路翎帶去的，他同時還帶了《財主的兒女們》上部稿子。他是先到阿壟住處，胡風是上阿壟處拿的稿子。

依據是《胡風自傳》如下一段：「路翎從南溫泉來，我在阿壟處見到他。他帶來了《財主的兒女們》上部及舒蕪駁郭沫若論墨子文。當夜看舒蕪文至三時多。不久，由路翎的介紹，我認識了他的同事舒蕪（方管）。」

當時阿壟的住處應該離胡風家不遠吧。

我正在改書稿，打算數節一寄，因為要考慮幾節之間的承接關係，也想給你一個比較完整的印象。

永平上

2006-07-26

wu yongping，您好！臺灣網站怎麼找？能見告否？舒蕪上

先生：用「百度」www.baidu.com 或「搜狗」www.google.com 可以找到許多臺灣的學術網站。沒有什麼特別的用法，只要關鍵詞選準了，無論是大陸或臺灣的相關內容都會出來。譬如下面兩個。永平

臺灣科研學術網站導航　返回　臺灣法學期刊　提供比較完整的臺灣法學期刊及館藏情況臺灣法律網站　提供部分臺灣法學期刊網址臺灣大學圖書館　提供臺灣大學圖書館及公共圖書館網址，包括國外著名大學及公共圖書館網址以及臺灣圖書期刊……

210.34.4.20/library/lib_law/zjc/calislaw/...3K 2001-4-14-百度快照

「臺灣大學學術期刊資料庫」簡介「臺大學術期刊資料庫」收錄臺大各學術研究單位出版之中外學術期刊論文篇目……具相當程度之學術水準，為查詢臺灣一流學府之學術研究發展、輔助教學研究之最佳資料庫。目前資料……

www.press.ntu.edu.tw/ejournal/3K 2006-2-28 繁體-百度快照

　　先生：讀如下你與胡風的兩封信，覺得你那封信標注的時間有誤。胡風答覆你的信為 10 月 26 日，那你的去信就不應該是 27 日，而應該是 26 日以前。這要按照從南溫泉到鄉下的郵件遞交所耗時間來折算，如果路上需要兩天，你這封信應標注為 24 日。請你再查一下原件。永平上

　　舒蕪 1943 年 10 月 27？日致胡風（略，吳注）

　　胡風 1943 年 10 月 26 日覆舒蕪（略，吳注）

　　wu，你好！信末已經有注，說明日期是整理時添加的：

　　〔1943‧10‧27（？）〕：凡是用〔　〕號標出的字句，都不是原有的，而是後來整理時添加的。下並同。

　　至於當時根據什麼推算添加，何以推算錯誤，記不清了。

　　bikonglou@163.com

2006-07-27

Wu yongping，您好！（主題詞：參考資料）舒蕪

　　（附件：周正章《胡風事件五十年祭》）

先生：您好！

　　這文章早已看過，提高到施政方略上看胡風問題，實在有點過高。

　　我在「引言」中已提到這文章，但沒有多加評論。

　　永平上

　　先生：讀胡風 1944 年 1 月 4 日給你的信，談「反郭文」的處理。其中有如下一句：「這是我能想出的辦法，如你另有可發表之處，如《說文》之類，那就更好了。」我沒有能查到《說文》雜誌，你知道這個雜誌嗎？誰主編？

　　永平上

　　wu yongping，您好！《說文》是純學術刊物，衛聚賢主編，聽說是孔祥熙出錢。衛是清華國學研究所畢業，與黃淬伯同學，當時在中央銀行任職，外號「衛大法師」，不知道什麼意思。舒蕪上

　　舒蕪先生寄來《克格勃間諜清算風暴》《尋找林昭的靈魂》《林昭在為我們尋找……》等網文。

2006-07-28

先生：（主題詞：請教）

讀胡風 1944 年 3 月 16 日給你的信，有如下一段：

> 「重新想過」萬分必要，但也實不易。從前練武功有打沙袋子之事，幾年來，特別是近來，我覺得四圍有小沙袋子飛蝗似地撞來，實在應接不暇，弄到發生了「且睡一刻，管他媽的」的可怕情緒。當然，這些沙袋子一下打不死甚至打不傷人，但久而久之，人就會變成人乾的！《文化論》望能堅持下去。陳君已回老家去了，行前沒有見面機會。那麼，這裡就沒有什麼麻煩了，太平天下，但同時也就恢復了麻木的原狀。其實，這樣了也並不會一絲不亂，最近就出了丟醜的事情。

信末最後一句「丟醜的事」，疑指以群的論文《關於固有學術的再評價》。

你在致胡風的十五信（1944 年·五·九）注釋中提到：「奇文」：指以群論文《關於固有學術的再評價》的剪報，載於一九四四年二月一日成都《華西晚報》第二版，是胡風一九四四年五月四日來信附寄的。

看來，你手頭是有這份剪報的，可否將此文「丟醜」部分摘引寄來，並請說明「丟醜」的原因。不情之請，還望見諒。

永平上

wu yongping，您好！葉文沒有什麼「丟醜」之處，當時只是覺得淺薄可笑而已。「丟醜」究何指，沒有當面問過。舒蕪上

2006-07-29 　「引子」至第 3 節的修訂稿

先生：（主題詞：0～3 節）

寄上從「引子」至第三節的修訂稿。

「引子」是重寫的，原「引子」擬作重大修改，可能作為「後記」。

小標題也作了修改，儘量樸素一點。

請指正！永平上

0. 引子 1000 字

1. 黃淬伯拔擢高中肄業生方管為大學助教 3260 字

2. 胡風為「七月派」同人星散而煩惱 3548 字

3. 舒蕪何時結識胡風 3044 字

舒蕪先生對「引子」的批註及我的反饋意見：

1942 年初，20 歲的安徽籍高中肄業青年舒蕪（方管）由於機緣巧合，被知名音韻學家黃淬伯教授看中，聘為 重慶南溫泉國民黨 中央政治學校「大一國文」 科的 助教；同年，40 歲的湖北籍資深左翼文藝理論家胡風從香港脫險後羈留桂林，與廣東籍青年朱谷懷和米軍等創辦「南天出版社」，主編《七月詩叢》和《七月文叢》。（舒蕪批註：學校地址不必說。校名上並無「國民黨」字樣。）

舒蕪專攻現代哲學，不是「文學青年」，以前從未向胡風主編的《七月》投過稿；胡風專治文藝理論，此前並未對「哲學研究」發生過興趣，其理論表述尚在黑格爾的「主觀精神」和「客觀精神」之間繞著圈子，還未能被昇華到「人格力量」、「主觀戰鬥精神」和「精神奴役的創傷」的高度。如果他們此後不曾相識，不曾合作，不曾依託《希望》雜誌突進到思想文化領域，現代政治、思想、文化史上的許多事件或許不會發生。從小的方面來說，他們的人生也許都會 波瀾不驚 地度過，（舒蕪批註：這個推斷似乎太遠吧。）舒蕪或許會在黃淬伯、顧頡剛諸教授的點撥下，沿著國學研究的路子走下去；胡風或許會固守在文藝領域，繼續以編發根據地作家的詩文為滿足。從大的方面來說，胡風的理論特徵也許不會被他人目為「主觀論」，「胡風派」也許仍只是一個單純的文學流派，不會被視為思想文化的「小集團」而遭到政黨政治的猜忌。

然而，他們相遇了，通過共同的朋友青年小說家路翎；他們攜手了，在延安整風運動的浪潮衝擊下；他們合作了，在繼《七月》後出現的《希望》上。應該說，選擇是雙向的，因為彼此都感到於對方有所需求。舒蕪當年有著「推動馬克思主義哲學繼續發展」的宏願，不甘於長守故紙堆，期望參與現實的思想文化鬥爭；胡風則有著反擊整風運動中出現的「教條主義」傾向的抱負，渴求從讀者中發現「新人」，重新聚集因《七月》停刊而星散的有銳氣的作家群。

（舒蕪批註：辦《希望》時似乎並不想重新聚集《七月》那一群了。《七月》基本上是同輩人，《希望》則是一人帶領一群后輩。）

（吳擬改為：渴求從讀者中發現「新人」，重新聚集一個有銳氣的作家群。）

舒蕪先生對第 1 節的批註：

舒蕪以高中肄業的學歷，能被王國維、趙元任的及門弟子、著名音韻學家黃淬伯教授看中，聘為大學助教，替「大一國文」科「改國文習作」，其事頗具傳奇色彩。當然，如果沒有假冒的無錫國學專修學校學歷，沒有兩年來研讀墨學的初步成果，沒有「桐城方氏」的家庭背景，沒有其叔父方孝博先生的推薦，（舒蕪批註：另一方面如果中央政治學校有自己的中文系，助教自然會在本系畢業生中找而不假外求，）這事本來是絕無可能的。然而，當這一切都湊在一起時，奇蹟便發生了。

舒蕪先生對第 2 節的批註及我的反饋：

聶說雖不無道理，但胡風「長期地懷恨」的緣由似乎並不僅於此：當胡風羈留香港欲創建《七月》港版之時，聶紺弩也有意在桂林創建大型文藝刊物。其時，聶、胡的政治態度和文藝觀點基本相同，都對來自根據地的稿件情有獨鍾，於是留在重慶的那批《七月》存稿便成了他們兩人爭奪的對象。當時《七月》存稿寄放在路翎、聶紺弩夫人周穎及華中圖書公司等處。胡風讓路翎把整理好的存稿寄往香港，聶紺弩則催促路翎把手頭的稿件寄往桂林，路翎起初並不瞭解這兩位「左聯」老人在打著不同的算盤，甚至一度真誠地想以存稿和新作支持聶紺弩正在創建的期刊〔註78〕。

（舒蕪批註：那年兩人都還不老。）

（我的意見：保留。因在路翎看來，對方年齡大了一倍，可視為老人。而且，「『左聯』老人」並不單指年齡，更指資歷。）

……

1943 年 3 月 14 日，當胡風登上長途客車向重慶進發之時，他還不可能知道，在遠方山巒深處的重慶南溫泉中央政治學校圖書館的「國文教材編纂室」裏，與他親愛的年青朋友路翎相伴寫作的那位為黃淬伯先生所選中的「英才」，將成為他謀劃的下一場戰役（反對「教條主義」）的大將，將成為他重組（舒蕪批註：本來沒有這派，恐怕不好說「重組」。）（我的修改意見：將成為他謀劃的下一場戰役的大將，將成為他創建）「希望派」時不可或缺的臂

〔註78〕路翎 1942 年 3 月 15 日致胡風信：「我是說，假若今度兄（指聶紺弩）籌劃的青鳥能夠飛起來的話，在重慶有一個營壘不是更好麼？但艱難的確很多。除去吃飯問題不算：渝刊取消了出版證，要幾乎重新下手，『官』多，印刷條件劣，書店老闆滑……」

膀，而且還將成為他後半生驅除不盡的夢魘。

舒蕪先生對第 3 節沒有作批註。

wu yongping，您好！（主題詞：能設法找到這個麼？）舒蕪上

      毛澤東敲打周恩來　報一箭之仇　胡風冤案探源（胡鑄、符嗥）

      過去研究胡風案的人，常常疑惑為什麼僅僅依據一些文人通信，就將胡風等人定名「反革命集團」？半個世紀過去了，胡鑄、符嗥經多方查證，得出此案源出毛澤東要向周恩來報一箭之仇。明報月刊 2006 年 6 月

先生：（主題詞：設法找）

    週一我即去院圖書館找找，我似乎記得院裏訂有這期刊。

    謝謝。永平上

2006-07-30　第 4 節至第 8 節的修訂稿

先生：（主題詞：寄上 4～8）

    寄來的 0～3 批注意見已收到，待細讀後再請教。

    再寄上 4～8，請查收。其中有所改動，請指正。永平上

    4. 胡風建議舒蕪寫「另樣的東西」5594

    5. 胡風暗示舒蕪與郭沫若爭鳴 6016

    6. 陳家康、喬冠華突然「變卦」4087

    7.《論主觀》是為聲援陳家康等人而作 3294

    8.《論主觀》題旨是抵制中共的思想整肅 3995

wu yongping，您好！四至八節奉還，請審閱。舒致胡函，《新文學史料》今年三期四期連載完畢，三期八月中即出。舒蕪上

    舒蕪先生對第 4 節的批註：

    關於 9 月初舒蕪帶到「鄉下」（賴家橋或花朝門）（舒蕪批註：「花朝門」，這地名沒聽說過。）面呈（舒蕪批註：「呈」字，建議不用。下面請統一處理。）的《文法哲學引論》等三篇論文稿。

    舒蕪先生對第 5 節的批註：

    「朱秘書」是文工會的秘書，「陳先生的信」指陳家康託胡風轉寄的給舒蕪的信，這是陳致舒蕪的第一封信。該信已佚，舒蕪僅能憶起該信「是按很

古的格式寫的,「開頭是:『家康白,管君足下』」,正文是對《釋無久》的評價,「末尾再一個『家康白』」。陳家康如此謙恭下士,舒蕪自然喜不自勝。信中提到的「那文言寫的稿子」指的是他 1942 年寫成的書稿《墨經字義疏證》,已擱置一年,出版無期。陳家康對《釋無久》評價頗高,舒蕪遂引陳家康為知音,並萌生它想,希望能與陳見面,請其審閱全書書稿,希望得到他的推薦,促成該書稿付梓。

（舒蕪批註:是希望認識這位知音,但好像並沒有想他推薦出版的具體希望。）

舒蕪先生對第 6 節的批註:

胡風讓舒蕪「不必問」,他當真就不問了嗎?恐怕不會如此。實際上,胡風拗不過他的一「問」而再「問」,很快就把所知道的若干內情告訴他了。

（舒蕪批註:胡將「內情」告我,與我的問無關,我給胡信中並無「一問再問」的話。）

舒蕪先生對第 7 節無批註。

舒蕪先生對第 8 節的批註:

前文已經引證過舒蕪在《〈回歸五四〉後序》中披露的（舒蕪批註:我只是引用,不是由我「披露」的。）兩封中共的重要電文。第一封電文為《中宣部關於〈新華日報〉、〈群眾〉雜誌的工作問題致董必武電》（1943 年 11 月 22 日）,電文中提到「現在《新華》《群眾》未認真研究宣傳毛澤東同志思想,而發表許多自作聰明錯誤百出的東西,如××論民族形式、×××論生命力、×××論深刻等,是應該糾正的。」

舒蕪先生在文末批註道:所有考證糾謬之處,都使我非常佩服。但對於一般讀者,一上來就是這些,可能沒有興趣。是否換個寫法,正文只寫結論,而把考證糾謬一律作為附注或補敘之類。

2006-07-31　第 9、10 節的修訂稿

先生:讀過 4～8 節意見,所有史實部分均照改。

您在最後提出的建議,關係非常之大。您說:「所有考證糾謬之處,都使我非常佩服。但對於一般讀者,一上來就是這些,可能沒有興趣。是否換個寫法,正文只寫結論,而把考證糾謬一律作為附注或補敘之類。」

此事太大，容我再仔細想過。

我寫這本書時考慮過受眾對象，不是一般的讀者，而是大學中文系以上的人士，尤其是胡風問題的研究者。說句笑話，我是把這本書當成「集束手榴彈」的，出手就要炸得論敵動彈不得，不容他們有喘息、反撲的機會。

從決定題目開始，就突出了一個「證」字。「史證」，「考證」，似乎非這樣寫不可。這本書寫出後，才有可能改寫成一通俗本，即如您所說，「正文只寫結論」，而把考證、糾謬作為附注或簡略。

昨天我遭遇了一件事，我去年寄給您看的那部書稿，您也許還有印象。由於出版社整改的原因，該書到現在還沒有出版。但我在北京的一個朋友，就是上次一同去您家的那位女同志，竟然以我那書稿為基礎寫成了一部《姚雪垠傳》（還未出版）。昨天一位朋友給我看了其中的幾章，竟全是根據我原稿的改寫，這下可把我震昏了。前年書稿寫成後，曾在幾位朋友手中傳觀，她知道後非要，我只得給她了。沒想到她會這樣。這個世道，這種人心，真是難說。

我這部關於您與胡風關係的書稿，我只寄給過您一人。我想，除了可以給您的子女看之外，請勿泄給學術界中人。

永平上

wu yongping，您好！（主題詞：予欲無言）

完全同意您「出手就炸得論敵動彈不得」的安排，通俗本的確是第二步的事。某女士之事，人心不古至於如斯，予欲無言。尊稿當然除我的子女外，絕不讓別人看到，請放心。事實上，當今學術界中人，我幾乎沒有認識的了。

舒蕪上

先生：（主題詞：信都收到）

我正與現代文學館那女同志聯繫，建議她把有涉部分全部刪去，大家以後還是朋友。但估計她不會幹的。

您信中附寄方朋寫來的意見：吳不是問按語發表前毛說過什麼，《胡風事件五十年祭》中這段話是不是呢？關鍵性的第三個轉折是毛於6月8日決定：「我以為應當藉此機會，做一點文章進去。」（《致陸定一、周揚》）6月10日，毛在第三批材料公布編者按中說：「胡風的主子究竟是誰？」

　　這兩個材料〔註79〕我都知道，也寫進了第一稿。「做文章進去」與肅反有關，「主子是誰」是栽誣蔣介石。都與黨內高層鬥爭無關。

　　今天去院圖書館，沒有找到《明報月刊》，以後再去省圖書館看看吧。我想，大概也不會有什麼內容。毛澤東欲報周恩來一箭之仇，有點牽強。30年代在江西是有仇，長征過程中消解了。40年代有意見分歧，七大時周作檢討，又消解了。50年代反冒進，周作檢討，又無事了。毛沒有必要借胡風事件報仇，只是用胡風事件敲周兩下，讓他謹慎點。但沒有原始資料，只能說說，不能寫。

　　永平上

wu yongping，您好！

　　魯迅頌歌找到沒有？我以為這很重要。舒蕪上

　　先生：已能判斷此詩非胡風所作〔註80〕。暫無時間去圖書館查閱《希望》，我想放在定稿之前再說吧。永平上

先生：如下意見作了簡單的修改。

　　你對第16節的批註中有：胡將「內情」告我，與我的問無關，我給胡信中並無「一問再問」的話。

　　吳按：胡風讓舒蕪「不必問」，他當真就不問了嗎？恐怕不會如此。實際上，胡風拗不過他的「問」，很快就把所知道的若干內情告訴他了。

　　Wu yongping，您好！似乎仍然不妥。我的確沒有再問，他告訴「內情」，並非由於「拗不過」我問之故。舒蕪上

　　先生：這裡有一個語言環境。胡風先是讓你「不必問」，但是你「問」了，他於是告訴你內情。這個過程便可以用「拗」字形容。從情理上比較通暢。您說是嗎？永平上

　　wu yongping，您好！我信上有問過麼？舒蕪上

先生：（主題詞：聞過則喜）

　　書信查過，在1944年3月之前，確實未見「問」的記載。決定修改，改

〔註79〕周正章：《胡風事件五十年祭》，載《粵海風》2005年03期。《關於胡風反革命集團的第三批材料》，載1955年6月10日《人民日報》。
〔註80〕此判斷有誤。後來查實該詩歌確為胡風所作。

為胡風主動告訴。永平上

　　wu yongping：胡之告我，也只是通報這麼一件大事，並非說明「反郭文」不得發表的原因。舒蕪上

　　先生：斟酌後改為：胡風讓舒蕪「不必問」，舒蕪果然也就沒有問。不久，胡風就把所知道的若干內情主動相告了。永平上

　　Wu yongping，您好！這就對了。我印象中只以為反郭文之不許發表，無非一般「維護威信」之故，從來沒有把這個與陳等挨批聯繫起來。胡之告我，也不是說明反郭文不得發表的原因。舒蕪上

　　先生：謝謝，這樣的討論對改稿極有益，庶幾滴水不漏也。與現代文學館那位女士協商，她表示願把稿費給我，文章不改，後記中再聲明若干章節「脫」自我的書稿。我覺得不合理且不合適，於是拒絕。永平上

　　wu yongping，您好！討論先使我得益。某女士甚妙。您遇到這種事總是倒楣尷尬，哪裏找理去？舒蕪上

先生：寄上 9～10。請收後覆函。永平上
　　9. 舒蕪「怯」於捲進政黨政治鬥爭 5644
　　10. 胡風在「希望」即將實現的時候 6747

　　舒蕪先生對第 9 節的批註及我的修改意見：

　　其實，當舒蕪察覺到自己情緒的「可怕」時，他的實際境遇並沒有到「可怕」的程度。年前送交胡風的三篇「現代哲學」論文都已發表或將要發表，《論因果》載郭沫若主編的《中原》3 月號，《論存在》載韓侍桁主編的《文風雜誌》3 月號，另一篇《文法哲學引論》也將在侯外廬主編的《中蘇文化》3～4 月號合刊上發表。其他幾篇嘔心瀝血之作也並非完全沒有面世的希望，「反郭文」送交《文風》雜誌後，得到的答覆（舒蕪批註：這不是雜誌的答覆，而是雜誌準備刊登，送審查官審查，得到審查官的批覆。）（我擬改為：「反郭文」送交《文風》雜誌後，從圖檢部門審查官得到的答覆）是「自某某立場分析墨子學說頗多曲解之處，殊有未妥」，建議「（將）首尾兩段強調某某性之字句妥加刪改再行送核」〔註81〕；墨學論文《釋體兼》已送交顧

_____

〔註81〕胡風 1944 年 3 月 16 日致舒蕪信。

頡剛，有望不久在《文史雜誌》上刊出。由此可見，他的驚惶其實只與該「文件」有關。

……

平心而論，此時處於「昏然」狀態的舒蕪仍執有一份可貴的清醒：第一、他知道若於此時發表《論主觀》固然可以替蒙受不公正待遇的陳家康鳴不平，但也擔心會因此而影響中共整風及對敵鬥爭（舒蕪批註：那時的「敵」還是日寇。不如直接說「國民黨」。）（吳注：照改。）的大局，他以魯迅先生廣義的「我們」自誠並告誡胡風，敦促胡風從大局出發考慮問題。第二、他清楚將來的鬥爭形勢將會是兩面作戰，「一面向那邊的復古運動進攻，一面向這邊的教條主義進攻」，結果也許會是兩面都遭到攻擊，他雖不憚於表現自己的「遲疑」，但仍表示會按照胡風的要求繼續做下去。

舒蕪先生對第 10 節的批註及我的修改意見：

他在思索，如果將《希望》的視野擴大，面臨的就會是一項「重大的危險的任務」。主觀條件不足：還沒有聚集起強大的學有專長的作者隊伍，手頭有份量的稿件也不夠多，況且能否一擊而中，能否既無傷於不能傷害的政治權威，又能痛擊隱藏在大蠹之下的鬼魅，尚無把握；而客觀環境嚴峻：敵人的營壘，內部的蛀蟲，復古的遺老，新生的權貴，這裡有「抗戰和進步文學中一時間泛濫成災的頹廢的精神狀態」（《我的小傳》），有「反動化了的虛偽的『愛國主義』」，有「企圖換上新裝的主觀公式主義」，有「開始泛濫的虛浮的客觀主義」，有「正在抬頭的墮落的色情傾向和小市民趣味」（《現實主義的路》），更有「雖已離開指鹿為馬，但還不免雞鴨不分的這時代的讀者」（1943年 9 月 11 日致舒蕪信），等等……

（舒蕪批註：當時重慶既有共產黨，又有國民黨，形勢複雜。我們曾開玩笑說：魯迅指出北京多官，乃多官之幫閒，上海多商，乃多商之幫忙，那麼重慶就是多國共，乃多國共之間合縱連橫人物。現在您這裡把胡的目標解釋為對著共產黨，如果他出來解釋為一切都是對著國民黨，你是在斷章取義呢？）

（吳注：前文已經提及當時的複雜情境，我不耽心胡會產生誤解。）

……

胡風 號稱 「魯迅的大弟子」，（舒蕪批註：當時並沒有人這麼稱呼他，只有國民黨特務刊物《良心話》上惡意地稱之為「魯門第一員大將」。）（吳擬改

為：胡風惟魯迅是尊）他能把「國民性」誇張到「精神上被毒成了殘廢」的程度〔註82〕，卻無暇反躬自省；路翎是仰慕魯迅的，他能把「國民性」抽象地概括為「官僚、名士、土匪三位一體」〔註83〕，卻只能把「個性解放」的理想賦予「原始的強力」；舒蕪是「尤尊魯迅」的，他在開掘民族「文化」底蘊時品嘗到了「抉心自食」的痛楚，卻無力憑藉斗室中的冥思而使之昇華。

......

信中所提到的「兩位從遠路來的穿馬褂的作家」，指的是奉 周恩來指示 從延安來的（舒蕪批註：周？毛？周揚？）（吳注：已查實是周恩來提出的要求。）劉白羽和何其芳，他們肩負著向國統區進步文化界傳播毛澤東《在延安文藝座談會上的講話》精神的重任。他們似乎比較看重胡風在國統區文藝界的影響，首先「要談談」的對象第一是郭沫若，第二是茅盾，第三便是他。胡風卻似乎有點瞧不起他們，30年代初參加革命文學運動的經歷使他有點自負，天賦大任的責任心使他有點輕狂，與周恩來的特殊關係使他有點傲慢，他雖則也是依傍於政黨政治而安身立命的，卻不甘承受任何有形或無形的束縛，更不用說來自遠方的理論指導了。

順便提一句，胡風對延安派來的兩位文藝特使的頗為不恭的態度，非但表現在此時給朋友的信中，也表現在隨後舉行的幾次座談會上。曾被胡風讚為「點者」的聶紺弩其時也在重慶，他把這一切都看在眼裏，遂作《論申公豹》以刺之。文中風趣地將胡風比擬為「申公豹」，而將何其芳比擬為「姜子牙」，嘲諷胡風「因為自己沒有得到『封神』的使命，心懷嫉妒」，便處處「奉得了使命的姜子牙為難」〔註84〕。此說似乎無稽，錄以備考。（舒蕪批註：此說的出處？）

（吳注：見於《聶紺弩全集》第10卷，第128頁。「他（胡風）曾在編後記之類的捎帶地諷刺過我幾次，我寫過一篇《論申公豹》罵他，後來在香港又寫一篇《魚水篇》，是指名批評他的。」）

wu yongping，您好！聶集出處需要注明。舒蕪上

先生：可以補注。永平上

〔註82〕胡風：《民族戰爭與新文藝傳統》（1942年10月作）。
〔註83〕見於前引，《財主底兒女們》第二部第13章。
〔註84〕聶紺弩：《論申公豹》。作於1945年5月1日。收入《聶紺弩全集》第1卷，第255～256頁。